Friesen Fetisch

Bengt Thomas Jörnsson, geboren 1969 in Bremerhaven, ist Pädagoge, Germanist und promovierter Psychologe. Bevor er sich ganz dem Schreiben gewidmet hat, war er einige Jahre in der Wissenschaft tätig. Jörnsson ist verheiratet und lebt und arbeitet in Kiel. www.joernsson.de

BENGT THOMAS JÖRNSSON

Friesen Fetisch

EROTISCHER HEIMATKRIMI

emons:

Bibliografische Information der Deutschen Nationalbibliothek
Die Deutsche Nationalbibliothek verzeichnet diese Publikation
in der Deutschen Nationalbibliografie; detaillierte bibliografische
Daten sind im Internet über http://dnb.d-nb.de abrufbar.

© Emons Verlag GmbH
Cäcilienstraße 48, 50667 Köln
info@emons-verlag.de
Alle Rechte vorbehalten

Umschlagmotiv: Montage, fotolia.com/Gabriele Rohde,
iStockphoto.com/bobbieo
Umschlaggestaltung: Tobias Doetsch
Gestaltung Innenteil: César Satz & Grafik GmbH, Köln
Lektorat: Carlos Westerkamp
Druck und Bindung: Books on Demand GmbH, Norderstedt
Printed in Germany
ISBN 978-3-95451-795-4
Erotischer Heimatkrimi
Originalausgabe

Unser Newsletter informiert Sie
regelmäßig über Neues von emons:
Kostenlos bestellen unter
www.emons-verlag.de

1

Die Atmosphäre war perfekt.

Die große Schaufensterscheibe, die mit Brettern vernagelt war. Die schmalen Lichtstrahlen, die zwischen den Ritzen hindurchfielen. Und die chromglänzenden Stangen mit den schwarzen Pelzmänteln.

Das Problem war das Model, das lasziv neben den Garderobenständern an der Wand lehnte. Oder, richtiger gesagt: lehnen sollte. Tatsächlich hatte das Mädchen die sinnliche Ausstrahlung einer Kleiderpuppe.

Dorothea Nissen seufzte. Sie konnte noch immer nicht glauben, dass sie hier gelandet war. Und dass ihr nichts anderes übrig blieb, als mit dieser drittklassigen Darstellerin an dem Projekt zu arbeiten, das ihr letzter Strohhalm war.

Dabei war sie doch schon ganz oben gewesen. Das Ausnahmetalent. Die Jahrhundertbegabung. Das choreographische Genie.

Und nun stand sie hier in Brittas winziger Boutique und versuchte, Vanessa Schultheis zur Hauptattraktion einer erotischen Fotostrecke zu machen.

Dorothea betrachtete das Model mit den aberwitzig hohen Absätzen. Rein optisch war Vanessa mit ihren warmen braunen Augen, dem roten Schmollmund und den wohlgerundeten Brüsten die bestmögliche Besetzung. Aber ihr mangelndes schauspielerisches Talent verdarb die Aufnahmen. So wie jetzt.

Dabei war Vanessas Aufgabe eigentlich ganz einfach: Sie sollte zeigen, wie sie sehnsüchtig dem Treffen mit einem feurigen Liebhaber entgegenfieberte. Vanessa probierte es, indem sie Mund und Augen weit aufriss und die Aufschläge ihres Mantels umklammerte. Was generell kein schlechter Ansatz war, aber bei Vanessa funktionierte es nicht. Sie sah aus wie ein Reh, das vom Scheinwerferlicht eines herannahenden Autos geblendet wurde.

Dorothea Nissen wedelte ungeduldig mit den Händen.

»Nimm die Arme nach oben«, verlangte sie. »Stell dir vor, du stehst mit dem Rücken zum Meer auf einem Schiff und hältst dich an der Reling fest. Und denk daran: Du wartest gerade auf den wunderbarsten Moment deines Lebens. Nicht auf deinen Henker.«

Vanessa nickte und streckte gehorsam die Hände aus. Ihr Nerzmantel klaffte auf und zeigte die Ansätze ihrer weißen Brüste, die einen schönen Kontrast zu dem schwarzen Pelz bildeten. Ihre braunen Locken hingen ihr ins Gesicht.

Trotzdem blieb das Bild schief. So willig das Model auch war, ihm fehlte einfach diese gewisse Ausstrahlung.

»Steh nicht so hölzern«, sagte Dorothea. »Du bist nicht das ›T‹ beim heiteren Buchstabenraten.«

Vanessa kicherte und hob die Arme weiter nach oben.

Dorothea verdrehte die Augen.

»Du bist auch nicht das ›Y‹.« Entnervt ging sie in das Büro hinter dem Laden, um eine Flasche Sekt zu holen. Wenn sie mit den Aufnahmen heute noch fertig werden wollten, musste der Entspannungsprozess ein wenig beschleunigt werden.

Vanessa kippte ein Glas Sekt hinunter und nahm dann ihre Position wieder ein. Es sah immer noch gestellt aus.

Dorothea Nissen schüttelte den Kopf. Warum nur hatten sie von allen Models ihrer Agentur ausgerechnet Vanessa behalten? Aber die Antwort lag ja auf der Hand. Vanessa war die Einzige, die bereit gewesen war, ihre ehemaligen Agentinnen für ein Taschengeld bei ihrem Neustart zu begleiten.

»Und Action!«, rief Dorothea.

Das Model presste sich an die Wand, legte den Kopf in den Nacken und strich mit beiden Händen über den schwarzen Nerzmantel. Eigentlich eine sinnliche Pose, aber Vanessa trug zu dick auf. Mit ihren zum Schmollmund vorgewölbten Lippen sah sie aus wie eine drittklassige Prostituierte in einem Schaufenster auf der Reeperbahn.

Britta Buddenberg, die neben Dorothea stand, stöhnte.

Dorothea warf ihrer Halbschwester einen schnellen Blick zu. Mit ihrem weißen Hosenanzug und ihren streng zurückgekämmten weißblonden Haaren wirkte Britta so kühl wie ein Eisblock. Ihre gesamte Haltung, von den verschränkten Armen bis zu den zusammengepressten Lippen, drückte Verärgerung aus.

»Zumindest haben wir ein wunderbares Setting«, sagte Dorothea und deutete auf die verbarrikadierte Schaufensterscheibe. Sie lachte, um die angespannte Stimmung aufzulockern. »Fast müsste man diesen Leuten von ›Free Nature‹ dankbar sein.«

»Dankbar?« Britta rümpfte die Nase. Trotz des gedämpften Lichts konnte Dorothea das wütende Funkeln in ihren Augen sehen. Sie hob abwehrend die Hände.

»Unter rein künstlerischen Gesichtspunkten natürlich«, versicherte sie eilig.

Britta schnaubte.

»Das ist ja wieder mal typisch. Wir sitzen hier eingemauert wie bei einer Belagerung. Unsere gesamte Existenz steht auf dem Spiel. Und was siehst du? Positionen, Lichteffekte und Arrangements. Als ob du noch immer nicht begriffen hättest, wohin uns deine künstlerischen Visionen gebracht haben.«

Dorothea atmete scharf ein. Am liebsten hätte sie ihrer Halbschwester eine wütende Antwort vor den Latz geknallt. Aber das nützte ja nichts.

»Schau doch hin«, sagte sie stattdessen. »Diese düstere Stimmung. Das hat einen besonderen Reiz. Das schöne reiche Fräulein, das sich heimlich mit dem Geliebten trifft, während draußen der Pöbel wütet. Und wenn die Fotos ein Erfolg werden, rennen dir die Leute die Bude ein.«

Sie sah, wie es in Brittas Gesicht arbeitete. Schließlich nickte die Boutiquebesitzerin.

»Du hast recht«, sagte sie. »Nutzen wir unsere Chance.«

Dorothea verkniff sich ein zufriedenes Lächeln. Mit scheinbarem Gleichmut brachte sie das Stativ in Position und richtete ihre Kamera auf Vanessa, die noch immer in gestelzter Haltung vor den Pelzmänteln posierte. Dorothea hielt ihr die Flasche hin.

»Trink noch ein Glas Sekt«, schlug sie vor und ignorierte die hochgezogenen Augenbrauen ihrer Halbschwester. Lieber ein betrunkenes Model als eines, das so steif wie ein Brett war.

Vanessa schenkte sich ein, und Dorothea tippte ungeduldig mit dem Fuß, während das Model das Glas leerte.

Im selben Moment hörte sie den Krawall. Das Lärmen von Rasseln und Trommeln, die rasch näher kamen. Es klang wie ein Spielmannszug, doch Dorothea und ihre Halbschwester wussten es besser.

»Da hast du deinen Pöbel«, sagte Britta.

Dorothea spürte, wie ihr ein Schauer über den Rücken lief. Ein Szenario, das so echt war, war einfach ein Geschenk des Himmels. Aber das sagte sie lieber nicht, um Britta nicht noch weiter gegen sich aufzubringen. Stattdessen trat sie ans Fenster und spähte zwischen den Brettern der Verdunklung hindurch auf die Straße.

Ein paar Dutzend Leute mit bunten selbst gemalten Spruchbändern und Plakaten marschierten auf die Boutique zu. Thorsten Klinke in seinem weiten Hemd mit den wehenden dunklen Haaren und dem üppigen Bart natürlich vorneweg, Susanne Moll, die dicke Wirtin der »Pension Moll«, und ihre Tochter Lina direkt dahinter. Die Frauen trugen Pappmasken mit aufgemalten Nerzgesichtern und kleinen, pelzigen Ohren, aber Dorothea erkannte sie trotzdem.

Klinke, Mutter und Tochter Moll waren der harte Kern der Tierschutzorganisation »Free Nature«, die sich vehement gegen den Verkauf von Nerzmänteln in ihrem schönen St. Peter-Ording wehrte. Was insbesondere im Fall der jungen Lina ein Jammer war. Ohne ihr albernes Mitgefühl für diese bissigen kleinen Kreaturen wäre sie das perfekte Pelzmodel, mit ihrer knackigen Figur und den langen blonden Haaren, die ihr wie Seide über den Rücken fielen. Auch ihr Gesicht, das sie hinter der Maske verbarg, war ausgesprochen apart. Aber Lina hatte sich ja für die Gegenseite entschieden.

Dorothea Nissen löste sich von der Schaufensterscheibe und sah zu Vanessa Schultheis, die noch immer nach der richtigen Haltung für ihre Rolle suchte. Dorothea gab es auf, auf den Erfolg ihrer Bemühungen zu warten. Vielleicht entwickelte sich ja alles im Miteinander.

»Bleib so«, rief sie dem Model zu und winkte ihrer Halbschwester, in Aktion zu treten. In Ermangelung eines männlichen Darstellers spielte die Chefin selbst den ungestümen Liebhaber, auf den das Model angeblich so sehnsüchtig wartete. Das war natürlich nur eine Notlösung. Aber die Mittel von Dorotheas neuester Produktion waren eben begrenzt.

Britta Buddenberg entledigte sich ihres Hosenanzugs und schlüpfte in einen schneeweißen Pelzmantel mit hohem Kragen.

Der Effekt war verblüffend: Binnen Sekunden verwandelte sich die unterkühlte Geschäftsfrau in eine dämonische Königin, die es genoss, wenn ihre Untertanen vor ihr auf dem Boden krochen.

Dorothea richtete ihre Kamera aus und begann zu fotografieren, während ihre Halbschwester auf Vanessa Schultheis zutrat und das Model zu sich heranzog. Britta griff in Vanessas dichte Locken und zerrte ihren Kopf an den Haaren nach hinten. Dann biss sie spielerisch in Vanessas entblößten Hals.

Dorothea zoomte näher heran. Dieses ausdrucksstarke Bild würde den Lesern des Erotikmagazins, für das die Aufnahmen bestimmt waren, sicher gefallen. Auch wenn man natürlich nicht ausschließen konnte, dass der eine oder andere ein Musterexemplar strotzender Manneskraft vermissen würde, mit dem er sich identifizieren konnte. Aber die meisten Betrachter waren vermutlich froh, wenn es keine Konkurrenz gab und sie sich vorstellen konnten, dass gleich zwei attraktive Frauen – die eine brünett im schwarzen, die andere hellblond im weißen Pelz – nur für sie allein da waren.

Was sie zu sehen bekamen, war jedenfalls nicht zu verachten, denn Britta füllte ihre Rolle mit Leidenschaft. Sie trieb das Model zurück, bis es mit dem Rücken an der Wand stand. Ihre Hände strichen über Vanessas Nerzmantel und öffneten wie beiläufig die Knöpfe. Dann stahlen sie sich unter den Pelz. Vanessa begann leise zu stöhnen.

Britta ließ ihre Finger wandern und genoss ganz offensichtlich die Macht, die sie ausübte. Sie berührte Vanessas Brüste, und das Model drängte sich ihr mit glänzenden Augen entgegen.

2

Peer Ruppert spielte nervös mit der kleinen Schachtel in seiner Hosentasche. Schon seit einer Woche wartete er auf eine passende Gelegenheit, Lina sein Geschenk zu geben. Aber er traf sie einfach nie alleine an.

Peer drückte sich hinter die Telefonzelle auf dem Parkplatz vor dem »Bistro Schulz« und spähte zur Boutique »Venus« auf der gegenüberliegenden Straßenseite. Thorsten Klinke hatte wirklich eine eindrucksvolle Menge von Demonstranten zusammengebracht. Fast alle Geschäftsleute, die ihre Läden in der Einkaufsstraße »Im Bad« hatten, waren dabei. Sogar Gert und Gesine Stöver von der »Segeltruhe«.

Sie trugen natürlich weder Nerzmasken noch Transparente. Aber der Ausdruck ranziger Missbilligung auf Gesine Stövers Gesicht war ohnehin aussagekräftiger als jedes Plakat. Die beiden waren lebende Aushängeschilder ihres Geschäfts für Yachtsportbedarf, Segelkleidung und Andenken. Gerade so, als wäre das Wort »maritim« extra für sie erfunden worden. Sie kämpften seit der Geschäftseröffnung der »Venus« verbissen gegen den Laden. Im Gegensatz zu den Anhängern von »Free Nature« ging es ihnen allerdings nicht um das Schicksal der Nerze. Sie fürchteten um den guten Ruf der Einkaufsmeile. Weil es im Hinterzimmer der »Venus« noch ganz andere Dinge zu kaufen geben sollte als teure Pelzmäntel …

Die Demonstranten begannen laut zu skandieren: »Wir wollen keinen Pelztiermord! Verschwindet hier aus unserem Ort!«

Einige von ihnen hatten Plastiktüten mitgebracht, die sie jetzt öffneten. Sie warfen Farbbeutel, faule Tomaten und Eier gegen das verbarrikadierte Schaufenster.

Peer wagte sich ein Stück aus seinem Versteck hervor, um einen besseren Blick auf das Geschehen zu haben. Dabei stieß er gegen eine Mülltonne, die mit lautem Gepolter umfiel. Bioabfälle ergossen sich vor seine Füße.

Einer der Demonstranten mit den Nerzmasken drehte sich zu ihm um. Es war Stefan Moll, der Besitzer der »Pension Moll«. Peer erkannte ihn an seiner bulligen Statur und dem lichten Haupthaar.

»Feind auf neun Uhr, Leute«, rief Moll. Mutter und Tochter Moll folgten seinem Blick und schauten zu Peer.

»Du Sau!«, brüllte Stefan Moll und feuerte einen Farbbeutel in Peers Richtung.

Peer duckte sich, um dem Geschoss auszuweichen. Er sah Lina bittend an, doch die schüttelte nur stumm den Kopf. Ihren Gesichtsausdruck konnte er hinter der Maske nicht erkennen.

Linas Mutter fuchtelte mit ihrem Plakat mit dem sinnigen Slogan »Ein Herz für Nerz« in seine Richtung.

»Hau bloß ab«, schrie sie, und Peer konnte trotz der Maskerade sehen, wie rot ihr Gesicht war. »Dein Vater und du, ihr seid ja noch schlimmer als die Buddenberg!«

Stefan Moll holte neue Munition aus seinem Plastikbeutel und zielte.

Peer nahm die Beine in die Hand und floh. Das Geschoss traf ihn trotzdem.

***

Dorothea Nissen betätigte die Kamera wie im Rausch, und das rasende Klicken des Objektivs untermalte das Szenario wie ein Trommelwirbel, der seinem Höhepunkt entgegenstrebte. Die aufgeheizte Stimmung vor dem Laden übertrug sich auf die beiden Akteurinnen, die sich immer mehr in ihre Rollen hineinsteigerten. Rasch arrangierte die Fotografin ein neues Tableau.

Vanessa Schultheis streckte sich rücklings auf dem Verkaufstresen aus. Ihr Nerzmantel fiel zu beiden Seiten auseinander und entblößte nicht nur ihre vollen Brüste, sondern ihren gesamten Körper. Britta Buddenberg mit ihrem weißen Pelz stand auf ihren hochhackigen Schuhen vor ihr und ließ eine Nerzboa langsam über Vanessas empfindliche Partien streichen. Vanessa legte den Kopf nach hinten. Ihre langen Haare hingen wie ein Vorhang vom Tresen herunter. Ihre Lippen waren leicht geöffnet, und sie stöhnte.

Britta Buddenberg lächelte. Dorothea Nissen drückte auf den Auslöser.

»Und jetzt stell dir vor, dass dich jeder sieht«, sagte sie. »Dass die Leute da draußen die Bretter wegreißen und dir zuschauen.«

Vanessa wand sich. Ihr Gesicht nahm einen entrückten Ausdruck an, und ihr Stöhnen verstärkte sich.

Britta kniete sich über ihre junge Gespielin und ließ die Nerzboa zwischen ihren Beinen auf und ab gleiten.

Draußen vor der Boutique zog Thorsten Klinke einen Hammer aus seinem Gürtel. Er hakte ihn hinter eines der Bretter und zerrte daran, als hätte er die Regieanweisung der Fotografin vernommen und arbeitete nun daran, sie umzusetzen.

Das Holz splitterte, und der Balken löste sich aus der Verrammelung.

Helles Licht flutete in den Laden und auf die im Liebesspiel verschlungenen Frauen.

Durch die Menge der Demonstranten ging ein Aufschrei der Empörung. Auch Vanessa Schultheis schrie. Allerdings aus einem ganz anderen Grund.

3

Britta Buddenberg stakste am Flutsaum entlang wie ein Storch im Salat. Etwas anderes war mit den klobigen pelzbesetzten Stiefeln auch kaum möglich.

Die Protestkundgebung am Nachmittag war beendet worden, als einer der Demonstranten einen Stein in die Schaufensterscheibe geworfen hatte. Das gesamte Polizeiaufgebot von St. Peter-Ording war angerückt und hatte die Störenfriede auseinandergetrieben. Sogar für einen Glaser, der das zerbrochene Schaufenster umgehend ersetzte, hatten die Beamten gesorgt. Auf die Staatsgewalt war eben Verlass. Und »Free Nature« hatte zunächst einmal andere Sorgen, als sich über die Pelzboutique zu echauffieren.

Damit war das eine Problem gelöst.

Das andere würde Britta jetzt aus der Welt schaffen. Und dann konnten sie morgen Abend ganz ungestört ihre Aufnahmen am Strand machen. Die Scheinwerfer hatten sie bereits aufgestellt. Zum Glück, denn vielleicht würde sie sie schon heute Nacht brauchen.

Ganz in der Nähe, auf Höhe des Leuchtturms St. Peter-Böhl, sah sie ein Lagerfeuer am Strand. Obwohl das verboten war, ließen sich einige der jungen Leute aus dem Ort nicht davon abbringen. Vielleicht waren es auch Touristen.

Aber jetzt war nicht der rechte Moment, um die Polizei zu

rufen. Vielleicht erhöhte die Gefahr, beobachtet zu werden, sogar noch den Reiz ihrer Verabredung.

Britta Buddenberg erreichte die Stelle, die Dorothea für die Aufnahmen ausgewählt hatte. Am Horizont war ein letzter Schimmer des Lichts zu sehen, das sich langsam zurückzog, ein hellblauer Streifen über dem Meer, darüber das Schwarz der hereinbrechenden Nacht, darunter die dunkle See. Glitzerndes Mondlicht brach sich auf den Wellen.

Britta nickte zufrieden und fuhr mit der Hand über eines der stabilen Stative, auf denen vier mannshoch angebrachte Scheinwerfer thronten. Mit der anderen strich sie über den schwarzen Nerzmantel, den am Morgen noch ihr Model Vanessa getragen hatte. Er war ihr bestes Stück, und er hatte unzweifelhaft eine aphrodisierende Wirkung. Dorotheas gelungene Aufnahmen bewiesen das. Und Britta hatte den Mantel genau deshalb gewählt.

Auch wenn es – zumindest von ihrer Seite aus – ein geschäftliches Treffen war, wollte sie doch etwas davon haben.

Sie zog einen Schlüssel aus der Manteltasche und setzte den Generator in Gang, der die vier Scheinwerfer antrieb. Die Lampen begannen zu glühen, erst schwach, wie Glühwürmchen, die langsam Leuchtstoffe durch ihren Körper pumpten, dann strahlend hell. Der Effekt war dramatisch: Der helle Sand und das anrollende Meer mit den weißen Schaumkronen hoben sich wie eine Filmprojektion aus der Dunkelheit über dem Wasser.

Britta schaltete die Scheinwerfer wieder aus und wandte dem Meer den Rücken zu. Ihr Blick wanderte von der dunklen Silhouette des Leuchtturms über den Deich zu den Lichtern, die von der »Arche Noah« am Ende der Seebrücke aus zu sehen waren.

Trotz der Schwierigkeiten mit den Pelzgegnern war es eine gute Entscheidung gewesen, den Neuanfang in St. Peter-Ording zu wagen. Der Ort hatte einfach ein besonderes Flair. Und der Widerstand gegen ihre Unternehmungen würde früher oder später nachlassen. Und dann …

An der Stelle, an der das Lagerfeuer brannte, leuchtete etwas Rotes auf und schoss wie ein Blitz auf sie zu. Instinktiv drehte Britta sich weg und versuchte, sich zu ducken, aber sie war zu langsam.

Ein harter Schlag traf sie in den Rücken, und plötzlich züngelten heiße Flammen auf dem kostbaren Pelz.

Britta Buddenberg schrie auf. Dann lief sie ins Wasser.

4

Gert Stöver marschierte über den Deich in Richtung Süden. Neben ihm ragte der alte Leuchtturm St. Peter-Böhl auf. Alle fünfzehn Sekunden flammte in der Kuppel das Licht auf, erst weiß, dann rot, das den Schiffen draußen auf der Nordsee als Quermarkenfeuer diente. In einiger Entfernung glaubte Stöver die Lichter der »Seekiste« zu erkennen.

Seine Füße in den Gummistiefeln klatschten auf das Pflaster. Die Arme und Beine seiner Regenkleidung scheuerten und gaben bei jedem Schritt ein leises Quietschen von sich. Stövers Herz hämmerte, doch das lag nicht an der Anstrengung.

Heute Nacht würde er die unsichtbare Grenze überschreiten. Er würde das Tabu brechen. Aber es ging nicht anders. Und vielleicht würde es ja niemals jemand herausfinden.

Stöver bewegte die Finger in den gelben Gummihandschuhen, und ein Gefühl freudiger Erregung durchströmte ihn.

Er rannte fast den langen Weg vom Deich zum Strand entlang. Am Flutsaum leuchteten plötzlich Scheinwerfer auf wie bei einem Fußballspiel. Stövers Herz setzte einen Schlag aus. Was, wenn man ihn beobachtete? Erst jetzt wurde ihm bewusst, in welche Gefahr er sich begab.

Die Scheinwerfer erloschen wieder, und Stöver atmete erleichtert auf. Eine Windbö fuhr unter seine Jacke, und er schauderte. Er war schon jetzt schweißgebadet.

Stöver erreichte den Parkplatz vor der »Seekiste« und ging eilig an dem Pfahlbau vorbei, auf dem sich das Restaurant befand. Hinter den Scheiben der Glasterrasse sah er die Gäste, die dort beim Essen saßen. Wenn sie nach draußen schauten, würden sie vor allem ihr eigenes Spiegelbild in der Scheibe sehen, das wusste er aus Erfahrung. Und selbst, wenn sie ihn entdeckten, sahen sie lediglich eine Gestalt in gelber Regenkleidung. Niemand würde wissen, dass er es war.

Stöver passierte den Übergang zum Strand und stiefelte zur Wasserkante. Dann lief er wieder in Richtung Norden.

In einiger Entfernung konnte er ein Lagerfeuer sehen. Noch mehr mögliche Zeugen. Doch das Risiko musste er eingehen. Eine Gelegenheit wie diese würde sich nicht so schnell wieder ergeben.

Plötzlich blieb Stövers Fuß an irgendetwas hängen, und er stürzte der Länge nach in den nassen Sand. Seine Brille flog ihm von der Nase.

Er richtete sich ächzend wieder auf und zog die Gummihandschuhe von den Fingern. Er tastete im Sand nach der Sehhilfe, berührte aber stattdessen das Ding, über das er gestolpert war. Es war groß und unförmig und hatte einen dichten, nassen Pelz.

War er etwa über einen ausgewachsenen Seehund gefallen?

Endlich fand Stöver seine Brille. Er wischte die feuchten Sandkörner von den Gläsern und setzte sie auf. Dann zog er seine Taschenlampe hervor und schaltete sie ein.

Das Licht flammte auf, und Stöver sah sofort, dass er sich getäuscht hatte. Es war kein Seehund. Es war eine Frau. Sie hatte kurze weißblonde Haare und ein wachsbleiches Gesicht. Ihr Mund und ihre Nase waren voller Sand. Ihre Augen waren geöffnet und starrten blicklos in den Sternenhimmel.

Für einen Moment verspürte er so etwas wie Erleichterung. Er würde die Grenze nicht überschreiten. Aber dann fiel ihm ein, dass er jetzt erst recht in Schwierigkeiten steckte.

5

Nils Hansen schreckte hoch, als das Telefon auf dem Tisch neben ihm zu läuten begann. Einen Moment lang wusste er nicht, wo er war. Dann erkannte er die blank polierten Buchenmöbel und den großen Tisch. Er lag in der guten Stube seiner Eltern auf der Couch. Als das Telefon erneut klingelte, wusste er auch, weshalb. Ein stechender Schmerz schoss durch seinen Kopf. Sie hatten am Abend den frisch aufgesetzten Apfelmost seines Vaters verköstigt. Der mochte zwar biologisch einwandfrei sein, hatte es aber nichtsdestoweniger in sich.

Eilig riss Hansen das Mobilteil aus der Station.

»Hallo?«

»POK Becker von der Polizeistation SPO. Spreche ich mit PM Hansen?«

Nils Hansen rappelte sich auf dem Sofa auf. Was wollte die Polizei St. Peter-Ording mitten in der Nacht von ihm? Und dann noch in Gestalt des neuen Dienststellenleiters, der, wie er gehört hatte, ein scharfer Hund sein sollte?

»Am Apparat«, sagte er.

»Können Sie herkommen? Wir haben einen Leichenfund.«

Nils Hansen raufte sich die Haare. Er konnte einfach nicht folgen. Seine Dienststelle war die Polizeistation Garding. Mit St. Peter-Ording hatte er nichts zu tun.

Der Polizeioberkommissar am anderen Ende begriff offenbar seinen Zwiespalt, ohne dass er ihn aussprechen musste.

»Ich weiß, Sie sind nicht zuständig. Aber wir sind voll ausgelastet mit dem Spiel morgen.«

»Hm.«

Langsam kamen die Denkprozesse in Hansens Kopf wieder in Gang. Er hatte beim Abendessen mit seinen Eltern darüber gesprochen. Es war das Ereignis des Jahres. Der TSV St. Peter-Ording hatte es geschafft, den FC Schalke 04 einzuladen.

»Der Knaller gegen Schalke«, sagte er. »Da springe ich gern ein.«

»Nee«, erwiderte sein Kollege. »Das könnte Ihnen so passen. Aber daraus wird nix. Sie glauben doch nicht, wir erledigen den öden Papierkram wegen der Wasserleiche, während Sie sich beim Fußball amüsieren?«

Nils wollte protestieren, aber der Kollege aus St. Peter-Ording kam ihm zuvor.

»Das ist alles schon abgesprochen«, erklärte er. »Keine Chance.

Und außerdem …«, er machte eine Kunstpause, »… hat man Sie angefordert.«

Nils Hansen kniff die Augen zusammen. Er stammte aus Poppenrade, einem kleinen Dorf zwischen Garding und Westerhever. Er hatte eine Menge Bekannte auf Eiderstedt. Den Kollegen von der Polizei in St. Peter-Ording allerdings war er in seinem ersten Dienstjahr in Garding eher selten begegnet. Und er konnte sich kaum vorstellen, dass er dabei einen bleibenden Eindruck hinterlassen hatte.

»Wer?«, fragte er. »Wer hat mich angefordert?«

»Oh«, sagte Becker, und Hansen glaubte zu sehen, wie er grinste. »Eine sehr energische Kommissarin von der Polizeidirektion Husum. Ihr Name ist Katharina Berg.«

★★★

Nils Hansen war plötzlich hellwach. Er stopfte das Mobilteil zurück in die Ladestation und stürzte ins Bad. Eilig putzte er sich die Zähne und glättete die verstrubbelten Haare mit reichlich Wasser und Gel.

Zum Glück hing bei seinen Eltern eine Reserveuniform im Kleiderschrank. Er zog sie über, strich die Jacke glatt und setzte die Dienstmütze auf. Dann begutachtete er sein Erscheinungsbild im Spiegel. Noch immer erfüllte ihn der Anblick mit Stolz, genauso wie die beiden hellblauen Sterne auf seinen Schulterklappen, die ihn als Polizeimeister auswiesen.

Nun gut. Noch besser hätte es ihm gefallen, wenn es mittlerweile drei Sterne wären. Polizeiobermeister. Das war sein Traum. Aber er war ja erst zweiundzwanzig und seit gut einem Jahr dabei. Er durfte nicht ungeduldig werden. Das musste er sich immer wieder sagen. Und wer weiß … Wenn er jetzt erneut in einem Mordfall ermittelte, und das auch noch an der Seite von Katharina Berg – vielleicht würde er dann ja schneller befördert werden, als er dachte. Hauptsache, er blamierte sich nicht wieder so dermaßen vor der attraktiven Kriminalhauptkommissarin wie bei ihrem letzten gemeinsamen Fall. Dann wäre er vermutlich ein für alle Mal bei ihr untendurch.

Erst als er bereits vor dem Wohnhaus stand, fiel ihm ein, dass er kein Auto hatte. Ein Kollege hatte ihn am Freitagabend bei seinen Eltern abgesetzt und wollte ihn am Montagmorgen wieder abholen. Und der Passat seiner Eltern war in der Werkstatt.

6

Katharina Berg ließ den Wagen rollen. Die B 202 zwischen Tönning und St. Peter-Ording war vollkommen leer. Die Wiesen rechts und links der Straße lagen im Mondlicht. Von den Schafen und Kühen, die bei Tag darauf grasten, war nichts zu sehen.

Katharina hatte das schwarze Verdeck ihres roten Fiat Cabrios zurückgeklappt und ihre dunklen Haare mit einem bunten Tuch zusammengebunden. Es war eine laue Sommernacht, und sie genoss den milden Fahrtwind, der ihr ins Gesicht wehte.

Der Anruf von Polizeioberkommissar Becker, der sie über den Leichenfund am Strand von St. Peter-Ording informiert hatte, war genau im richtigen Moment gekommen. Die ausgelassene Stimmung bei der Feier nach der letzten Vorstellung von Bertolt Brechts »Mann ist Mann« am Hamburger Thalia-Theater war soeben gekippt, und die Darsteller, die sich gerade noch überschwänglich in den Armen gelegen hatten, waren plötzlich wie die Hyänen aufeinander losgegangen. Wie das am Theater eben so war. Statt sich am gemeinsamen Erfolg zu freuen, neidete man den Kollegen den Applaus, der vielleicht eine Nuance euphorischer ausgefallen war als der eigene.

Katharina hatte sich von ihrer Mutter verabschiedet, die bei dem Stück wieder einmal ihre Nachfolgerin bei der Inspizienz vertreten hatte. Obwohl Ellen Berg bereits seit mehr als einem Jahr im Ruhestand war, kam man nicht ohne sie aus. Die Neue war einfach kein Glücksgriff gewesen.

Katharina war durch das nächtliche Hamburg gefahren, in dem das Leben in einer Sommernacht wie dieser pulsierte, und von da über die beinahe leere Autobahn und die B 5 bis nach Tönning. Seit sie dort auf die B 202 abgebogen war, war ihr keine Menschenseele mehr begegnet.

Katharina durchquerte Garding und gab wieder Gas, als sie das Ortsausgangsschild passierte. Dann trat sie hart auf die Bremse.

Direkt vor ihr zuckelte ein Traktor mit einem Anhänger mit defekten Rücklichtern. Fast wäre sie aufgefahren.

Sie drückte auf die Hupe und überholte den Trecker. Ungeduldig streckte sie den Arm aus und forderte den Fahrer mit einer auf- und abwinkenden Bewegung zum Halten auf.

Sie stoppte, als der Traktor hinter ihr zum Stehen kam und der wummernde Motor mit einem letzten Aufröhren erstarb.

Katharina stieg aus dem Cabrio und ging mit energischen Schritten auf das landwirtschaftliche Gefährt zu. Sie sah, wie der Fahrer aus der Kabine kletterte und verlegen neben dem riesigen Hinterrad stehen blieb.

»Moin«, rief sie. »Wissen Sie, dass Ihre Rücklichter kaputt sind?«

Erst jetzt fiel ihr auf, dass der vermeintliche Bauer eine blaue Uniform samt dazugehöriger Schirmmütze trug. Unter der Mütze sahen strohige rote Haare hervor. Auf den Schulterklappen prangten zwei hellblaue Sterne.

Katharina lachte auf.

Der Treckerfahrer war kein anderer als Polizeimeister Nils Hansen, mit dem sie vor knapp einem Jahr den Fall des ermordeten Pornoproduzenten Ricardo Reiter geklärt hatte. Sein Gesicht hatte wieder die Farbe angenommen, die es schon damals ständig gehabt hatte: Es war knallrot angelaufen.

»Frau Berg«, stotterte Hansen. »Nee. Das wusste ich nicht. Das mit dem Rücklicht, meine ich.«

Katharina legte den Kopf schief.

»Was tun Sie überhaupt mitten in der Nacht mit diesem Gefährt auf der Straße?«

Hansen rückte umständlich seine Dienstmütze zurecht.

»Na ja«, sagte er. »Kommissar Becker von der Polizeistation St. Peter-Ording meinte, ich solle so schnell wie möglich zum Tatort kommen.«

Katharina zog eine Augenbraue hoch.

»Aha. Und da fällt Ihnen kein anderes Fahrzeug ein als ein Traktor mit Anhänger?«

Hansen stemmte die Hände in die Seiten. Er sah ernstlich beleidigt aus.

»Was hätte ich denn tun sollen? Ich war bei meinen Eltern. Ein Kollege hat mich am Freitag nach Dienstschluss da abgesetzt und wollte mich am Montag wieder abholen. Und der Wagen meiner Eltern ist zur Inspektion in der Werkstatt.«

Katharina tat so, als müsse sie nachdenken.

»Hm«, sagte sie dann. »Und Sie sind nicht auf die Idee gekommen, mich anzurufen, damit ich Sie abhole?«

Hansens Mundwinkel sackten nach unten. Er erwiderte nichts. Aber das war auch nicht nötig.

7

Polizeioberkommissar Lutz Becker von der Polizeistation St. Peter-Ording wartete auf dem Parkplatz neben der »Seekiste«. Im Lokal oben auf dem Pfahlbau brannten nur einige wenige gelbliche Laternen. Sie spiegelten sich in den Scheiben der Glasterrasse, die wie ein Gewächshaus aussah. Das Restaurant dahinter lag im Dunkeln.

Katharina Berg stieg aus dem Wagen und klappte das Verdeck ihres Cabrios zu. Sie band das bunte Kopftuch ab, das sie zum Schutz gegen den Fahrtwind getragen hatte, und schüttelte ihre dunklen Haare aus. Auf der anderen Seite schälte sich Polizeimeister Nils Hansen aus dem Sitz.

Katharina warf einen Blick auf das Restaurant. Zum Glück war es bereits geschlossen. Früher am Abend hätten sie vermutlich einen kompletten Zug von der Polizeidirektion für Aus- und Fortbildung in Eutin benötigt, um die Schaulustigen im Zaum zu halten.

Der uniformierte Polizist, der am Strandübergang wartete, war um die fünfzig, groß und hager. Die Haare, die unter der Dienstmütze hervorschauten, waren grau und militärisch kurz geschnitten. Als Katharina den Wagen abschloss, kam er auf sie zu.

»Moin. KHK Berg?«, fragte er und reichte ihr die Hand.
Katharina nickte.

»POK Becker, Polizeistation SPO. Meine Leute haben den Tatort fürs Erste gesichert. Der Auffindungszeuge wartet da drüben.« Er deutete auf einen Mann, der etwas verloren neben einer der Laternen in der Nähe des Strandübergangs stand. In seiner gelben Kleidung war er gut zu sehen.

Becker hob den Arm und tippte auf seine Uhr.

»Meine Leute müssen ins Bett«, erklärte er. »Wir haben morgen das Spiel gegen Schalke.«

Katharina musterte den Kollegen. Ein Leichenfund am Strand schien ihn nicht sonderlich zu beeindrucken.

»Ach so?«, fragte sie scheinheilig. »Ihre Leute spielen Fußball? Und das sogar gegen einen Bundesligisten?«

Polizeioberkommissar Becker verdrehte die Augen. »Nee. Natürlich nicht. Spielen tun die Jungs vom TSV St. Peter-Ording. Meine Männer passen bloß auf.«

»Ach so.« Katharina schenkte ihm ein mädchenhaftes Lächeln. »Aber dieser Interessenkonflikt hat Sie sicher nicht davon abgehalten, im Fall der Wasserleiche alle nötigen Schritte zu unternehmen.«

Becker musterte sie finster.

»Nee. Auch wenn Sie das nicht glauben. Wir sind hier nicht in der Provinz. Wir verstehen unsern Job.«

»M-hm.«

»Wir haben den Tatort weiträumig abgesperrt. Die Spurensicherung vom K6 der BKI Flensburg ist unterwegs. Und der Rechtsmediziner aus Kiel auch.«

»Gut.« Katharina öffnete den Kofferraum ihres Wagens und tauschte ihre bequemen Sneakers gegen ein Paar Gummistiefel. Soweit man ihr berichtet hatte, lag die Leiche halb im Wasser.

»Wissen wir schon, wer die Tote ist?«, erkundigte sie sich.

Kommissar Becker zog einen eng beschriebenen Zettel aus der Jackentasche.

»Britta Buddenberg, zweiundvierzig, wohnhaft in der Schräggeest in St. Peter-Dorf. Lebt aber noch nicht lange dort.«

»Ach ja?«

»Sie ist vor drei Monaten mit ihrer Halbschwester aus Hamburg hergezogen«, erklärte Becker. »Haben hier eine Boutique eröffnet.«

Was in einem Ort wie St. Peter-Ording nicht besonders ungewöhnlich war.

»Hat eine Menge Ärger gegeben deswegen«, fuhr der Kollege fort. »Gerade heute erst hatten wir eine Demo. Wir mussten sie auflösen, weil einer der Teilnehmer einen Stein in die Schaufensterscheibe geworfen hat.«

»Ach.« Katharina sah den Kollegen interessiert an. »Wer hat denn da demonstriert? Und weshalb?«

Becker zuckte mit den Schultern.

»Tierschützer. ›Free Nature‹ heißt die Organisation. Haben zum Protest aufgerufen gegen den Pelzladen von der Buddenberg ›Im Bad‹.«

Katharina runzelte die Stirn. »Das Geschäft heißt ›Im Bad‹?«

Kommissar Becker stöhnte.

»Nee. ›Im Bad‹ ist unsere Hauptgeschäftsstraße. Der Laden heißt ›Venus‹.«

»Soso.« Katharina legte den Kopf schief. »Und was ist der Stein des Anstoßes?«

Der Kommissar bedachte sie mit einem Blick, als hätte er erhebliche Zweifel daran, dass sie geeignet war, einen Kriminalfall zu lösen.

»Pelze. Das sag ich doch.«

Katharina lächelte zuvorkommend. »Verzeihung. Ich wollte nur sichergehen. Bei dem Namen könnte man ja auch an etwas anderes denken.«

Becker sah sie verständnislos an. Offenbar war er nicht besonders bewandert in der romantischen Literatur.

Zwei weiße VW-Busse bogen auf den Parkplatz und unterbrachen das Gespräch. Die Beamten der Flensburger Spurensicherung kletterten heraus und schlüpften in ihre Schutzanzüge.

Max Meier, der Leiter der Kriminaltechnik, blieb vor Katharina stehen und gab ihr lächelnd die Hand. Nils Hansen sah verstimmt zu, wie sich Katharinas Gesicht aufhellte. Dann drehte sich Meier um und begrüßte Hansen und Becker. Seine Stimme war so tief, dass Hansen das Vibrieren beinahe körperlich spürte.

Hansen nickte nur knapp und wandte sich eilig ab, um scheinbar interessiert den Spurensicherern beim Auspacken ihrer Ausrüstung zuzusehen. Neben Männern, die so attraktiv waren wie Meier mit seinen vollen dunklen Haaren und dem kurz gestutzten Bart, fühlte er sich immer unwohl. Wenn sie darüber hinaus auch noch derart sonor und männlich klangen, traute er sich nicht einmal mehr, den Mund aufzumachen.

Polizeioberkommissar Becker setzte Meier mit ein paar kurzen Worten ins Bild. Dann nahmen die Kriminaltechniker ihre Koffer aus den Wagen und marschierten zum Strand, mumienhafte Gestalten, die seltsam unwirklich wirkten.

Katharina schaute zu dem gelb gekleideten Zeugen. »Und wer ist der Mann?«, erkundigte sie sich.

Polizeioberkommissar Becker reichte ihr den Zettel, auf dem er die Daten der Toten und des Auffindungszeugen notiert hatte.

»Gert Stöver. Inhaber der ›Segeltruhe‹. Übrigens …«, Becker beugte sich vertraulich zu Katharina, »… auch einer von denen, die gegen die Boutique von der Buddenberg demonstriert haben.«

»Und Sie meinen, da gibt es einen Zusammenhang?«

Kommissar Becker verzog das Gesicht.

»Nee. Die Stövers sind anständige Leute. Gert hat einen Anwalt eingeschaltet, der gegen die Boutique vorgeht. Der würde sich nicht die Hände schmutzig machen.«

»Immerhin hat er Handschuhe dabei«, bemerkte Nils Hansen.

»Jo.« Becker sah zu dem Zeugen hinüber. »Versteh ich auch nicht. Aber Sie können ihn ja fragen.« Er schaute demonstrativ auf seine Armbanduhr.

»Ja, ja, ich weiß. Ihre Leute müssen ins Bett«, sagte Katharina. »Wir übernehmen.«

Becker nickte zufrieden und zog sein Funkgerät hervor, um seine Kollegen zu informieren.

Katharina sah zu, wie er zu einem der Streifenwagen ging, die auf dem Parkplatz standen.

»Ach ja«, rief sie ihm nach. »Viel Erfolg morgen gegen Schalke.«

Becker hob den Daumen. Dann verschwand er hinter seinem Lenkrad und ließ den Motor an. Der aufflammende Scheinwerfer blendete Katharina.

Sie winkte Nils Hansen, ihr zu folgen, und marschierte zum Strandübergang. Als sich das im Mondlicht glänzende Meer vor ihr auftat, blieb sie stehen.

»Ich hoffe, Sie haben nichts dagegen, dass wir uns um die Wasserleiche kümmern und nicht um den Fußball.«

Nils Hansen seufzte schwer.

»Na ja. Ich hätte das Spiel schon gerne gesehen.« Er deutete zur Wasserkante, wo mehrere hohe Scheinwerfer ein Stück Strand beleuchteten, auf dem sich die weiß gekleideten Beamten der Spurensicherung tummelten. »Aber wir können die Tote ja schlecht bis morgen Abend liegen lassen.«

Was eine – vollkommen richtige – Feststellung war. Und man brauchte schon feine Ohren, um das Fragezeichen zu hören, das Nils Hansen am Ende angefügt hatte. Doch Katharina Berg entging so leicht nichts.

★★★

Die Tote lag auf dem Rücken im Sand. Sie war eine schlanke Frau mit kurzen weißblonden Haaren und trug einen langen schwarzen Nerzmantel und pelzbesetzte Stiefel. Das Wasser hatte die Schminke von ihrem Gesicht gewaschen. Lippen und Augenbrauen waren vom Salz verkrustet. Trotzdem strahlte sie etwas Aristokratisches aus.

Die Kollegen von der Polizeistation St. Peter-Ording hatten den Fundort in der Tat weiträumig abgesperrt. Das rot-weiße Flatterband umfasste ein Areal, das in etwa die Ausmaße eines Fußballfeldes hatte. Viel Arbeit für die Beamten von der Spurensicherung. Und das in einem Fall, bei dem noch nicht einmal sicher war, ob es sich überhaupt um einen Mord oder nur um einen Unfall handelte. Doch das würde sich ja in Kürze klären.

Katharina hob den Blick und betrachtete die vier großen Scheinwerfer, die um den Leichnam herumstanden und das Szenario erhellten. Sie sahen nicht so aus wie die Geräte, die ihre Kollegen für gewöhnlich benutzten.

Einer der Beamten von der Spurensicherung trat neben sie.

»Das nenne ich mal Service«, sagte er und deutete nach oben.

»Da hatte jemand schon die Beleuchtung aufgebaut, gleich neben der Leiche. Wir mussten die Scheinwerfer lediglich ein Stück verrücken.«

Katharina runzelte die Stirn. »Sie meinen, das ist eine makabre Inszenierung?«

Der Kriminaltechniker schüttelte den Kopf. »Nee. Die Lampen stehen schon länger, als die Tote hier liegt.«

»Ach so?« Katharina warf einen Blick zu Nils Hansen, der sich ratlos am Kopf kratzte.

Der Mann von der Spurensicherung schmunzelte.

»Diese Art von Scheinwerfern wird gern von Fotografen verwendet«, erläuterte er. »Ich nehme an, jemand hat hier eine nächtliche Session geplant.«

Katharina Berg nickte nachdenklich.

»Die Tote hatte eine Boutique«, erklärte sie. »Sie verkauft Pelzmode. Was offenbar nicht jedem hier im Ort gefällt.«

»Kann ich verstehen«, bemerkte der Kriminaltechniker. Er zeigte auf den Leichnam. »Das ist ein sehr teurer Nerzmantel, den die Tote trägt. Und die pelzbesetzten Stiefel sind ebenfalls von hoher Qualität. Aber das wirklich Interessante kommt noch.«

Er beugte sich zu der Toten hinunter und öffnete den schweren Mantel.

Nils Hansen schluckte. Er spürte, wie ihm die Röte ins Gesicht schoss.

Unter dem Mantel war Britta Buddenberg nackt.

Hansen bekam weiche Knie. Als er das letzte Mal mit Katharina Berg zusammengearbeitet hatte, war es um einen toten Pornoproduzenten gegangen, und er, Nils, hatte die gesammelten Filme des Ermordeten sichten müssen. Was ihn nicht nur einmal in eine peinliche Situation gebracht hatte. Und nun das. Sollte er etwa schon wieder in einem Fall ermitteln, der ihn an seine persönlichen Grenzen führte?

Katharina Berg beobachtete amüsiert das Mienenspiel auf Nils Hansens erhitztem Gesicht. Auch sie erinnerte sich noch gut an seine Reaktionen auf die Werke des Filmemachers. So, wie es aussah, hatte sich an Hansens verklemmter Einstellung zu diesem Thema im vergangenen Jahr nichts geändert.

»Das muss an Ihnen liegen«, sagte sie.

»Was?« Hansen richtete seine Dienstmütze neu aus.

»Diese erotischen Verwicklungen.« Katharina zwinkerte ihm zu. »Normalerweise sind die Motive bei den Fällen, die ich bearbeite, Neid oder Gier oder Eifersucht. Aber jedes Mal, wenn Sie dabei sind, geht es um Sex.«

8

Der Auffindungszeuge saß im VW-Bus der Spurensicherung. Sein graues Haar war verschwitzt, sein Gesicht gerötet, und auf seiner Stirn standen Schweißperlen. Trotzdem hatte er seine Regenjacke nicht ausgezogen. Nicht einmal den Reißverschluss hatte er geöffnet. Lediglich die Kapuze hatte er abgenommen.

Katharina gab ihm die Hand.

Auch sie war feucht.

Sie setzte sich dem Mann gegenüber und blickte auf den Zettel, den ihr Polizeioberkommissar Becker gegeben hatte. Nils Hansen blieb neben der offenen Wagentür stehen.

»Sie sind Herr Gert Stöver?«, fragte Katharina.

Stöver nickte.

»Sie haben die Tote gefunden?«

Stöver nickte wieder, sah ihr aber nicht in die Augen. Offenbar gehörte er zu jener Spezies wortkarger Menschen, die auf der Halbinsel Eiderstedt reichlich vertreten war. Eine Eigenart, die Katharina als angenehm empfand, wenn sie einen ruhigen und beschaulichen Strandurlaub verbringen wollte. Waren die betreffenden Zeitgenossen in eine Ermittlung verwickelt, fand sie dasselbe Verhalten allerdings ausgesprochen lästig, weil man den Leuten jede Information einzeln aus der Nase ziehen musste.

»Erzählen Sie uns doch bitte, was passiert ist«, bat sie und mahnte sich innerlich zu mehr Geduld.

»Ja«, schnaufte Stöver, »also …«

Nils Hansen zog ein Stofftaschentuch aus der Hosentasche und hielt es dem Zeugen hin. Der nahm es dankbar entgegen und wischte sich den Schweiß von der Stirn.

»Ich konnte nicht schlafen«, erklärte Stöver endlich. »Deshalb habe ich einen Spaziergang gemacht. Wir wohnen nicht weit von hier.« Wieder tupfte er an seiner Stirn herum.

Katharina spürte, wie ihr linkes Auge zu zucken begann. Das tat es immer, wenn sie kurz davor war, zu explodieren.

»Warum ziehen Sie nicht Ihre Jacke aus?«, fragte sie gereizt.

Stöver machte ein erschrockenes Gesicht.

»Nein. Danke.« Er wedelte mit den Händen. »Mir ist nicht zu warm.«

Katharina sah bedeutungsvoll auf das feuchte Taschentuch in seinen Fingern.

Stöver folgte ihrem Blick.

»Das … das ist nur … die Aufregung«, stotterte er.

Katharina lehnte sich zurück. »Wie Sie meinen. Bitte. Erzählen Sie weiter.«

»Ich bin oben auf dem Deich langgegangen. Dann durch die Salzwiesen zur ›Seekiste‹ und von dort unten am Wasser entlang zurück.« Stöver lächelte schief. »Ich mag das Mondlicht auf den Wellen.« Für einen Augenblick schienen seine Gedanken abzugleiten. Dann riss er sich wieder zusammen.

»Ich habe Scheinwerfer gesehen, die plötzlich aufleuchteten«, berichtete er. »Aber als ich an der Stelle war, war alles wieder dunkel. Und dann bin ich über etwas gestolpert. Ich habe meine Brille verloren. Als ich sie schließlich wiedergefunden hatte, habe ich gesehen, dass es eine Frau war. Frau Buddenberg.«

»Sie kennen die Tote?«

Stövers Gesicht verzog sich zu einer Grimasse, die Katharina nicht deuten konnte.

»Selbstverständlich«, erklärte er. »Wir sind Nachbarn. Geschäftsnachbarn. Sie betreibt den Laden neben unserem.« Er richtete sich ein wenig auf. »Meiner Frau Gesine und mir gehört die ›Segeltruhe‹«, erklärte er. »Wir führen Yachtsportbekleidung.«

»Ach so?« Katharina musterte Stövers Friesennerz. Er entsprach nur bedingt ihrer Vorstellung von funktionaler Wetterkleidung. Sie konsultierte erneut Polizeioberkommissar Beckers Zettel.

»Hier steht, Frau Buddenberg ist die Inhaberin der Boutique
›Venus‹. Sie verkauft Pelzmäntel.«

Stöver zog am Material der gelben Regenjacke, das an seinem
Körper zu kleben schien. Er sah nicht so aus, als fühlte er sich
besonders wohl in seiner Haut.

»Wenn es nur das wäre«, beklagte er sich. »Aber sie schadet
auch dem Image. Sie vertreibt unsere Kundschaft. Weil sie …«, er
hustete, »… Spielzeug verkauft.«

»Spielzeug?«

»Na ja.« Stöver wand sich. »Sie wissen schon. Nicht für Kinder. Für Erwachsene.« Er kniff die Lippen zusammen und schien
nicht gewillt, seine Andeutung weiter zu erläutern. Aber das war
auch nicht nötig. Katharina konnte sich vorstellen, was er meinte.
Zusammen mit seiner sonderbaren Bekleidung ergab sich ein interessantes Bild.

»So«, sagte sie leichthin. »Und Sie waren erstaunt, dass Sie Frau
Buddenberg dort gefunden haben?«

Stöver ballte die Fäuste auf dem Tisch. »Natürlich war ich
überrascht. Meinen Sie, ich erwarte, am Strand über eine Leiche
zu stolpern?«

Katharina lächelte fein. »Nein. Aber womöglich haben Sie damit
gerechnet, Frau Buddenberg zu begegnen.«

Stövers Adamsapfel hüpfte auf und ab. »Warum sollte ich?«

»Ich dachte, Sie hatten vielleicht vor, sich mit ihr zu treffen«,
sagte Katharina.

Ein Schweißtropfen perlte von Stövers Stirn und tropfte auf
seine gelbe Gummihose.

»Meine Frau und ich klagen gegen diese Person, damit der
Schweinkram bei uns nebenan aufhört. Glauben Sie im Ernst, da
würde ich mich mit ihr verabreden?«

Katharina dachte an die Tote, die unter ihrem langen Pelzmantel
nackt gewesen war. Was würden sie wohl zu sehen bekommen,
wenn Stöver seine Regensachen auszog?

»Sie haben ein ungewöhnliches Outfit für Ihren Spaziergang
gewählt«, bemerkte sie. »Wir hatten heute fast dreißig Grad. Und
die Nacht ist sternenklar. Haben Sie befürchtet, es könnte trotzdem
regnen?«

Gert Stöver reckte das Kinn. »Nein. Habe ich nicht. Ich wollte bloß meine Frau nicht wecken. Deswegen habe ich angezogen, was gerade greifbar war. Und das sind eben meine alten Segelsachen. Die hängen in der Garage.«

Katharina musterte den Mann. Womöglich war die Lösung des Rätsels tatsächlich so simpel, und Stöver trug unter dem Regenmantel einen abgewetzten Schlafanzug, den zu zeigen ihm peinlich war. Aber ihr Gefühl sagte ihr, dass das nicht der wahre Grund für seinen Aufzug war.

Einer der Spurensicherer steckte seinen Kopf durch die Wagentür.

»Frau Berg?« Er hielt einen großen Plastikbeutel hoch, in dem sich der Nerzmantel der Toten befand. »Ich dachte, Sie wollen sich das vielleicht mal ansehen. Das sind Brandlöcher.«

Katharina zog den Beutel zu sich heran. Auf der Rückseite des Mantels befanden sich mehrere hässliche Flecken, an denen der Pelz versengt war. Ein Indiz dafür, dass der Tod der schönen Boutiquebesitzerin kein Unfall gewesen war.

»Wir müssen natürlich das Ergebnis der kriminaltechnischen Untersuchung abwarten. Aber wenn ich raten sollte, würde ich sagen, die Frau wurde mit einer Leuchtkugel beschossen«, erklärte der Spurensicherer. »Der Pelz ist in Brand geraten, und sie ist ins Wasser gelaufen. Das kann man noch erkennen, auch wenn die Spuren ziemlich verwischt sind. Offenbar ist irgendjemand über die Leiche gestolpert.«

Gert Stöver zog den Kopf ein.

»Der Mantel hat sich mit Wasser vollgesogen und sie nach unten gezogen«, fuhr der Beamte von der Spurensicherung fort. »Möglicherweise hat auch jemand ihren Kopf unter Wasser gedrückt. Der Täter hat wohl gehofft, dass das Meer sie mitnimmt. Aber wir haben Flut. Das auflaufende Wasser hat sie wieder an Land gespült.«

Katharina Berg fixierte Gert Stöver. »Damit haben Sie natürlich nicht gerechnet.«

Stöver riss entsetzt die Augen auf.

»Nein«, stammelte er. »Das war ich nicht. Ich bin doch nur spazieren gegangen.«

Katharina lächelte.

»Dann haben Sie sicher auch nichts dagegen, dass wir Sie durchsuchen.«

Sie winkte Nils Hansen, der den Zeugen aus dem VW-Bus bugsierte. Das war endlich mal etwas, das er im Schlaf beherrschte. Die Ausbildung an der Polizeischule in Eutin war schließlich solide.

»Hände an den Wagen«, befahl er. »Und die Beine auseinander.«

Gert Stöver hob die Arme und stützte sich am Polizeiauto ab. Hansen schob seine Füße auseinander und klopfte ihn von oben bis unten ab, erst den Rumpf, dann die Beine. Es quietschte wie bei einem Spaziergang in nassen Schuhen. Von Stövers Stirn liefen dicke Schweißperlen in den Halsausschnitt seiner Regenjacke. Er sah aus, als würde er keine Luft mehr bekommen.

Schließlich ließ Nils Hansen die Hände sinken.

»Nichts«, sagte er enttäuscht. Er packte Stöver am Kragen und drehte ihn zu sich herum. »Aber Sie hatten ja auch jede Menge Zeit, die Waffe verschwinden zu lassen.«

Möglichkeiten dazu bot der Tatort genug. Stöver konnte die Leuchtpistole ins Meer geworfen oder im Sand vergraben haben. Oder er hatte sie einfach in einen Papierkorb gesteckt.

Stöver wischte sich mit Hansens Taschentuch über das Gesicht und sah Katharina flehentlich an.

»Sie müssen mir das glauben«, beteuerte er. »Ich habe Frau Buddenberg nichts getan. Ich …«

Stöver hielt inne und blickte zum Strandübergang. Er schluckte aufgeregt.

»Da war noch jemand«, berichtete er. »Am Strand. Da hat ein Feuer gebrannt. Ein Stück weiter nördlich. Etwa auf Höhe des Leuchtturms St. Peter-Böhl. Vielleicht ist von dort aus geschossen worden.«

Katharina fixierte Gert Stöver. Er sah nicht so aus, als wäre er noch in der Verfassung, sich Ausflüchte auszudenken. Aber vielleicht war er auch nur ein guter Schauspieler.

Sie stieg aus dem VW-Bus.

»Kommen Sie«, sagte sie zu Nils Hansen. »Das sehen wir uns an.«

Stöver tupfte sich mit dem Taschentuch über die Stirn. »Und ich?«

Katharina legte den Kopf schief. Sie könnte den Zeugen noch ein bisschen schwitzen lassen. Vielleicht würde er ihr dann verraten, was er wirklich am Strand gewollt hatte. Aber sie war ja kein Unmensch.

Sie deutete auf den Kriminaltechniker.

»Der Kollege untersucht Ihre Hände auf Schmauchspuren. Und Sie geben ihm Ihre Gummihandschuhe. Wir machen ein Protokoll, und danach können Sie nach Hause gehen.« Sie lächelte. »Wenn noch weitere Fragen auftauchen, wissen wir ja, wo wir Sie finden.«

Gert Stöver nickte. Besonders glücklich sah er allerdings nicht aus.

★★★

Die geisterhaften Gestalten in den weißen Tyvek-Anzügen waren noch immer bei der Arbeit. Sie durchkämmten das großzügig abgesteckte Terrain um den Fundort der Leiche herum. Zumindest wussten sie nun, dass sich der Aufwand lohnte. Nach Lage der Fakten war der Tod von Britta Buddenberg kein Unfall gewesen.

Katharina Berg betrachtete die Scheinwerfer, die wahrscheinlich von der Boutiquebesitzerin selbst aufgestellt worden waren – für ein nächtliches Fotoshooting am Strand.

Katharina schnaubte leise. Ein »Shooting« hatte tatsächlich stattgefunden. Allerdings nicht ganz so, wie es die Boutiquebesitzerin geplant hatte.

War einem der Demonstranten der Prostest gegen Britta Buddenbergs Pelzverkauf nicht weit genug gegangen und er hatte, statt auf Einsicht zu warten, auf sie geschossen? Vielleicht hatte es nur ein Warnschuss sein sollen, und der Täter hatte gar nicht die Absicht gehabt, die Boutiquebesitzerin zu ermorden. Jemanden mit einer Leuchtkugel zu beschießen, war schließlich keine besonders sichere Tötungsmethode. Wenn Britta Buddenberg den brennenden Pelz ausgezogen oder sich einfach ins Wasser geworfen hätte, wäre sie vermutlich mit dem Leben davongekommen. Sie musste erheblich in Panik geraten sein, wenn sie direkt ins Meer gelaufen und hier in dem flachen Wasser in die Tiefe gezogen worden und ertrunken war. Oder aber der Täter hatte nachge-

holfen und Britta Buddenberg nicht nur beschossen, sondern ihre
hilflose Lage ausgenutzt und ihren Kopf unter Wasser gedrückt,
bis sie sich nicht mehr gewehrt hatte.

Ob Gert Stöver dafür in Frage kam?

Nils Hansen blieb neben Katharina stehen. Auch ihn beschäftigte der Auffindungszeuge.

»Glauben Sie wirklich, Stöver war mit der Toten verabredet?«,
erkundigte er sich.

Katharina sah ihn mit einem unschuldigen Augenaufschlag an.

»Finden Sie das nicht naheliegend?«

Nils Hansen nickte. »Doch«, behauptete er. Dann verharrte
sein Kopf mitten in der Aufwärtsbewegung, und seine Stirn legte
sich in Falten. »Also … nein«, korrigierte er sich. »Weshalb hätte
er sich mit ihr treffen sollen?«

Katharina schenkte ihm ein verführerisches Lächeln.

»Was denken Sie denn, was ein Mann und eine Frau mitten in
der Nacht am Strand tun wollen? Eine Frau«, sie tippte dem jungen
Polizeimeister spielerisch gegen die Brust, »die nichts weiter anhat
als einen Nerzmantel und pelzbesetzte Stiefel? Und ein Mann,
der von Kopf bis Fuß in gelber Gummikleidung steckt und sich
beharrlich weigert, sie abzulegen, obwohl er offensichtlich kurz
vor einem Hitzekollaps steht?«

Nils Hansen nahm seine Dienstmütze ab und wischte sich den
Schweiß von der Stirn. Katharina konnte sehen, wie es in seinem
Kopf arbeitete.

»Sie meinen … er hatte darunter ebenfalls nichts an? Und das
Ganze war so etwas wie … eine Art …«

»Ein erotisches Stelldichein.«

»Im Ölzeug?« Hansen verzog angewidert das Gesicht.

Katharina machte eine vage Geste. »Es gibt mehr Dinge zwischen Himmel und Erde, als Sie sich vorstellen können.«

Hansen schüttelte sich. »Das will ich mir gar nicht ausmalen.
In diesen Regensachen schwitzt man doch wie verrückt.«

»Womöglich besteht genau darin der Reiz«, schlug Katharina
vor.

Hansen setzte seine Dienstmütze wieder auf.

»Also, für mich wäre das nichts«, erklärte er kategorisch.

Katharina zwinkerte ihm zu. »Auch nicht, wenn dafür eine schöne Frau im Pelz auf Sie wartet?«

Hansen schüttelte den Kopf. »Nee. Für keine Frau und für kein Geld der Welt.«

Katharina schmunzelte.

»Dann hätten wir das ja geklärt«, sagte sie.

★★★

Gert Stöver lief von hinten auf das Grundstück zu und kletterte über den niedrigen Gartenzaun. Er huschte zur Terrasse und hob eine der Begrenzungsplatten an. In dem Versteck darunter lagen eine Schachtel Zigaretten und ein Feuerzeug. Stöver zündete sich eine an und inhalierte tief. Er ließ den Rauch langsam entweichen und sah zu, wie er über den Rasen davonschwebte. Langsam beruhigte sich sein Puls wieder.

Im selben Moment ging das Licht in der Küche an.

Stöver drückte hastig die Zigarette in einem Blumenkübel aus und warf die Kippe zusammen mit der Schachtel und dem Feuerzeug in den Hohlraum unter den Terrassenfliesen. Dann eilte er zur Garagentür. Sein Herz hämmerte schon wieder wie verrückt.

Stöver riss die Tür auf. Vorsichtshalber schaltete er nur das Nachtlicht ein. Hastig schlich er an dem silbernen Mercedes und dem weißen Transporter mit der Aufschrift »Segeltruhe« zu dem Metallschrank in der hinteren Ecke der Doppelgarage. Gesine glaubte, dass er dort sein Werkzeug aufbewahrte. Dabei verstand er überhaupt nichts von Autos.

Gesine. Was, um alles in der Welt, tat sie um diese Zeit in der Küche? Und was sollte er sagen, wenn sie ihn gesehen hatte? Aber vielleicht trank sie ja auch nur einen Schluck Wasser und ging danach wieder ins Bett. Wenn er sich leise ins Schlafzimmer schlich und ganz vorsichtig neben sie legte, würde sie vielleicht überhaupt nichts bemerken. Oder sie würde – wenn sie seine Abwesenheit entdeckt hatte – annehmen, dass er nur kurz auf der Toilette gewesen war.

Stöver kniff die Augen zusammen, um im Dämmerlicht die Zahlenkombination am Schloss einzustellen. Er musste lediglich die Regensachen gegen den Schlafanzug tauschen, der im Schrank lag, dann konnte er zurück ins Bett.

Das Zahlenschloss knackte und öffnete sich.

Im selben Augenblick flammte die Deckenleuchte auf. Gesine stand in der Durchgangstür zum Haus, die hellblonden Haare unter einem Haarnetz zusammengefasst, die Füße in ihren warmen Fellpantoffeln. Den blickdichten Morgenmantel hielt sie mit einer Hand über der Brust zusammen.

»Gert?« Sie blinzelte verschlafen. »Was tust du hier?«

»Ich …« Gert Stöver überlegte blitzschnell. Natürlich würde die Polizei wiederkommen und Fragen stellen. Ihm blieb gar nichts anderes übrig, als Gesine die Wahrheit zu berichten. Besser gesagt: jene Version der Geschichte, die alle Welt glauben sollte.

»Ich konnte nicht schlafen«, erklärte er und ließ beiläufig das Zahlenschloss wieder einrasten. »Ich habe einen Spaziergang am Strand gemacht.«

»In dieser Aufmachung?« Gesine krauste die Nase. »Wo hast du das überhaupt her?«

»Das hat mir ein Vertreter von der Fabrik in Rellingen geschickt. Neue Kollektion. Ich wollte ausprobieren, wie es sich damit läuft.«

»Und?«

»Zu unbequem«, erklärte Stöver und verstellte die Zahlenkombination. »Und zu schwer. Aber vielleicht ist es trotzdem etwas für unsere Kult-Ecke.« Das waren die Ständer in ihrem auf Yachtsportbekleidung spezialisierten Laden, an denen die originalen Friesennerze hingen. Die billigen, in den sechziger Jahren aufgekommenen Jacken entsprachen zwar nicht dem aktuellen Standard funktionaler Wetterkleidung, waren aber bei der Kundschaft nach wie vor beliebt. Gesine verabscheute diese Wetterwendejacken, wie man sie in der DDR genannt hatte, aber da die Verkaufszahlen gut waren, blieb die Ecke bestehen.

Gesine zuckte mit den Schultern. »Wenn du meinst. Aber jetzt kannst du die Sachen ja wohl ausziehen.«

Gert Stöver nickte. Er spürte, wie sein Puls hämmerte. Wie, in Gottes Namen, sollte er aus dem Gummizeug herauskommen, ohne dass seine Frau bemerkte, dass er nichts darunter trug?

»Ich gehe gleich unter die Dusche«, sagte er und wollte an Gesine vorbei ins Haus marschieren. »Man schwitzt ganz fürchterlich in diesen Sachen.«

»Stopp!« Seine Frau streckte einen Arm aus und versperrte ihm den Weg in die Küche. »Du willst doch nicht in diesen Dreckstiefeln durchs Haus laufen?«

»Nein. Natürlich nicht.«

Gert Stöver bückte sich und zerrte die Gummistiefel von den Füßen. Was blieb ihm auch anderes übrig?

Gesine hob die Augenbrauen. »Warum trägst du denn keine Strümpfe?«

»Ich hatte welche an«, behauptete Stöver. »Aber ich bin zu weit ins Wasser gegangen. Es ist mir in die Stiefel geschwappt und hat die Socken durchweicht. Ich habe sie ausgezogen.«

Gesine hielt ihm die Hand hin. »Dann gib sie mir. Ich stecke sie in die Wäsche.«

Stöver schluckte. »Ich … ich habe sie weggeworfen. Die waren ruiniert.«

Gesine schaute ihn missbilligend an. »Du bist ein Verschwender, Gert Stöver.«

Stöver schwitzte. »Tut mir leid«, sagte er. »Wirklich.«

Er schob seine Frau beiseite und rannte die Treppe zum Schlafzimmer hinauf. Eilig riss er eine Unterhose und einen frischen Schlafanzug aus der Kommode. Dann stürzte er ins Bad und schloss die Tür hinter sich ab, ohne sich noch einmal umzudrehen.

Gesine Stöver sah ihm kopfschüttelnd hinterher. Was glaubte dieser Mann eigentlich? Dass sie blind und taub und dumm war? Aber Gert würde sich noch wundern. Sie würde ihm eine Lektion erteilen, die er so schnell nicht vergessen würde.

9

Der Motor klopfte und stotterte. Dann blieb er stehen. Der Scheinwerfer des Motorrads erlosch, und die Felder neben der Straße versanken in Dunkelheit.

Peer Ruppert fluchte. Was denn noch? An manchen Tagen lief wirklich alles schief. Erst der Farbbeutel, mit dem Stefan Moll ihn beworfen hatte. Die Flecken würde er nie wieder rauskriegen. Die schicke neue Jeans von Jack & Jones war im Eimer. Die konnte er höchstens noch im Stall anziehen. Danach die vergeigte Verabredung am Strand. Und nun auch noch das.

Am liebsten hätte er die alte BMW in den Graben gepfeffert. Aber sein Vater würde ihm die Hammelbeine langziehen, wenn er sein Motorrad demolierte. Der hatte ohnehin schon ständig schlechte Laune. Seit er angefangen hatte, Geschäfte mit Britta Buddenberg zu machen, ging einfach alles den Bach runter.

Peer seufzte und schob die schwere Maschine über die Landstraße. Er hatte gerade mal die halbe Strecke bis nach Tating hinter sich gebracht. Bis zum Hof bei Tümlauer-Koog waren es noch mindestens vier Kilometer. Am Ende wären seine Arme und seine Finger taub, und er könnte morgen wieder den ganzen Tag nicht spielen.

Peer stemmte die Füße gegen den Asphalt. Er durfte nicht nachdenken. Nur immer einen Schritt nach dem anderen machen. Wenn die BMW erst einmal rollte, wurde es leichter. Er musste bloß das Tempo halten und aufpassen, dass sie nicht abgebremst wurde. Das hatte irgendetwas mit Trägheit zu tun. Peer erinnerte sich nur dunkel an das, was ihm sein Physiklehrer dazu erklärt hatte. Physik war eines der Fächer, wegen denen er beinahe durchs Abitur gerasselt wäre. Die Naturwissenschaften waren einfach nicht sein Ding.

Überhaupt war er froh, dass die Schulzeit vorüber war. Ohne Geld für den richtigen Style, das aktuelle Smartphone und die angesagten Clubs blieb man einfach immer außen vor. Eine Weile hatte er in der Schulband gespielt und plötzlich ein paar coole Freunde gehabt. Selbst einige Mädchen hatten sich für ihn interessiert. Doch dann hatten sie herausgefunden, dass er sich sein Taschengeld mit Straßenmusik verdiente. Danach war er erst recht der Loser gewesen. Und die Mädchen hatten ihn ausgelacht.

Aber die dummen Hühner waren ihm egal. Er wollte keine Freundin, bei der sich alles nur um Make-up und Fingernägel und Handtaschen drehte. Und darum, wer das meistgeklickte Profilbild bei Facebook hatte. Das einzige Mädchen, das ihn interessierte, war Lina. Lina mit ihren Klamotten aus Biobaumwolle, ohne

Make-up, das an Tieren getestet wurde, und mit ihrem Duft nach Lavendelseife aus dem Ökoladen. Lina, die so hübsch und klug und nachdenklich war. Und ein engagiertes Mitglied von »Free Nature«, jener Organisation, die so leidenschaftlich gegen ihn und seinen Vater kämpfte.

Was hätte er dafür gegeben, ein ganz gewöhnlicher Junge zu sein, mit vollkommen normalen Eltern und einem total alltäglichen Leben. Stattdessen war er das Feindbild Nummer eins.

Linker Hand zweigte ein Feldweg ab, und Peer blieb abrupt stehen. Fast wäre er an der Zufahrt zum Hof vorbeigegangen.

Er schlug den Lenker ein und stemmte sich gegen das Motorrad. Diesmal war es noch schwerer, die Maschine wieder in Bewegung zu setzen. Seine Gliedmaßen fühlten sich mittlerweile an wie Pudding.

Als er endlich den Hof erreichte, konnte er sich kaum noch auf den Beinen halten. Er bockte die schwere BMW auf und öffnete das Tor der alten Scheune. Von den niedrigen Stallgebäuden wehten das heisere Geschrei und der Gestank der Nerze herüber.

Peer schob die BMW in die Scheune und warf das Tor zu.

Im selben Moment hörte er ein Motorengeräusch, und ein Paar Scheinwerfer bewegte sich auf und ab hüpfend über den Zufahrtsweg auf ihn zu. Die Beleuchtung vor der Scheune flammte auf, als das Fahrzeug die Lichtschranke passierte, und Peer erkannte den klapprigen Kastenwagen seines Vaters.

Peer stöhnte leise. Das hatte ihm gerade noch gefehlt!

Warum lag sein Vater nicht im Bett und schlief?

Kai Ruppert stellte das Auto vor der Scheune ab und sprang heraus. Wie immer trug er seine beigebraunen Tarnhosen, die zugehörige Jacke und klobige Stiefel. Unter der Army-Schirmmütze sahen kurze dunkle Haare hervor. Mit seiner kräftigen Statur, der schiefen Nase und dem vernarbten Gesicht wirkte er wie ein Söldner der Fremdenlegion.

»Was streunst du hier herum?«, fuhr er Peer an und schwankte auf ihn zu. Es war nicht zu übersehen, dass er ordentlich getankt hatte. Das war nichts Neues. Aber seit er angefangen hatte, mit Britta Buddenberg Geschäfte zu machen, war es besonders schlimm geworden.

»Ich bin liegen geblieben«, erklärte Peer, auch wenn er diesen Umstand lieber verschwiegen hätte. Aber falls sein Vater auf die Idee kam, das Motorrad zu benutzen, und dann feststellte, dass es nicht lief, würde ihm, Peer, das nicht besonders gut bekommen.

»Liegen geblieben?«, lallte sein Vater. »Wieso?«

»Keine Ahnung«, entgegnete Peer wütend. Er war es verdammt leid, dass das einzige Fahrzeug, das ihm zur Verfügung stand, ein altersschwaches Motorrad war, das ständig irgendwelche Macken hatte.

Kai Ruppert zog das Scheunentor auf und wankte zu der BMW. Peer schnaubte. In dieser Verfassung war sein Vater kaum in der Lage, etwas am Zustand der Maschine zu verbessern.

Ruppert drehte den Zündschlüssel, den Peer hatte stecken lassen. Er glotzte eine Weile auf die Instrumentenanzeige. Dann wandte er sich zu Peer um.

»Du bist ja noch dümmer, als die Polizei erlaubt.« Kai Ruppert grinste und entblößte eine Reihe gelb verfärbter Zähne. »Ich weiß wirklich nicht, wie du das Abitur geschafft hast.«

Peer verschränkte die Arme vor der Brust. Er war den bissigen Spott seines Vaters gewohnt, aber er verletzte ihn trotzdem.

»So?«, fragte er. »Was hätte ich denn tun sollen?«

Sein Vater trat feixend auf ihn zu und blies ihm seinen alkoholgeschwängerten Atem ins Gesicht.

»Tanken!«, grölte er und schlug ihm auf die Schulter. »Du hättest einfach nur tanken müssen.«

10

Nils Hansen richtete den Strahl seiner Stabtaschenlampe vor sich auf den Sand. Der Böhler Strand war zwar das kleinste der drei Badeparadiese von St. Peter-Ording, hatte aber nichtsdestoweniger gewaltige Ausmaße. Während die Beamten der Spurensicherung die Sandbank in immer größeren Kreisen um die Fundstelle der Leiche herum nach der Signalpistole und sonstigen Beweismitteln absuchten, gingen Hansen und Katharina in Richtung des alten Leuchtturms St. Peter-Böhl.

Nils Hansen versuchte, sich den Tathergang auszumalen, konnte sich aber nicht richtig konzentrieren. Er rang noch immer mit der Vorstellung, dass sich Britta Buddenberg und Gert Stöver zu erotischen Aktivitäten in Regenkleidung verabredet haben sollten. Schließlich blieb er stehen.

»Ich glaube nicht, dass die sich treffen wollten«, erklärte er. »Ich meine: so eine schöne Frau. Und dieser alte …«

»Ja?« Katharina Berg legte den Kopf schief. Nils Hansen konnte sehen, dass ihre Augen spöttisch blitzten. Wahrscheinlich hielt sie ihn für hoffnungslos naiv. Oder für verklemmt. Er fragte sich, was er schlimmer fand.

»Vielleicht war es wirklich ein Zufall«, schlug er vor. »Stöver hat einen Spaziergang gemacht. Und Britta Buddenberg war hier, um ein paar Modefotos bei Nacht zu schießen.«

Katharina nickte. Sie sah offenbar ein, dass er recht hatte. Man durfte sich nicht in eine Theorie verbeißen, nur weil die Puzzleteile so hübsch zusammenzupassen schienen.

»Möglich«, gab sie zu. »Aber das würde auch einige Fragen aufwerfen.«

Hansen legte sein Gesicht in Falten. Er dachte angestrengt nach, kam aber nicht darauf, was sie meinte.

»Wenn Britta Buddenberg das Model beim Shooting war«, sagte Katharina, »wo ist dann der Fotograf? Und warum hat er sich nicht bei uns gemeldet?«

Nils Hansen schlug sich mit der flachen Hand vor die Stirn. Wenn er sich weiter so tölpelhaft anstellte, gab es für Katharina keinen Grund, ihn für eine Beförderung vorzuschlagen. Zum Glück fiel ihm wenigstens eine Antwort ein.

»Er könnte geflohen sein«, erklärte er. »Weil er der Täter ist. Oder weil er Angst hatte, dass man auch auf ihn schießt. Oder weil er erst später eingetroffen ist und einen Schock bekommen hat, als er die Tote gefunden hat.«

Katharina lächelte.

»Alle Achtung, Hansen«, sagte sie. »Sie laufen ja zu Hochform auf.«

Nils Hansen spürte, wie sich seine Wangen rot färbten. Zum Glück war es an diesem Strandabschnitt so finster, dass Katharina Berg das nicht sehen konnte.

Eilig richtete er seine Taschenlampe wieder auf den Sand. Vielleicht gelang es ihm ja, die Feuerstelle zu finden. Oder womöglich sogar die Signalpistole, mit der Britta Buddenberg beschossen worden war.

Nicht weit entfernt sah er die dunkle Silhouette des Leuchtturms, der in unermüdlichem Gleichtakt ein kurzes weißes und ein ebenso kurzes rotes Licht über den Strand und das Meer warf, gefolgt von einer längeren Dunkelphase. Und direkt vor ihm tauchte ein kreisrunder Fleck auf, der von verbrannten Holzstücken bedeckt war.

Hansen ließ den Lichtstrahl seiner Stabtaschenlampe über die Feuerstelle wandern. Die Flammen konnten noch nicht lange erloschen sein. Die graue Asche bildete ein perfektes Abbild der verbrannten Holzstücke, und im Inneren der Scheite meinte er, ein schwaches rotes Glimmen zu erkennen. Weil nur eine leichte Brise wehte, war das filigrane Gebilde noch nicht in sich zusammengefallen. Aber beim ersten stärkeren Windstoß würde sich das ändern.

»Gert Stöver hatte recht«, sagte er. »Hier hat jemand ein Lagerfeuer gemacht.« Er richtete seine Lampe auf eine Stelle neben dem Feuer, an der sich eine Mulde abzeichnete. »Zwei Personen.«

Katharina nickte. Sie deutete auf ein paar Schuhabdrücke im Sand. »Zwei Leute, die es plötzlich sehr eilig hatten, von hier wegzukommen.«

Sie zog einen Kugelschreiber aus dem Rucksack und legte ihn neben die Spuren, damit man die Größe abschätzen konnte. Dann nahm sie ihr Smartphone und fotografierte die Abdrücke. Sie schickte die Bilder an die Kollegen von der Kriminaltechnik und bat sie, die Abdrücke zu sichern.

Nils Hansen leuchtete mit seiner Lampe den Sand ab. Wenn von hier aus geschossen worden war und die Täter so überstürzt weggelaufen waren, dass sie nicht einmal ihre Spuren verwischt hatten, dann hatten sie vielleicht auch die Tatwaffe zurückgelassen. Womöglich lag die Signalpistole genau hier vor seiner Nase.

Das, was er schließlich fand, war so klein, dass er es fast übersehen hätte. Nur aus den Augenwinkeln hatte er es wahrgenommen. Er ließ den Lichtkegel der Lampe noch einmal über den Rand der Feuerstelle gleiten, und dann entdeckte er es: Direkt neben den verbrannten Holzscheiten blitzte etwas Metallisches auf.

Nils Hansen bückte sich und hob das Objekt auf. Es war natürlich kein Abschussgerät für Leuchtmittel zur Seenotrettung. Aber es war ein Gegenstand, der sie vielleicht zum Täter führte: ein schmales Goldkettchen mit einem Anhänger in der Form eines Delphins.

11

Katharina Berg parkte ihr Fiat Cabrio in der Pestalozzistraße direkt vor der »Pension Moll«, keine zwei Kilometer Luftlinie vom Tatort am Strand entfernt. Ein Blick auf ihre Armbanduhr verriet ihr, dass es mittlerweile fast fünf Uhr in der Früh war. Kein besonders glücklicher Zeitpunkt, um in einer Unterkunft einzuchecken. Aber Kommissar Becker von der Polizeistation St. Peter-Ording, der ihr das Zimmer vermittelt hatte, hatte erklärt, man würde auf sie warten.

Katharina ging über den gepflasterten Weg zur Haustür. Natürlich war sie abgeschlossen. Kurz überlegte sie, auf den Klingelknopf zu drücken. Aber sie wollte nicht das ganze Haus wecken. Stattdessen lief sie durch den hölzernen Torbogen in den rückwärtigen Teil des Gartens. Dort befand sich neben einem kleinen Spielplatz mit Schaukel, Rutsche und Wippe eine großzügige Terrasse mit Gartenstühlen und einer Hollywoodschaukel. Mit den Kissen, die auf den Stühlen lagen, könnte sie es sich für ein paar Stunden in der Schaukel gemütlich machen.

Sie wollte gerade ihr provisorisches Nachtlager einrichten, als sie das Licht bemerkte, das an der Seite des Hauses auf den Rasen fiel. Es kam aus einem Fenster, das keine Vorhänge hatte. Wie Katharina feststellte, gehörte es zu einer geräumigen Küche. Sie klopfte an die Scheibe und zuckte zusammen, als plötzlich das gerötete Gesicht einer Frau vor ihr auftauchte.

Die Frau strahlte sie an und winkte. Im nächsten Moment öffnete sich die Tür neben dem Fenster. Die Frau, die mit offenen Armen dort stand, war groß und breit und trug eine altmodische geblümte Kittelschürze. Sie verströmte einen Geruch nach back-frischen Teigwaren.

»Moin«, sagte sie fröhlich. »Sie müssen Frau Berg sein.«

Katharina nickte. Die Frau streckte die Hand aus.

»Susanne Moll«, stellte sie sich vor. »Meinem Mann und mir gehört die Pension.« Sie zwinkerte Katharina zu. »Ich hoffe, ich habe Sie nicht erschreckt. Mir war ein Fläschchen Rumaroma heruntergefallen und unter die Heizung gerollt. Ich hatte mich gerade danach gebückt, als Sie an die Scheibe geklopft haben.«

Katharina ergriff die Hand, die kräftig und warm war.

»Kein Problem. Ich war nur überrascht. Für einen Herzinfarkt hat es nicht gereicht.« Sie hob fragend die Augenbrauen. »Sind Sie meinetwegen so lange aufgeblieben?«

Susanne Moll lachte.

»Nein. Ich bin gerade aufgestanden«, erläuterte sie und deutete in die Küche hinter sich. »Ich backe. Brötchen, Brot und Kuchen für unsere Gäste.« Sie zog Katharina über die Schwelle ins Innere. »Wir hatten Ihnen einen Zettel und Ihren Schlüssel vor die Haustür gelegt. Ich habe ihn gerade erst weggenommen. Ich dachte, Sie würden mich schon finden. Schließlich sind Sie Kriminalkom-missarin, nicht wahr?«

Katharina lächelte. Die herzliche Pensionswirtin war ihr sym-pathisch.

»Ja«, sagte sie. »Das stimmt.«

Susanne Moll schob sie in die Küche.

»Mögen Sie einen Kaffee? Oder lieber einen Tee?«

Katharina schaute zu der gemütlichen Eckbank und dem Tisch, der dem großen Ofen gegenüberstand, in dem das Gebäck seiner Fertigstellung entgegensah. Unter anderen Umständen hätte sie sich gern dort niedergelassen. Aber im Moment wollte sie nur noch ins Bett.

»Tut mir leid«, sagte sie. »Ich bin todmüde.«

Susanne Moll nickte. Sie nahm einen Schlüssel von der Anrichte und reichte ihn Katharina.

»Ihr Zimmer ist im ersten Stock, ganz am Ende des Ganges. Schlafen Sie sich aus. Frühstück gibt es bei uns bis zehn. Aber«, sie lächelte, »für Sie machen wir eine Ausnahme. Sie bekommen auch noch etwas, wenn Sie später aufstehen.«

»Danke«, sagte Katharina und nahm den Schlüssel entgegen. Über die schmale Treppe ging sie in den ersten Stock und betrat ihr Zimmer. Sie schob die Tür leise hinter sich ins Schloss, ließ ihren Rucksack fallen und warf sich aufs Bett. Nur ganz kurz dachte sie darüber nach, wie ein filigranes Goldkettchen mit Delphinanhänger und eine Seenotsignalpistole zusammenpassen mochten. Dann war sie auch schon eingeschlafen.

★★★

Nils Hansen stand unschlüssig vor seinem offenen Kleiderschrank.

Hatte Katharina Berg das ernst gemeint? Glaubte sie wirklich, dass Gert Stöver unter seiner Regenkleidung nackt gewesen war? Um sich mit der Boutiquebesitzerin Britta Buddenberg – unter Nerz und Pelzstiefeln ebenfalls nackt – zu einem erotischen Stelldichein zu treffen?

Er konnte sich das nicht vorstellen. Aber was wusste er schon? Er hatte ja keine Erfahrung.

Hansen griff in den Schrank und nahm seine Regensachen heraus. Es waren eine Jacke und eine Hose aus dünnem Plastik, die er billig in einem Supermarkt erstanden hatte. Nicht zu vergleichen mit der erstklassigen Wetterjacke, die er bei der Arbeit trug. Aber die hing in seinem Dienstzimmer in der Polizeistation Garding. Aus der hintersten Ecke des Schrankes fischte er seine Gummistiefel. Er legte die Kleidungsstücke aufs Bett und betrachtete sie nachdenklich.

Diese Sachen zog er an, wenn es regnete. Damit er *nicht* nass wurde. Und andere Leute sollten das tragen, um genau das zu erreichen, was er vermeiden wollte?

Hansen schüttelte den Kopf. Natürlich hatte ihn Katharina Berg auf den Arm genommen. Es machte ihr Spaß, ihn in Verlegenheit zu bringen. Das hatte er schon bemerkt. Und er fiel jedes Mal darauf herein.

Oder war es nur seine eigene Beschränktheit, die ihn daran hinderte, das Naheliegende zu sehen?

So, wie die Dinge lagen, gab es wohl nur eine Möglichkeit, das herauszufinden.

Zum Glück war ja niemand da, der ihn sah.

Nils Hansen zog seine Uniform aus und betrachtete sich im Spiegel.

Er war gut gebaut. Der Bauch hätte ein wenig flacher sein können, und von einem Waschbrett war auch nichts zu sehen. Aber ansonsten machte er keine schlechte Figur.

Er legte seine Unterwäsche und die Socken ab und seufzte. Warum geriet er jedes Mal, wenn er mit Katharina Berg zusammenarbeitete, in solch absurde Situationen? War irgendetwas mit ihm nicht in Ordnung? Oder lag es nur daran, dass sie so eine umwerfende Ausstrahlung hatte?

Zögernd zog er die Regenhose über die Beine. Es war ein merkwürdiges Gefühl, erst kalt und unangenehm, dann warm und klebrig. Er schlüpfte in die Gummistiefel, was die Sache nicht besser machte.

Nein. Das war doch wirklich zu albern. Er wollte die Kleidungsstücke schon wieder ausziehen, aber dann hielt er inne. Er hatte sich entschieden, das Experiment zu wagen, also musste er es auch zu Ende bringen.

Hansen zog die Regenjacke an und schloss den Reißverschluss. Er stülpte die Kapuze über den Kopf und zurrte sie fest.

Und was jetzt?

Gert Stöver war zu Fuß zum Strand gegangen. Womöglich war es wichtig, sich zu bewegen.

Nils Hansen ließ sich auf den Boden nieder und machte ein paar Liegestütze. Sofort fing er an zu schwitzen.

Er stand wieder auf, lief ein wenig auf der Stelle und fügte noch einige Hampelmänner an. Sein Puls beschleunigte sich, und ihm wurde heiß. Das Plastik der Regenkleidung klebte auf seiner nackten Haut.

Hansen rümpfte die Nase.

Nein. Das war kein bisschen erotisch. Das war einfach nur eklig. Und es sah, wie ihm ein weiterer Blick in den Spiegel verriet, auch noch total bescheuert aus.

Allerdings war eine gewisse Ähnlichkeit mit dem schweißgebadeten Gert Stöver nicht zu leugnen. Und Stöver war ja nicht allein gewesen. Wenn Katharina Berg recht hatte, war er mit der Boutiquebesitzerin Britta Buddenberg verabredet gewesen. Und die hatte in ihrem edlen Pelzmantel und den Stiefeln selbst als Tote noch attraktiv ausgesehen.

Was also würde er empfinden, wenn er nicht allein wäre? Wenn eine schöne Frau die Nacht mit ihm verbringen würde? Eine Frau wie … Katharina Berg?

Er stellte sich vor, wie sie in der Tür zu seinem Schlafzimmer stand und ihn spöttisch musterte. Natürlich sah sie phantastisch aus wie immer, mit ihren weiten dunklen Hosen, ihrer knallig roten Bluse und den langen dunklen Haaren. Und mit ihrem umwerfenden Lächeln.

Nils Hansen begann, über seinen Regenanzug zu streichen, und das Plastik knisterte und rieb auf seiner feuchten Haut. Es fühlte sich an, als würde eine fremde Hand seinen Körper berühren. Ein Schauer lief ihm über den Rücken, und zwischen seinen Beinen begann es plötzlich zu pulsieren.

Eilig riss er sich die Kapuze vom Kopf und zerrte die Regensachen von seinem verschwitzten Körper. Dann stürzte er ins Bad und sprang unter die Dusche, um sich abzukühlen.

Das war doch pervers.

12

Das Frühstücksbüfett sah ausgesprochen appetitlich aus. Zu den frisch gebackenen Brötchen und Broten gab es sorgsam angerichtete Teller mit Wurst und Käse, dazu verschiedene Sorten Müsli und Marmelade und einen reichlich gefüllten Obstkorb. Katharina spürte, wie ihr Magen knurrte. Einen Moment lang dachte sie daran, dass sie eigentlich kürzertreten wollte. Dann nahm sie sich zwei Brötchen und bestrich sie mit Butter.

Eine junge Frau mit Jeans und einem knappen Top betrat den Raum. Sie war schmal und hatte lange blonde Haare. Trotz ihres blassen Teints und der dunklen Ringe unter den Augen sah man, dass sie ausgesprochen hübsch war. Vermutlich war sie einfach nur zu spät ins Bett gekommen. Auch in einem Kurort wie St. Peter-Ording gab es sicherlich Lokale, in denen die Jugend am Samstagabend feierte.

»Guten Morgen, Frau Berg«, sagte das Mädchen. Auf seinem Schild mit dem Logo der »Pension Moll« stand der Name Lina. »Haben Sie gut geschlafen?«

Katharina dachte an das herrlich weiche Bett, in dem sie maximal drei Stunden gelegen hatte.

»Ja, vielen Dank«, sagte sie.

Das Mädchen lächelte bemüht. »Möchten Sie Kaffee? Oder lieber Tee?«

»Einen Kaffee«, erklärte Katharina. »Stark, wenn es geht.«

»Gern«, sagte das Mädchen und verschwand.

Katharina biss in ihr Brötchen und sah aus dem Fenster. In den Gärten auf der gegenüberliegenden Seite leuchteten bunte Blumen in der Morgensonne. Auf der Straße war noch niemand unterwegs. Ein wunderbar friedlicher Sonntagmorgen. Wenn da nicht die Tote am Strand gewesen wäre.

Katharina dachte an die Frau im Pelzmantel und den Zeugen in seiner sonderbaren Regenkleidung, an das Lagerfeuer und die Schuhabdrücke, die sie gefunden hatten, und an die Kette, die in der Nähe der Feuerstelle gelegen hatte. Wenn sie Glück hatten, war dieser Fall schnell geklärt.

Katharina aß ihre Brötchen und trank den Kaffee, den Lina Moll ihr brachte. Dann machte sie sich auf den Weg.

★★★

Vor dem Schaufenster der »Venus« waren etliche Bretter aufgetürmt worden, die mit bunten Flecken übersät waren. Ein leichter Geruch nach verdorbenen Lebensmitteln wehte herüber.

Auf der anderen Seite des Fensters richteten zwei Frauen soeben die Dekoration neu. Die eine der beiden war groß und mager. Ihren dunklen Haaren hatte jemand ein gewagtes Styling verpasst. Die andere war klein und brünett und hatte eine weiche, sinnliche Ausstrahlung.

Katharina Berg drückte gegen die Eingangstür, aber sie war verschlossen. Sie klopfte an die Scheibe.

Die beiden Frauen sahen auf, und Katharina hielt ihren Dienstausweis hoch.

Die Dunkelhaarige öffnete die Tür.

»Polizeidirektion Husum?«, fragte sie, nachdem sie Katharinas Ausweis studiert hatte. »Heißt das, man nimmt unsere Beschwerde endlich ernst?«

Katharina streckte ihr die Hand hin.

»Kriminalhauptkommissarin Katharina Berg«, stellte sie sich vor. »Und Sie sind?«

»Oh.« Die Hagere lächelte verlegen. »Verzeihung. Dorothea Nissen.« Sie deutete auf die brünette Frau, die hinter sie getreten war. »Das ist Vanessa Schultheis. Sie arbeitet als Verkäuferin und Model für uns.«

Katharina betrachtete die beiden Frauen. Das Model steckte in engen schwarzen Hotpants aus Leder und einer pinkfarbenen, weit aufgeknöpften Bluse, die ihr verführerisches Dekolleté anschaulich hervorhob. Dorothea Nissen dagegen wirkte, als wäre sie einer Schautafel zur Erklärung des Begriffs »Künstlerin« entsprungen: Sie trug eine weite Hose und ein Leinenjackett in Erdfarben, dazu einen wallenden Schal in knalligem Pink. Um ihre schmale Taille schlang sich ein breiter Ledergürtel mit einer reich verzierten Schnalle. Ihre Füße steckten in Stiefeletten mit aufwendig gearbeiteten Verschlüssen.

Katharina deutete auf einen mit Scherben gespickten Pelzmantel, der im Schaufenster lag.

»Was ist hier passiert?«

»Das waren diese Leute von ›Free Nature‹«, erklärte Dorothea Nissen. »Erst haben sie unser Schaufenster mit Farbbeuteln, faulen Tomaten und Eiern beworfen. Und dann haben sie die Bretter weggerissen, mit denen wir das Fenster vernagelt hatten, und einen Stein hineingeschleudert.«

Katharina betrachtete die beiden Frauen.

»›Free Nature‹ ist die örtliche Tierschutzorganisation, nicht wahr?«

Die Dunkelhaarige nickte. »Sie echauffieren sich darüber, dass wir hier Pelzmäntel verkaufen. Weil ihnen die Nerze leidtun.«

»Und dafür gibt es keinen Grund?«

Dorothea Nissen zuckte unwillig mit den Schultern.

»Vermutlich kann man sie niedlich finden. Und sicher gibt es auch Züchter, die sich nicht an die gesetzlichen Auflagen halten. Aber wir haben mit den Tieren nichts zu tun. Wir bedienen nur einen Markt. Wenn niemand Pelzmäntel tragen würde, gäbe es auch keine Nerzzucht.«

Katharina lächelte freudlos. Das war ein beliebtes Argument. Nicht der Produzent trug die Verantwortung, sondern der Kunde. Damit ließen sich Diskussionen über Ethik und Moral wunderbar vermeiden. Und man brauchte sich nicht mit dem eigenen Gewissen auseinanderzusetzen.

»Sie sind die Mitinhaberin der Boutique?«, erkundigte sie sich.

Dorothea Nissen schüttelte den Kopf.

»Nein. Die ›Venus‹ gehört meiner Schwester Britta. Meiner Halbschwester, um genau zu sein.«

Katharina zog ihr Smartphone aus dem Rucksack und öffnete ein Foto der Toten.

»Ist sie das?«

Dorothea Nissen und Vanessa Schultheis beugten sich über das Display.

»Ja«, erklärte Dorothea.

»Warum liegt sie da im Sand?«, fragte Vanessa. »Was ist das überhaupt für ein Bild?«

Katharina steckte das Handy wieder ein.

»Es tut mir sehr leid«, sagte sie sanft. »Aber ich habe eine traurige Nachricht für Sie. Wir haben Ihre Halbschwester – Ihre Chefin – tot aufgefunden.«

»Tot?« Vanessa Schultheis starrte Katharina ungläubig an. »Aber … das kann nicht sein.«

Dorothea Nissen hob das Kinn und wirkte dadurch noch größer, als sie es ohnehin schon war.

»Was ist passiert?«

»Das wissen wir noch nicht genau«, erwiderte Katharina. »Offenbar ist sie letzte Nacht an den Strand gegangen. Dorthin, wo einige Scheinwerfer aufgestellt sind.«

»Die sind von uns«, erklärte Vanessa. »Wir hatten für heute Nacht ein Shooting geplant. Aber was wollte sie denn dort?«

Dorothea Nissen machte eine ungeduldige Geste.

»Vermutlich nachsehen, ob alles in Ordnung ist. Sie hatte immer gern alles unter Kontrolle.«

Katharina musterte die hagere Frau interessiert. Offenbar war die Beziehung zu ihrer Halbschwester nicht frei von Differenzen gewesen. Zumindest glaubte sie, einen säuerlichen Unterton bemerkt zu haben.

»Was war denn *Ihre* Rolle bei dem geplanten Shooting?«, erkundigte sie sich.

Die Augen von Dorothea Nissen verengten sich.

»Ich«, verkündete sie näselnd, »bin die Fotografin.«

»Dorothea macht die besten Aufnahmen, die man in der Modebranche kriegen kann«, erklärte Vanessa. »Sie ist ein Star!«

»Ach so.« Katharina kniff die Augen zusammen. Sie betrachtete die schwarzen Haare der Fotografin, die in alle Richtungen vom Kopf abstanden. Die Strähnen, die man daraus geformt hatte, sahen aus wie sich überschlagende Wellen. Vermutlich hatte sie bei einem hippen Friseur eine Menge Geld für den Haarschnitt bezahlt, aber Katharina fand, dass sie aussah, als wäre sie in den Wirbelstrom eines Staubsaugers geraten.

»Tut mir leid«, erklärte sie. »Ich kenne mich in der Modebranche nicht aus.«

Die beiden Frauen musterten ihre flachen Sneakers, die weite dunkle Hose und die knallig orangefarbene Bluse, die Katharina am Morgen gewählt hatte. Der kurze Blick, den sie gleich darauf tauschten, war nicht schwer zu interpretieren.

»Ja«, fühlte sich Dorothea Nissen bemüßigt hinzuzufügen. »Das sieht man.«

Katharina lächelte süß.

»Es hat eben jeder seine Prioritäten. Meine bestehen darin, Straftäter aufzuspüren und ihrer gerechten Strafe zuzuführen.«

Das blasse Gesicht der Fotografin färbte sich rosa.

»Verzeihen Sie. Das war eine gänzlich überflüssige Bemerkung.« Sie lachte aufgesetzt. »Das ist nur die Gewohnheit. In unserer Branche gehören die bissigen Kommentare zum Umgangston. Jeder beäugt jeden. Und jedes Model versucht ständig, bei den anderen etwas zu finden, das nicht perfekt ist.«

»Hm«, machte Katharina und musterte die propere Vanessa Schultheis. »Deswegen bin ich nicht Model geworden.«

Dorothea Nissen lachte.

»Das ist schade«, erklärte sie. »Sie haben eine phantastische Ausstrahlung. Wenn ich Sie im Nerzmantel fotografieren dürfte, würden wir großartige Aufnahmen bekommen.«

Katharina hob eine Augenbraue.

»Nein, besten Dank.«

Sie sah sich im Laden um. Auf den Ständern hingen lange Mäntel und kurze Jacken aus Pelz. An der Wand aufgereiht standen Schaufensterpuppen, die ausgesuchte Modelle präsentierten. Die Mäntel, Pelzboas und Stiefel, mit denen sie ausstaffiert waren, ähnelten den Stücken, die die Tote getragen hatte. Auf der Rückseite des Ladens führte ein Durchgang zu einem weiteren Raum. Er war mit einem dichten schwarzen Vorhang vom restlichen Geschäft abgetrennt. Auf einer Tafel darüber stand in flammend roten Buchstaben »Venus Spezial«. Vermutlich gab es dort die »Spielzeuge«, über die sich Gert und Gesine Stöver so echauffierten, dass sie bis vor den Kadi zogen.

Katharina legte den Kopf schief. »Der Tod Ihrer Halbschwester scheint Ihnen nicht besonders nahezugehen.«

Die Fotografin machte ein erschrockenes Gesicht.

»Um Gottes willen. Denken Sie das nicht. Es ist nur so … Als Künstler lebt man in einer Phantasiewelt. Da fällt es manchmal schwer, den Schritt zurück in die Realität zu vollziehen. Und dass Britta tot ist, ist so … unbegreiflich.«

Vanessa Schultheis nickte. Sie versuchte, einen ähnlich vergeistigten Gesichtsausdruck aufzusetzen wie Dorothea Nissen, aber es gelang ihr nicht. Stattdessen fing sie an zu schniefen.

Katharina blickte die Fotografin und das Model durchdringend an.

»Es sieht so aus, als wäre Frau Buddenberg ermordet worden.«

Nun endlich hatte sie die ungeteilte Aufmerksamkeit der beiden. Dorothea Nissen wurde noch blasser, als sie es ohnehin schon war. Und Vanessa Schultheis begann unkontrolliert zu zittern.

»Ermordet? Aber … wer würde denn Britta ermorden?«

Dorothea Nissen lachte auf und fuhr sich mit beiden Händen durch ihre Haare, die daraufhin kurzfristig die Richtung änderten, ehe sie wieder in exakt dieselben Wellen zurückschnellten, die der Friseur oder die Fotografin selbst erschaffen hatte. Sie wies auf das mit Scherben übersäte Schaufenster.

»Das ist doch wohl offensichtlich«, versetzte sie. »Thorsten Klinke und seine Freunde von ›Free Nature‹.«

Vanessa Schultheis schüttelte den Kopf.

»Das sind doch nur harmlose Spinner«, verkündete sie. »Umweltaktivisten! Die reden und schwenken ihre Transparente. Aber die sind doch nicht gewalttätig.«

Katharina runzelte die Stirn. Offenbar waren sich die beiden Frauen in der Bewertung der Tierschutzorganisation nicht sonderlich einig. Sie schaute bedeutungsvoll auf die kaputte Scheibe.

»Immerhin hat man Ihnen einen Stein ins Fenster geworfen.«

Dorothea Nissen nickte.

»Ganz genau. Das war Stefan Moll. Auch so einer, der sich nicht unter Kontrolle hat. Aber der kann sich auf eine Anzeige gefasst machen.«

Katharina hob die Augenbrauen. Anscheinend regte das kaputte Schaufenster die Fotografin mehr auf als der Tod ihrer Halbschwester. Aber vielleicht war die Beziehung der beiden ja auch nicht von einer großen geschwisterlichen Liebe geprägt gewesen.

»Dieser Stefan Moll«, erkundigte sie sich, »hat der etwas mit Susanne Moll zu tun? Und mit der ›Pension Moll‹?«

Vanessa Schultheis nickte.

»Das ist der Besitzer. Die ganze Familie ist da dabei, bei ›Free Nature‹. Das sind so richtige Ökos. Aber die würden doch niemanden umbringen.«

Dorothea Nissen funkelte sie wütend an.

»Irgendjemand *hat* Britta aber ermordet«, versetzte sie. »Und Stefan Moll und Thorsten Klinke traue ich alles zu.«

Vanessa Schultheis stöhnte. Offenbar führten die beiden diese Diskussion nicht zum ersten Mal. Katharina lächelte Vanessa Schultheis an.

»Wenn Sie die Tierschützer so kategorisch ausschließen, bleibt ja wohl nur ein persönlicher Konflikt.«

Das Model starrte sie an.

»Sie meinen … eine von uns?« Sie lachte hysterisch. »Das ist doch absurd.«

Katharina zog den Beweismittelbeutel hervor, in den sie das Goldkettchen mit dem Delphinanhänger gesteckt hatte.

»Kommt Ihnen das bekannt vor?«

Dorothea Nissen schüttelte den Kopf.

»Nein«, sagte sie. »Das ist nicht mein Stil.«

»Ich dachte, die Kette hätte vielleicht Ihrer Schwester gehört.«

Die Fotografin schnaubte.

»Ich bitte Sie. Das ist doch nichts für eine erwachsene Frau. Eher für ein junges Mädchen.« Sie warf einen vielsagenden Blick auf ihr Model.

»Mir gefällt das«, erklärte Vanessa. »Aber ich habe die Kette noch nie gesehen.«

Katharina steckte den Beutel zurück in den Rucksack.

»Ich muss Sie noch fragen, wo Sie gestern Abend waren.«

Wieder fuhren die Hände der Fotografin zu ihrer aufgetürmten Frisur.

»Sie fragen nach unserem *Alibi*?«, hauchte sie. »Glauben Sie im Ernst, eine von uns könnte Britta das angetan haben?«

Katharina musste sich zusammenreißen, um angesichts der schlechten Vorstellung nicht das Gesicht zu verziehen. Sie war von klein auf von Profis umgeben gewesen, ihr Vater war ein gefeierter Schauspieler. Bei Schmierenkomödien überkam sie regelmäßig ein Brechreiz.

»Reine Routine«, erwiderte sie. »Bei jedem nicht natürlichen Todesfall.«

Dorothea Nissen brachte ihre Haare wieder in Form und strich den erdfarbenen Blazer glatt. Ihr Blick wanderte aus dem Schaufenster hinaus auf die Straße.

»Ich war zu Hause«, erklärte sie, immer noch sichtlich pikiert.

»Ich habe die Fotos durchgesehen und bearbeitet, die wir am Nachmittag gemacht hatten.«

Katharina, die es reizte, die versnobte Frau ein wenig aus der Reserve zu locken, lächelte.

»Gibt es dafür Zeugen?«

Der Blick, den die Fotografin zurückschoss, war eine Kaskade aus Giftpfeilen.

»Nein«, sagte sie kühl. »Ich teile mir die Wohnung mit meiner Halbschwester. Aber die war ja nicht da. Zu mir hat sie gesagt, sie würde hier aufräumen.« Dorothea Nissen breitete die Hände zu einer Geste aus, die das gesamte Chaos im Laden umfasste. »Aber das hat sie ganz offensichtlich nicht getan.«

Katharina hob die Augenbrauen und wandte sich an das Model. »Und Sie?«

»Ich war auch zu Hause«, erklärte Vanessa Schultheis. Sie wollte noch etwas hinzufügen, wurde aber unterbrochen.

Vor der Boutique hielt mit quietschenden Reifen ein Streifenwagen, und Nils Hansen sprang heraus. Im Laufen stülpte er seine Dienstmütze auf den Kopf.

»Entschuldigung«, keuchte er. »Ich hab die Wagenschlüssel nicht gleich gefunden.«

»Polizeimeister Nils Hansen von der Polizeistation Garding«, erläuterte Katharina, an die beiden Frauen gewandt. »Er unterstützt mich bei meinen Ermittlungen.«

Dorothea Nissen verzog den Mund zu etwas, das man mit viel gutem Willen als höfliches Lächeln interpretieren konnte. Vanessa Schultheis machte einen Knicks und reichte Hansen die Hand.

»Hallo. Sehr erfreut«, hauchte sie und strahlte Nils Hansen an.

Hansen schüttelte Vanessas Hand. Dann ließ er sie abrupt wieder los. Er machte eilig einen Schritt zurück, doch sein Blick blieb an dem Model kleben. Sein Adamsapfel hüpfte auf und ab, und seine Ohren begannen zu glühen.

Vanessa wandte sich scheinbar unbeeindruckt wieder der Frage nach ihrem Alibi zu.

»Ich war in der Badewanne«, erklärte sie und strich mit einer beiläufigen Bewegung über ihre enge Bluse. »Ich habe ein Schaumbad genommen.«

Nils Hansen fielen fast die Augen aus dem Kopf.

»Und ich vermute, auch Sie waren allein?«, erkundigte sich Katharina.

Vanessa seufzte und sah den jungen Polizeimeister mit einem unschuldigen Augenaufschlag an.

»Ja. Leider. Mein Freund hat mich gerade verlassen«, berichtete sie.

Katharina nickte knapp. Ihr wären sicherlich noch ein paar Fragen eingefallen. Aber sie wollte lieber gehen, ehe Nils Hansen zu sabbern begann.

13

Seine Arme schmerzten, als hätte sie jemand auf einer Streckbank in die Länge gezogen. Der Kanister, den er alle paar Schritte von einer Hand in die andere wechselte, schien mittlerweile eine Tonne zu wiegen.

Sein Vater hatte ihn mit dem klapprigen Kastenwagen zu der Aral-Tankstelle am Ortseingang von St. Peter-Ording gefahren. Er hatte den Benzinkanister aus dem Kofferraum genommen und an der Zapfsäule gefüllt. Dann hatte er gewartet, bis Peer das Benzin bezahlt hatte. Er hatte ihm den Fünf-Liter-Behälter in die Hand gedrückt und war mit dem Auto davongefahren, ohne ein Wort zu sagen. Aber Peer hatte ihn auch so verstanden. Der Fußmarsch mit dem Kanister zurück zum Hof bei Tümlauer-Koog war seine Strafe. Dafür, dass er vergessen hatte zu tanken.

Dabei wäre es ein Leichtes gewesen, ein wenig Benzin aus dem Tank des Kastenwagens abzuzweigen, sodass er es mit dem Motorrad bis zur Tankstelle nach St. Peter-Ording geschafft hätte. Doch wenn es um Peers Erziehung ging, war sein Vater schon immer sehr kreativ gewesen. Schade nur, dass er es bei anderen Dingen überhaupt nicht war.

Peer sehnte sich plötzlich nach seiner Mutter. Als sie noch gelebt hatte, waren sie eine glückliche Familie gewesen. Er sah seinen Vater vor sich, wie er mit einem bunten Drachen in der Hand den Strand entlangrannte und sich lachend neben seiner Frau in den Sand fallen ließ. Peers Mutter schüttelte den Kopf und das Buch, in dem sie gelesen hatte, weil es voller Sandkörner war. Aber dann gab sie seinem Vater einen Kuss auf die Nasenspitze. Die beiden schauten sich so verliebt an, als hätten sie sich eben erst kennengelernt, dabei waren sie schon mehr als zehn Jahre verheiratet. Und der kleine Peer, der mit seiner Schaufel einen Graben um die Sandburg aushob, die er gebaut hatte, fühlte sich geborgen.

Und dann war plötzlich alles anders gewesen. Von Krebs hatten sie geredet, und seine Mutter war immer blasser und dünner geworden. Nach ihrem Tod war sein Vater abgestürzt. Er hatte angefangen zu trinken und den kleinen Hof beinahe in den Ruin gewirtschaftet. Am Ende war er so verzweifelt gewesen, dass er sich auf Britta Buddenberg eingelassen hatte.

Peer spürte, wie die Wut wieder in ihm hochspülte. Diese Frau hatte alles zerstört. Und sie war schuld, dass Lina nichts von ihm wissen wollte. Dabei konnte er doch überhaupt nichts dafür, dass sein Vater neuerdings Nerze züchtete.

Er dachte an den Plan, den er sich ausgedacht hatte, um Lina zu beeindrucken. Er hatte sich die Dinge so schön zurechtgelegt, aber dann war von Anfang an alles schiefgegangen. Und das Geschenk, das er besorgt hatte, hatte er Lina immer noch nicht gegeben.

Peer blieb stehen und stellte den schweren Kanister ab. Er griff in die Hosentasche, in der er seit Tagen das kleine Kästchen herumtrug. Er zog es heraus und betrachtete es. Der Deckel saß nicht richtig auf dem Karton. Peer nahm ihn ab und erstarrte.

Die Schachtel war leer.

14

Die Schaufensterdekoration im Laden neben der »Venus« erinnerte verdächtig an eine Kitschpostkarte. Auf blauen Wellen aus Pappe schwamm eine strahlend weiße Segelyacht aus demselben Material. Darüber schwebten Plüschmöwen und Wolken aus Watte. Am Rand des Fensters erhob sich ein Leuchtturm auf einem mit Seesternen und Muscheln übersäten Stück Strand. Zumindest die beiden Letzteren waren echt.

Zwischen der üppigen Dekoration wurden Hemden, Pullover und Jacken bekannter Yachtsportausstatter präsentiert. Katharina schnalzte mit der Zunge, als sie die Preisschilder in Augenschein nahm. Billig war die »Segeltruhe« nicht. Das war vermutlich auch der Grund, warum Nils Hansen angestrengt auf seine Schuhspitzen schaute statt auf den dunkelblauen Troyer, der ihm sicher gut gestanden hätte.

Sie legte beide Hände an die Scheibe und spähte ins Innere. Sie sah eine Wand mit Regalen, auf denen Stapel mit Kleidung lagen, davor mehrere Ständer mit Wetterjacken. Sie waren farbenfroh und in modernen Dessins gehalten. Mit Stövers nächtlichem Outfit hatten sie keinerlei Ähnlichkeit.

»Kann ich Ihnen helfen?«, schnarrte eine Stimme neben Katharinas Ohr.

Sie blickte auf und fand sich einer Frau in einer hellblauen Stoffhose und einer weißen frisch gestärkten Bluse gegenüber. Um ihren Hals lag eine Perlenkette, und auch ihre Ohrstecker schimmerten elfenbeinweiß. Die Frau hatte halblange hellblonde Haare und trug flache Schuhe in maritimem Dunkelblau. Vermutlich Gesine Stöver, die Ehefrau des Auffindungszeugen Gert Stöver.

»Entschuldigung«, sagte Katharina. »Kriminalhauptkommissarin Katharina Berg. Ich wollte nur einen Blick auf Ihr Angebot werfen.«

Die Frau musterte Katharinas Sneakers, ihre dunkle Hose und die orangefarbene Bluse. Katharina, die sich in diesem Outfit ausgesprochen wohlfühlte, begann sich zu fragen, was damit nicht stimmte. Erst die missbilligenden Blicke von Dorothea Nissen und Vanessa Schultheis und jetzt Gesine Stöver.

»Warum warten Sie dann nicht, bis wir öffnen?«, fragte die Inhaberin der »Segeltruhe«.

»Am Sonntag?«

Gesine Stöver deutete auf ein Plakat an der Eingangstür. Darauf stand in riesigen Lettern: »12. Juli. Verkaufsoffener Sonntag.«

»Das ist heute«, bemerkte sie überflüssigerweise.

Katharina lächelte höflich.

»Verzeihung«, sagte sie. »Das hatte ich nicht gesehen.«

Gesine Stöver blickte sie an, als zweifele sie nicht nur an ihrem modischen Empfinden, sondern auch an ihren sonstigen kognitiven Fähigkeiten. Sie zog ein Schlüsselbund aus ihrer Handtasche und öffnete die Ladentür.

»Kommen Sie herein«, lud sie Katharina und Nils Hansen ein und schloss hinter ihnen wieder ab. Dann marschierte sie durch das Geschäft in die hinteren Räume und ließ die Beamten einfach stehen. Katharina und Nils Hansen wechselten einen verblüfften Blick.

Katharina sah sich im Laden um. Gegenüber der Wand mit den Hemden und Pullovern bot die »Segeltruhe« ein umfassendes Angebot maritimer Andenken. Neben Leuchttürmen, Segelschiffen und Türschildern aus Keramik gab es Möwen, Austernfischer und Robben aus Plüsch, echte und aus Plastik nachgebildete Muscheln, Ketten mit Bernstein und Perlen, Postkarten und Bücher, Spielzeuge und Kartenspiele. Daneben hingen Aquarelle mit Meeresmotiven. Die Gischt auf den Wellen wirkte derart echt, dass Katharina beinahe den salzigen Geruch wahrzunehmen meinte.

»Gefallen Ihnen die Bilder?«, fragte Gesine Stöver, die mit einem Wischeimer neben ihnen aufgetaucht war.

»Ja«, sagte Katharina ehrlich. »Sie sind so realistisch. Und die Farben sind wunderbar.«

Die Inhaberin der »Segeltruhe« lächelte.

»Danke«, sagte sie und öffnete die Eingangstür des Ladens. Dann entfernte sie mit einem nassen Lappen die Fingerabdrücke, die Katharina auf der Fensterscheibe hinterlassen hatte.

Nils Hansen neben ihr kicherte leise. Katharina warf ihm einen warnenden Blick zu. Anschließend kniff sie die Augen zusammen und studierte die Signatur auf den Aquarellen. Sie lautete »G. Stöver«.

»Gert oder Gesine? Was meinen Sie?«, fragte sie Hansen.

Der junge Polizeimeister musterte sie irritiert. »Wie bitte?«

»Wer hat die Bilder gemalt? Gert Stöver? Oder seine Frau?«

Hansen sah zu der edel gekleideten Geschäftsfrau.

»Keiner von beiden«, erklärte er kategorisch. »Das kann nur ein Zufall sein.«

Katharina lachte. Dann ging sie weiter nach hinten in den Laden.

»Ah. Da haben wir sie ja«, sagte sie und deutete auf einen Ständer, auf dem gelbe Friesennerze und die passenden Regenhosen hingen. Im Regal dahinter standen Gummistiefel in allen erdenklichen Farben.

Nils Hansen studierte die Preisschilder.

»Die sind auch billiger als das Zeug vorne«, bemerkte er.

»Selbstverständlich«, erklärte Gesine Stöver, die unbemerkt neben ihn getreten war. »Das hier ist Massenware. Was wir vorne haben, ist Spitzenqualität.« Sie hob die Mundwinkel eine Winzigkeit. »Das gilt übrigens auch für meine Bilder.«

Hansen lief rot an. Verlegen sah er beiseite. Dabei fiel sein Blick auf eine Glasvitrine hinter der Ladentheke.

Energisch ging er darauf zu.

»Sie verkaufen auch Signalmittel?«, fragte er.

Gesine Stöver folgte ihm. Sie breitete die Arme aus, weil sie es anscheinend unnötig fand, das Offensichtliche zu kommentieren.

Hansen deutete auf mehrere Pistolen, die neben Handpeilgeräten, Kompassen, diversen Schäkeln und Beschlägen und anderen Kleinteilen für Motorboote und Segelyachten in der Vitrine ausgestellt waren.

»Das sind Waffen, mit denen man Leuchtmunition verschießen kann«, erläuterte er, an Katharina Berg gewandt.

Katharina sah Gesine Stöver aufmerksam an.

»Führen Sie Buch über Ihre Verkäufe?«

Die Inhaberin der »Segeltruhe« rückte ihre Kette zurecht.

»Natürlich. Für den Erwerb einer Leuchtpistole benötigt man eine Waffenbesitzkarte und einen Sachkundenachweis. Wir lassen uns die Dokumente zeigen, fertigen Kopien an und legen sie ab.«

»Das heißt, wenn Sie einen Blick in Ihre Unterlagen werfen, können Sie mir sagen, wer in den letzten Monaten eine solche Leuchtpistole bei Ihnen gekauft hat?«

»Das kann ich auch so.« Gesine Stöver bedachte Katharina mit einem herablassenden Blick. »In den letzten beiden Jahren haben wir gar keine verkauft. Sie haben vielleicht schon bemerkt, dass

St. Peter-Ording keinen Hafen hat. Der nächste Yachthafen ist in Tönning. Und diejenigen, die dort ein Boot haben, kaufen ihre Leuchtmittel vor Ort.«

Nils Hansen kratzte sich verwirrt den Kopf.

»Aber … wenn sie niemand kauft … warum führen Sie die Signalpistolen dann?«

Gesine Stöver schaute ihn nachsichtig an.

»Weil es dazugehört. Es macht sich gut. Unsere Kunden haben das Gefühl, in einem perfekt ausgestatteten Geschäft einzukaufen.«

»Hm.« Katharina musterte die Abschussgeräte. »Aber funktionieren tun Ihre Pistolen schon?«

Die Inhaberin der »Segeltruhe« machte ein pikiertes Gesicht.

»Selbstverständlich. Was denken Sie denn?«

Katharina lächelte unverbindlich. Was sie dachte, würde der Geschäftsfrau nicht gefallen. Aber es war ohne Frage naheliegend. Wer kam besser an eine Waffe heran als der Besitzer des Ladens, der sie verkaufte?

»Wo ist eigentlich Ihr Mann?«, erkundigte sie sich.

Gesine Stöver sah auf die Uhr.

»Er wird jeden Moment hier sein.« Sie schaute Katharina vorwurfsvoll an. »Er ist letzte Nacht spät ins Bett gekommen. Weil Sie ihn so lange festgehalten haben.«

»Er ist am Strand über eine Leiche gestolpert. Da müssen wir schon ein paar Fragen stellen.«

Gesine Stöver nickte gnädig.

»Sicher. Aber das hätte ja vielleicht auch bis heute Morgen Zeit gehabt. Davon, dass Sie sich die Nächte um die Ohren schlagen, wird Frau Buddenberg auch nicht wieder lebendig.«

Katharina ging zu dem Andenkenregal und nahm eine Plüschmöwe heraus.

»Ihnen kommt das ja nicht ganz ungelegen«, bemerkte sie, während sie dem Stofftier über den Kopf strich.

Gesine Stöver blinzelte.

»Ich bitte Sie. Wir klagen gegen Frau Buddenberg, weil sich ihr Sortiment verkaufsschädigend auswirkt. Aber *wir* sind keine Mörder.«

Katharina reichte die Stoffmöwe an Nils Hansen weiter. Der

knetete das Tier unschlüssig und zuckte zusammen, als plötzlich eine Melodie ertönte. Es war »An der Nordseeküste«.

Katharina prustete. Gesine Stöver nahm Hansen die Möwe aus der Hand und stellte die Musik aus.

»Das ist unser Verkaufsschlager«, bemerkte sie. »Die Leute reißen sich darum.«

Katharina, die das Lied noch nie hatte leiden können, betrachtete die Möwe. Sie war schön weich und durchaus hübsch. Für die Musik konnte sie ja nichts.

Sie zog den Beweismittelbeutel mit dem Goldkettchen hervor.

»Haben Sie diese Kette schon einmal gesehen?«

Die Inhaberin der »Segeltruhe« legte die singende Möwe zurück ins Regal. Dann beäugte sie das Schmuckstück.

»Die ist echt. Und nicht ganz billig«, stellte sie fest. »Wenn sie jemand in St. Peter-Ording gekauft hat, dann vermutlich beim alten Krüger. Juwelier Krüger in St. Peter-Dorf. Der Laden heißt ›Schmuck-Kästchen‹.«

Katharina verstaute die Tüte wieder in ihrem Rucksack. Gesine Stöver war eine merkwürdige Frau. Auf der einen Seite steif und mit einem überzogenen Sauberkeitsfimmel geschlagen, auf der anderen anscheinend vielseitig interessiert und der Kunst zugeneigt.

Aber so war das eben. Der Mensch war ein kompliziertes Wesen.

★★★

Gert Stöver kaute auf seinem zähen Sonntagsbrötchen herum. Wie oft hatte er Gesine schon gebeten, die Dinger einzufrieren, anstatt sie einfach in den Brotkasten zu legen? Doch sie vergaß das immer wieder. Oder vielleicht tat sie es auch mit Absicht, um ihn zu ärgern.

Er spülte das Brötchen mit einem Schluck Kaffee herunter, obwohl er besser Wasser hätte trinken sollen. Die Magensäure brannte schon jetzt in seiner Speiseröhre.

Warum war er nicht standhaft geblieben? All die Jahre hatte er sich zusammengerissen. Und ausgerechnet gestern hatte er seine Zurückhaltung aufgegeben. Wie hatte er nur glauben können, dass sein nächtlicher Ausflug ein gutes Ende nehmen würde?

Gesine betrat die Küche und sah missbilligend auf die Krümel, die um seinen Teller verstreut lagen. Sie nahm einen Lappen aus der Spüle und wischte damit um sein Frühstücksgedeck herum.

»Wir haben ein Problem«, verkündete sie, während sie den Lappen unter fließendes Wasser hielt.

Stöver seufzte schwer. Natürlich hatten sie ein Problem. Ihre Geschäftsnachbarin war ermordet worden. Und er war in die Ermittlungen verwickelt.

»Die Beamten waren eben im Laden. Sie haben sich nach unseren Leuchtmitteln erkundigt«, berichtete seine Frau.

Stöver nickte.

»Die Buddenberg ist mit einer Signalpistole beschossen worden«, erklärte er.

Der Lappen landete klatschend in der Spüle.

»Du hättest das nicht tun dürfen«, verkündete seine Frau.

Stöver sah sie entgeistert an.

»Du glaubst doch nicht, dass ich … Ich habe ihr doch nichts getan.«

»Was wolltest du denn dann dort am Strand?«

Stöver wischte sich die fettigen Finger an einer Serviette ab.

»Das habe ich dir doch erklärt. Ich konnte nicht schlafen. Und ich dachte, es wäre eine gute Gelegenheit, die neue Friesennerzkollektion auszuprobieren.«

Gesine setzte sich ihm gegenüber und faltete ihre Hände vor sich auf dem Tisch. Sie sah ihn aus ihren klaren grauen Augen an.

»Eine fehlt«, sagte sie.

Stöver rieb sich irritiert über die Wange. Ein paar Bartstoppeln piksten ihn in die Handfläche. Er hatte sich nicht gründlich genug rasiert.

»Was fehlt?«

»Eine von den Leuchtpistolen«, erläuterte seine Frau.

Stöver schluckte. Das trockene Brötchen schien in seinem Hals festzustecken.

»Das kann nicht sein. Der Schrank ist doch immer abgeschlossen.«

Gesine Stöver beugte sich über den Tisch.

»Also ist sie wohl davongeflogen.«

Stöver fuhr sich nervös durch die Haare. Für die Leuchtmittel zur Seenotrettung galten strenge Vorschriften. Er achtete darauf, dass sich niemand an der Glasvitrine zu schaffen machte. Und den Schlüssel verwahrte er sicher unter der Kasse.

»Bist du sicher, dass eine fehlt?«

Gesine Stöver richtete sich wieder auf.

»Ich kann zählen, Gert«, bekundete sie. »Und so viele sind es ja nun auch wieder nicht.«

Stöver spürte, wie er zu schwitzen begann. Wenn die Pistole tatsächlich weg war, saß er gewaltig in der Klemme.

»Das darf auf keinen Fall jemand erfahren«, erklärte er.

Gesine hob die Augenbrauen. Für einen Moment glaubte er, so etwas wie Schalk in ihren Augen aufblitzen zu sehen. Aber dann sagte er sich, dass er sich getäuscht haben musste. Gesine stand im Moment sicher nicht der Sinn nach Scherzen.

»Du meinst, ich soll die Polizei belügen?«, erkundigte sie sich. Scharf. Oder doch eher spöttisch?

Stöver schüttelte den Kopf.

»Nein. Du sollst einfach nur … nicht darüber reden.«

Gesine stand auf und ging zur Tür. Dort drehte sie sich noch einmal um. Dieses Mal war er sich sicher, dass ihre Mundwinkel zuckten.

»Keine Sorge. Ich werde doch nicht meinen eigenen Mann ans Messer liefern«, sagte sie. »Das haben wir uns doch geschworen, nicht wahr? In guten wie in schlechten Tagen.«

Sie verschwand im Flur, und Stöver hörte, wie sie die Tür zur Doppelgarage öffnete.

War da ein ironischer Unterton in ihrer Stimme gewesen? Oder bildete er sich das nur ein, weil seine Nerven derart überreizt waren?

Aber weshalb sollte Gesine ihn verspotten? Das würde ja bedeuten, dass sie alles wusste. Und das konnte nicht sein. Oder doch?

15

Das schwere Metallgitter vor der Eingangstür des »Schmuck-Kästchens« fuhr langsam nach oben. Nils Hansen tappte ungeduldig mit dem Fuß. Hinter der Scheibe tauchte die Silhouette eines Mannes auf. Er war gebeugt und hager und trug eine dicke Brille. In der Hand hielt er ein großes Schlüsselbund, in dem er eine Weile herumsuchte. Dann schloss er die Tür auf. Seine wässrigen Augen musterten Katharina und Hansen.

»Heinz Krüger?«, fragte Nils Hansen.

Der Mann nickte bedächtig. »Das bin ich.«

»Entschuldigen Sie bitte die frühe Störung«, sagte Katharina und streckte dem Mann ihren Dienstausweis hin. »Aber wir haben eine Frage, die keinen Aufschub duldet.«

Der Juwelier hielt ihnen die Tür auf. »Bitte. Kommen Sie herein.«

Er schlurfte vor ihnen her in den Laden, und Katharina und Nils Hansen hatten Gelegenheit, die Rückseiten seiner abgewetzten Cordhose und seiner verwaschenen Schurwollweste zu betrachten. Eine Kleidung, die im krassen Gegensatz zu den angebotenen Waren stand. In den Vitrinen funkelten Ketten und Ringe, Armbanduhren und Broschen. Vermutlich war Heinz Krüger ein Goldschmied der alten Schule. Einer, der sich selbst als Handwerker verstand. Ein Mann, der Qualität herstellte und anbot, kein geschniegelter Verkäufer überteuerter Ware.

Der Juwelier deutete auf eine Sitzgruppe neben dem Fenster.

»Bitte. Nehmen Sie Platz. Was kann ich für Sie tun?«

Er ließ sich umständlich auf einem der Stühle nieder. Ganz offensichtlich machte ihm sein Rücken Schwierigkeiten. Katharina fragte sich, wie alt der Mann war.

Sie zog den Beweismittelbeutel mit der goldenen Kette hervor und hielt sie dem Juwelier hin.

»Können Sie uns sagen, ob dieses Schmuckstück aus Ihrem Geschäft stammt?«

Heinz Krüger kniff die Augen zusammen. Katharina zuckte unwillkürlich, als seine Hand plötzlich vorschnellte und ihr die Tüte mit dem Goldkettchen und dem Delphinanhänger aus der Hand riss. Diese Geschmeidigkeit hätte sie ihm nicht zugetraut.

»Das ist ja ein Ding!«, verkündete er und schob seine dicke Brille nach oben. »Sie haben sie tatsächlich wiedergefunden!«

Nils Hansen runzelte die Stirn. »Gefunden?«

Heinz Krüger blickte den jungen Polizeimeister nachsichtig an.

»Sie sind nicht von hier. Sonst wüssten Sie das. Die Kette ist mir vor gut einer Woche gestohlen worden. Ich habe natürlich Anzeige erstattet. Kommissar Becker von der Polizeistation hier in St. Peter hat sie aufgenommen. Aber er hat mir keine große Hoffnung gemacht, dass ich das Stück zurückbekommen würde.«

Der Juwelier schickte sich an, die Tüte zu öffnen und die Kette herauszunehmen. Katharina hielt ihn eilig davon ab.

»Bitte. Sie dürfen das nicht anfassen. Das ist ein Beweisstück.«

Der Juwelier nickte und strich stattdessen sacht über die Plastiktüte.

»Das ist ein Unikat«, erklärte er. »Ich habe es selbst hergestellt. Aus Feingold.« Er sah zu Hansen, der sein Notizbuch hervorgezogen hatte. »Das ist das beste Gold, das es gibt, junger Mann. Und das teuerste. Vierundzwanzig Karat. Neunhundertneunundneunziger-Gold. Das bedeutet, der Goldanteil liegt bei neunundneunzig Komma neun Prozent.«

Katharina nahm ihm den Beweismittelbeutel sanft aus der Hand.

»Wie ist das passiert?«, fragte sie. »Der Diebstahl, meine ich.«

Heinz Krüger seufzte.

»Ach. Das war so ein Tag, an dem alles drunter und drüber ging. Normalerweise ist hier ja gar nicht so viel los. Meine Schmuckstücke sind nicht billig. Eher etwas für Liebhaber als für Touristen, die ein günstiges Mitbringsel suchen«, erklärte er, und Katharina fühlte sich in ihrer Einschätzung bestätigt. »Aber an diesem Tag war dieser Junge da. Er hat sich die Kette mit dem Delphin angesehen und behauptet, er wolle sie kaufen. Ich habe sie ihm in eine Schachtel gepackt und wollte kassieren, aber dann kam eine Gruppe Touristen in den Laden. Japaner oder Chinesen oder was weiß ich. Sie haben angefangen, alles zu fotografieren. Und der Junge war plötzlich verschwunden.« Der Juwelier verzog schmerzlich das Gesicht. »Leider nicht nur der Junge. Das Kästchen mit der Delphinkette war auch weg.«

Nils Hansens Schultern sackten enttäuscht herunter. Seine

Hoffnung, dass mit dem Fund der Kette der Mörder quasi schon verhaftet war, würde sich wohl nicht erfüllen.

Katharina lächelte.

»Können Sie den Jungen beschreiben? Oder haben Sie ihn vielleicht schon einmal irgendwo gesehen?«

Der Juwelier fuhr mit beiden Händen über die Beine seiner abgewetzten Cordhose.

»Ich habe das schon Ihrem Kollegen von der Polizeistation St. Peter gesagt«, erklärte er. »Ich kann mir Gesichter nicht gut merken.« Er hob hilflos die Hände. »Ich weiß nur, dass er blond war. Halblange Haare, vielleicht siebzehn, achtzehn Jahre alt. Und ziemlich dünn. Nicht so durchtrainiert, wie sie das heute oft sind.« Er lächelte traurig, wahrscheinlich über den körperlichen Verfall, der mit dem Alter einherging.

Katharina nickte.

»Danke«, sagte sie und hielt den Beutel mit der Goldkette hoch. »Sie bekommen das Schmuckstück natürlich zurück, wenn unsere Ermittlungen abgeschlossen sind.«

Der Juwelier sah sie dankbar an.

»Dass Sie sich so viel Mühe machen. Bei einem einfachen Ladendiebstahl.«

»Oh.« Katharina verfluchte sich, weil sie so unkonzentriert gewesen war. »Das tut mir leid. Wir ermitteln nicht wegen des Diebstahls. Die Kette ist im Zusammenhang mit einem Mord aufgetaucht.«

Krüger riss die Augen auf.

»Mord?« Er beugte sich neugierig vor. »Wer ist denn ermordet worden?«

Nils Hansen stand auf und steckte sein Notizbuch zurück in die Innentasche seiner Uniformjacke.

»Britta Buddenberg. Sie besitzt … besaß eine Boutique ›Im Bad‹.«

»Ach was.« Der Juwelier schnalzte mit der Zunge. »Das ist natürlich auch eine Art, das Problem zu lösen.«

Katharina, die sich ebenfalls hatte erheben wollen, setzte sich wieder hin.

»Sie kennen die Dame?«

Krüger winkte ab. »Nee. Jedenfalls nicht persönlich. Aber mein Nachbar«, er wies aus dem Fenster auf die gegenüberliegende Straßenseite, »der beschäftigt sich intensiv mit der Pelzlaus.«

Katharina folgte mit den Augen seiner ausgestreckten Hand und entdeckte ein Schaufenster, das mit Plakaten und Spruchbändern zugepflastert war. Dazwischen lagen unzählige Bücher.

»Was ist das?«, erkundigte sie sich. »Eine Buchhandlung?«

»Ein Buchcafé«, erklärte Krüger. »Und zugleich der Hauptsitz von ›Free Nature‹. Das ist die Organisation meines Nachbarn. Thorsten Klinke.«

Katharina hob interessiert die Augenbrauen. Thorsten Klinke war ein Mann, mit dem sie sprechen musste. Immerhin hielt es die exzentrische Fotografin Dorothea Nissen für möglich, dass er derjenige war, der ihre Halbschwester getötet hatte.

»Klinke engagiert sich für den Tier- und Naturschutz«, erläuterte Krüger. »Zurzeit kämpft er gegen die Boutique von Britta Buddenberg. Und gegen ihre Nerzzucht.«

»Ach so?« Katharina legte den Kopf schief. Von einer Nerzzucht hatten Dorothea Nissen und Vanessa Schultheis nichts erwähnt.

»Na ja«, schränkte der Juwelier ein. »Es ist natürlich nicht ihre Pelzfarm. Aber der Besitzer hat rein zufällig genau in dem Moment von Hühnern auf Nerze umgestellt, als die Buddenberg ihren Laden eröffnet hat.«

»Und weshalb ist Klinke dann nicht gegen die Nerzfarm vorgegangen statt gegen die Boutique?«

Der Juwelier hob die Schultern.

»Sie meinen, man sollte das Übel an der Wurzel packen? Da würde Klinke Ihnen sicher zustimmen. Aber dort zu demonstrieren, macht keinen Sinn. Das ist ab vom Schuss, auf dem platten Land zwischen Tating und Tümlauer-Koog. Wenn man dort Plakate hochhält, sieht das kein Mensch. Und an die Ställe kommt man nicht ran. Alles mit hohen Zäunen drumrum und Alarmanlage. Wenn jemand unerlaubt dort herumschnüffelt, steht sofort ein geschniegelter Anwalt auf der Matte.«

»Und davon lässt sich ›Free Nature‹ abhalten?«

Der Juwelier sah sie vorwurfsvoll an.

»Was denken Sie denn? Das ist eine friedliche Organisation.

Die werfen vielleicht mal ein paar Farbbeutel oder verdorbene Lebensmittel. Aber die begehen doch keine Straftaten.«

Katharina machte eine vage Handbewegung.

»Nun ja«, bemerkte sie. »Gestern haben die Demonstranten einen Stein ins Schaufenster der Boutique geschleudert.«

Krüger blinzelte durch seine dicken Brillengläser.

»Aber nicht Klinke«, beharrte er. »Der ist korrekt. Der würde nie etwas Illegales tun.«

Katharina lächelte. Es war rührend, wie sich der alte Mann für seinen Nachbarn ins Zeug legte. Wenn Thorsten Klinke einen Leumundszeugen brauchte, hatte er ihn in Krüger gefunden. Aber bei Mord ging es ja nicht um den guten Ruf. Es ging um Beweise. Und Klinke wäre nicht der erste Aktivist, der im Eifer des Gefechts über sein Ziel hinausschoss.

»Macht Thorsten Klinke auch einen verkaufsoffenen Sonntag?«, erkundigte sie sich.

Der Juwelier schüttelte amüsiert den Kopf.

»Nein. Klinke ist ein Alternativer. Der schließt sich nicht den örtlichen Werbeveranstaltungen an. Und außerdem ...«, er blinzelte, offenbar unschlüssig, ob er die Kommissarin ins Vertrauen ziehen sollte, »... ist für heute eine weitere Aktion vor der ›Venus‹ geplant.« Er gluckste. »Klinke meint, die wird auch die ignoranten Touristen auf die Problematik aufmerksam machen.«

Katharina erhob sich und winkte Nils Hansen.

»Kommen Sie. Das will ich mir ansehen«, sagte sie und wandte sich wieder an Heinz Krüger. »Wann geht die Sache denn los?«

Der Juwelier blickte auf seine Armbanduhr. Dann verglich er das Ergebnis mit den Uhren, die an der Wand hingen. Vermutlich eine Berufskrankheit.

»In exakt vierunddreißig Minuten«, erklärte er.

* * *

Gert Stöver öffnete mit zitternden Fingern die Schublade unter der alten Registrierkasse und atmete erleichtert auf. Der Schlüssel für die Vitrine war dort, wo er hingehörte. Er nahm ihn heraus und ging zu dem Glasschrank, in dem sie die nicht frei verkäuflichen

Seenotrettungsmittel verwahrten. Noch bevor er die Tür aufschob, sah er, dass Gesine recht hatte. Die Heckler & Koch P2A1 fehlte.

Stöver fluchte leise und glotzte auf die Lücke in der Vitrine. Das konnte doch nicht sein. Niemand konnte einfach eine der Pistolen herausnehmen. Nicht, wenn der Laden geöffnet war. Und einen Einbruch hatte es nicht gegeben.

Was, wenn Britta Buddenberg tatsächlich mit dieser Waffe beschossen worden war? Und wenn die Polizei die Pistole fand und sie anhand der Registriernummer bis in seinen Laden zurückverfolgte? Wie sollte er das erklären? Was gab es überhaupt für eine Erklärung?

Die einzige Person, die außer ihm Zugang zu den Leuchtmitteln hatte, war Gesine. Und sie würde doch nicht …

Oder wusste sie womöglich alles? Hatte sie die SMS gelesen, mit der Britta Buddenberg ihn an den Böhler Strand bestellt hatte? Hatte sie gewartet, bis er das Haus verlassen hatte, und dann den Wagen genommen? Sie könnte zum Parkplatz am Strandwärterhäuschen gefahren sein, während er zu Fuß über den Deich zum Treffpunkt gelaufen war. Sie hätte ohne Probleme eine Viertelstunde vor ihm dort sein können. Und er hätte ihren Wagen nicht gesehen, weil er bereits ein Stück vor dem Parkplatz die Deichkrone verlassen und durch die Salzwiesen zur »Seekiste« gegangen war.

Hatte sie Britta Buddenberg ins Meer getrieben, weil die Boutiquebesitzerin bereit gewesen war, ihm, Gert, seine geheimsten Wünsche zu erfüllen? Wünsche, die Gesine einfach nicht verstand?

Gert Stöver schüttelte den Kopf. Gesine war eine Frau mit hohen moralischen Ansprüchen. Sie hätte die Nebenbuhlerin nicht getötet. Eher würde sie ihn verlassen, weil er sie enttäuscht hatte.

Er zuckte zusammen, als seine Frau plötzlich neben ihn trat.

»Meinst du, die Heckler & Koch taucht wieder auf, wenn du nur lange genug auf den leeren Platz starrst?«, fragte sie spitz.

Gert Stöver drehte sich zu ihr um und betrachtete forschend ihr Gesicht. Er sah nichts, was auf Schuld oder ein schlechtes Gewissen hindeutete. Nur dieses seltsame Blitzen, das ihm schon am Frühstückstisch aufgefallen war.

»Wenn keiner von uns die Pistole aus der Vitrine genommen hat«, sagte er, »wie ist sie dann weggekommen?«

Gesine hob die Augenbrauen. Nur eine Spur. Aber es reichte, um Gert Stöver unter ihrem Blick schrumpfen zu lassen.

»Ich nehme an, du warst wieder einmal nachlässig«, bekundete sie. »Hast dich von irgendwelchen Kunden ins Gespräch ziehen lassen. Und jemand hat die Gelegenheit genutzt und sich Zugang zur Vitrine verschafft und die Pistole herausgenommen.«

Stöver schaute auf den Schlüssel in seiner Hand.

»Wer kann denn wissen, dass wir den unter der Schublade aufbewahren?«

»Jeder, der schon mal eine Stoppuhr oder einen Peilkompass bei uns gekauft hat.«

Gert Stöver verspürte so etwas wie Erleichterung. Tatsächlich bewahrten sie diese handlichen Geräte zusammen mit den Leuchtmitteln in der Vitrine auf. Nicht weil sie scheinpflichtig waren, sondern weil sie nur allzu leicht in einer Jackentasche verschwanden.

»Aber wer stiehlt denn eine Signalpistole?«

Gesine betrachtete ihn mit diesem herablassenden Ausdruck, den er über die Jahre zu hassen begonnen hatte.

»Jemand, der damit einen Mord begehen will«, entgegnete sie kühl. »Und dem es gelegen kommt, wenn wir in Verdacht geraten.«

Gert Stöver schluckte. Er spürte, wie ihm kalter Schweiß über den Rücken rann. Was war das nur für eine grauenvolle Situation, in die er sich manövriert hatte?

16

Die Einkaufsstraße »Im Bad« war gut frequentiert. Die Ladenbesitzer hatten ihre Ständer mit den Sonderangeboten und Blickfängern nach draußen gestellt, und die Türen der Geschäfte waren einladend geöffnet. Zahlreiche Touristen flanierten vorbei und betrachteten die angebotenen Waren. Der verkaufsoffene Sonntag war anscheinend ein Erfolg.

Katharina Berg und Nils Hansen, die ihren Wagen auf dem

Parkplatz vor der Dünentherme abgestellt hatten, schlenderten die Ladenzeile entlang zur »Venus«.

Die Pelzboutique und die benachbarte »Segeltruhe« befanden sich im Zentrum der Flaniermeile, in einem kleinen, kompakten Gebäude mit weiß-blauen Klinkersteinen und einem roten Satteldach schräg gegenüber vom »Hotel St. Peter«.

Vor der Boutique standen zwei Frauen in zotteligen grauen Umhängen, die eine groß und korpulent mit halblangen brünetten Haaren, die andere klein und schmal mit einem blonden Pferdeschwanz. Sie trugen Pappmasken mit aufgemalten Nerzgesichtern und kleinen, pelzigen Ohren.

Die beiden schauten sich suchend um und schienen auf irgendetwas zu warten. Vermutlich auf Thorsten Klinke, den Wortführer der Tierschutzorganisation »Free Nature«. Katharina fragte sich, was die Pelzgegner vorhatten.

Sie entdeckte Gert Stöver, der die Ständer vor der »Segeltruhe« zurechtrückte. Heute trug er kein gelbes Gummi, sondern eine helle Hose, Bootsschuhe und einen edlen dunkelblauen Segeltroyer. Die grauen Haare hatte er ordentlich gekämmt und gescheitelt. An seinem Handgelenk funkelte eine goldene Uhr.

Katharina Berg schmunzelte. In diesem Outfit passte er besser zu seiner penibel gekleideten Ehefrau.

Unvermittelt rannte ein Mann auf die beiden Frauen mit den Nerzmasken zu. Er trug schwere Motorradstiefel und Hose und Jacke aus anthrazitfarbenem Canvas. Sein Gesicht war unter einer schwarzen Strumpfmaske verborgen.

Der Mann griff nach dem Wollumhang der dicken Frau und riss daran. Die einkaufswilligen Touristen blieben stehen.

Auf einmal hielt der Maskierte ein Messer in der Hand. Mit ein paar schnellen Bewegungen zerschnitt er den Umhang der dicken Frau und zerrte ihn von ihrem Körper. Darunter kam eine Art rosafarbener Strampelanzug zum Vorschein. Die Urlauber sahen mit offenen Mündern zu, aber niemand griff ein.

Die Frau umklammerte den zerfransten Wollstoff und versuchte, ihn festzuhalten. Der Mann fuchtelte drohend mit dem Messer.

Zu Katharinas Überraschung spritzte plötzlich Blut und besudelte den Umhang. Die korpulente Frau schrie. Die Blonde mit dem Pferdeschwanz warf sich zu Boden und hielt schützend die Hände über ihren Kopf.

Der Mann riss den zotteligen Wollumhang an sich und wollte sich auf die zweite Frau stürzen.

Nils Hansen sprang vor und zog seine Pistole aus dem Holster.

»Polizei!«, brüllte er. »Lassen Sie sofort die Frau los!«

Der Schwarzgekleidete hielt in der Bewegung inne. Dann warf er Nils Hansen den zerschnittenen Umhang entgegen, machte auf dem Absatz kehrt und rannte davon.

Hansen fegte das ruinierte Kleidungsstück mit einer schnellen Handbewegung beiseite. Mit ausgreifenden Schritten lief er hinter dem Flüchtigen her.

»Stehen bleiben!«, schrie er. »Oder ich schieße!«

Der Mann stolperte noch ein paar Schritte weiter und blieb dann stehen. Unsicher hob er die Hände über den Kopf.

Nils Hansen drängte ihn mit einer schnellen Bewegung gegen eine Hauswand. Er steckte seine Pistole weg, zerrte die Arme des Mannes auf dessen Rücken und legte ihm Handschellen an. Schließlich drehte er ihn zu sich herum und zog ihm die Strumpfmaske vom Kopf. Darunter kam ein Gesicht mit wirren dunklen Haaren und einem üppigen Vollbart zum Vorschein.

Die Schaulustigen, die eilig gefolgt waren, applaudierten.

Katharina Berg legte Hansen eine Hand auf die Schulter.

»Respekt«, sagte sie. »Sie sind gut in Form. Aber ich denke, Sie können dem Mann die Handschellen wieder abnehmen.«

Hansen sah sie ungläubig an.

»Aber …« Er deutete auf die dicke Frau in ihrem blutbesudelten rosafarbenen Ganzkörperanzug, die gemeinsam mit ihrer blonden Kollegin dazukam. »Das war ein tätlicher Angriff. Er hat die Frau verletzt. Wir müssen ihn festnehmen.«

Katharina zwinkerte dem bärtigen Mann zu.

»Das war eine sehr überzeugende Vorstellung«, sagte sie. »Boal wäre sicher stolz auf Sie.«

Hansen runzelte die Stirn. »Boh-Aal?«

»Boal. Augusto Boal. Unsichtbares Theater«, erläuterte Katharina. »Inszenierungen auf der Straße, die man nicht als solche erkennt. Die Methode stammt aus Brasilien. Man versucht, die

Leute aufzurütteln, die nicht mehr hinsehen. Indem man ihnen etwas vorspielt, das sie für real halten. Wobei wir es hier mit einer Variation zu tun haben. Es ist ja offensichtlich, dass die beiden Damen keine echten Nerze sind.«

»Sie meinen … das war nur gespielt?«

Katharina nickte.

Hansen deutete auf die rote Farbe auf dem rosafarbenen Strampler.

»Und das …«

»… ist Theaterblut«, erklärte Katharina.

Hansen sah sie verblüfft an. Warum fiel er auf solche Sachen herein, während Katharina den Überblick behielt?

Betreten zog er den Schlüssel für die Handschellen aus der Gürteltasche und befreite den Pelzjäger. Erst dann erinnerte er sich daran, dass Katharina Berg aus einer Theaterfamilie stammte.

Der Bärtige rieb seine Handgelenke und wandte sich an die Schaulustigen.

»Ja«, rief er. »Das war nur Theater. Aber was wir Ihnen gezeigt haben, ist bittere Realität. Den Nerzen«, er deutete auf die dicke Frau mit der Nerzmaske und dem mit Theaterblut besudelten Ganzkörperanzug, »wird bei lebendigem Leib das Fell abgezogen. Die Tiere werden nicht nur getötet, sie werden grausam gequält. Und jeder, der Pelz trägt, macht sich schuldig!«

Unter den Zuschauern entwickelte sich Unbehagen. Die meisten zerstreuten sich eilig. Nur einige wenige blieben stehen, um das weitere Geschehen zu verfolgen.

Der Tierschützer blickte zu Katharina.

»So ist das. Die Wahrheit will keiner hören.«

Katharina lächelte.

»Ich schon«, erklärte sie und zog ihren Dienstausweis hervor. »Katharina Berg. Kripo Husum.«

»Ach.« Der bärtige Mann legte den Kopf schief. »Ich dachte, Sie wären von der Presse.«

»Tut mir leid«, sagte Katharina. »Aber ich bin sicher, irgendjemand hat Ihren Auftritt mit der Handykamera mitgeschnitten und stellt ihn ins Internet.«

»Hoffentlich.« Der Mann streckte die Hand aus. »Thorsten

Klinke«, stellte er sich vor. »Ich leite die Organisation ›Free Nature‹. Wir kämpfen gegen die ›Venus‹ und den Mord an Pelztieren.«

Die Frau im rosafarbenen Strampler nahm ihre Nerzmaske ab. Es war die Pensionswirtin Susanne Moll. Sie strahlte über das ganze Gesicht. Dass der eng anliegende Anzug ihre überflüssigen Pfunde gut sichtbar hervorhob, schien sie nicht zu stören.

»Das war toll«, erklärte sie. »Besonders die Verfolgungsjagd.«

Klinke nickte und zwinkerte dem jungen Polizeimeister zu.

»Ja. Das ist ein Element, das wir gar nicht bedacht haben. Dabei ist das wichtig. Nicht nur den Mord zu zeigen, sondern auch, dass der Täter gejagt und bestraft wird.«

Nils Hansen räusperte sich. Er war sich nicht sicher, ob ihn der Tierschützer auf den Arm nahm. Aber das war auch egal. Röter, als er bereits war, konnte er ohnehin nicht mehr werden.

∗∗∗

Thorsten Klinke grinste. Dann fiel sein Blick auf die andere Straßenseite, und seine Miene verdunkelte sich.

Katharina schaute zu dem jungen Mann, der dort stand. Er war schlaksig und weizenblond. Über seine Brust lief der Gurt einer Gitarre, die er auf dem Rücken trug. In der Hand hielt er einen Strohhut. Vermutlich wollte er den verkaufsoffenen Sonntag nutzen, um sich mit Straßenmusik ein paar Euro zu verdienen.

»Der schon wieder«, knurrte Klinke und hob drohend die Faust.

»Verschwinde!«, brüllte er. »Du verdammter Mörder!«

Nils Hansen riss die Augen auf.

»Sie glauben, der Junge da hat Britta Buddenberg umgebracht?«

Katharina Berg stöhnte. Am liebsten hätte sie dem Polizeimeister den Mund zugehalten. Aber dafür war es ja nun zu spät.

Thorsten Klinke ließ die Faust sinken.

»Umgebracht? Sie meinen … Britta Buddenberg ist tot?«

Hansen verzog den Mund, als hätte er auf etwas Saures gebissen. Auch ihm war soeben aufgegangen, dass er sich nicht sehr geschickt verhalten hatte.

»Ja«, murmelte er und starrte auf seine Schuhe.

Die blonde Frau neben ihm begann zu japsen. Dann kippte sie einfach um.

Hansen versuchte, sie aufzufangen, griff aber daneben. Katharina machte einen schnellen Schritt nach vorn und erwischte die Stürzende, ehe sie auf dem Pflaster aufschlug. Sie legte sie behutsam auf den Boden und nahm ihr die Nerzmaske ab.

Darunter kam das leichenblasse Gesicht der jungen Frau zum Vorschein, die Katharina am Morgen das Frühstück serviert hatte. Die Pensionswirtin fiel neben ihr auf die Knie.

»Lina!«, rief sie und schlug dem Mädchen vorsichtig auf die Wange.

Lina öffnete die Augen.

»Mama!«, stöhnte sie. »Was ist denn passiert?«

Katharina schnalzte leise mit der Zunge. Die junge Frau war also keine Angestellte der Pension, sondern die Tochter des Hauses. Sie sah zu, wie Susanne Moll ihr auf die Beine half, und wieder fielen ihr die dunklen Augenringe des Mädchens auf, die sie schon beim Frühstück bemerkt hatte. Womöglich hatte Linas desolater Zustand gar nichts mit einer durchzechten Nacht zu tun.

»Die Buddenberg ist tot«, sagte Susanne Moll in einem Tonfall, der ein wenig bemüht Betroffenheit vorgaukelte. Dahinter meinte Katharina etwas anderes zu hören. So etwas wie Befriedigung. Genugtuung. Schadenfreude.

Lina starrte die Kommissarin mit großen Augen an. Sie hatten, wie Katharina bemerkte, einen faszinierenden Farbton, irgendetwas zwischen Grün und Türkis.

»Aber … wie?«

»Das wissen wir noch nicht«, erklärte Katharina und sah das Mädchen aufmerksam an. »Fest steht nur, dass man sie offenbar mit einer Leuchtpistole beschossen hat. Letzte Nacht, am Böhler Strand. Möglicherweise ist sie in Panik ins Meer geflüchtet, gestürzt und ertrunken. Oder der Täter hat sie gejagt und unter Wasser gedrückt.«

Lina schluckte schwer. Sie wurde noch blasser.

Katharinas Blick fiel auf die Schuhe des Mädchens. Nike-Turnschuhe mit einem markanten Sohlenprofil. Die Abdrücke, die Katharina und Nils Hansen neben dem Lagerfeuer gesichert hatten, stammten von solchen Schuhen, das hatte ihr ein Kollege von der kriminaltechnischen Untersuchungsstelle des Landeskriminalamts am Morgen per SMS mitgeteilt. Auch die Größe konnte hinkommen.

»Waren Sie vielleicht dort, letzte Nacht?«, erkundigte sie sich.

Lina schüttelte den Kopf.

»Nein.« Sie presste die geballte Faust vor den Mund, als müsse sie eine aufsteigende Übelkeit zurückdrängen. »Was hätte ich denn dort gesollt?«

Ihre Mutter stemmte die Hände in die fleischigen Hüften.

»Sie glauben doch nicht im Ernst, dass meine Tochter etwas damit zu tun hat?«

Katharina lächelte liebenswürdig.

»Nein. Natürlich nicht«, erklärte sie. »Ich wollte mich nur vergewissern.«

Aber ihr war nicht entgangen, dass sich Linas Pupillen geweitet und ihr Atem beschleunigt hatten. Sie war beinahe davon überzeugt, dass Lina Moll log. Die Frage war nur: Warum?

★★★

Peer Ruppert starrte zu den Tierschützern, dem uniformierten Polizisten und der dunkelhaarigen Frau in der leuchtend orangefarbenen Bluse hinüber. Er verstand nicht, was dort vor sich ging.

Zunächst hatte es so ausgesehen, als würde der Polizist Thorsten Klinke verhaften, doch dann hatte er ihm die Handschellen wieder abgenommen. Womöglich war er ein Teil der albernen Theaterszene, die Klinke mit Lina und Susanne Moll aufgeführt hatte. Die hatten ja keine Ahnung, wie es war, den Nerzen das Fell abzuziehen.

Und dann war Lina plötzlich umgekippt. Die Frau mit der orangefarbenen Bluse hatte sie gerade noch rechtzeitig aufgefangen. Linas Mutter hatte ihr wieder auf die Beine geholfen, und jetzt redete die Dunkelhaarige so eindringlich mit ihr, dass ihre Mutter dazwischenging.

Er konnte nur hoffen, dass sie Lina nicht das fragte, was er befürchtete.

Lina starrte die fremde Frau an. Dann wanderten ihre Augen zu ihm. Selbst auf die Entfernung konnte er die Verunsicherung auf ihrem Gesicht sehen. Plötzlich wandten sich auch die anderen wieder zu ihm um.

Peer zog den Gurt der Gitarre fester und rannte zu der alten BMW, die auf dem Parkplatz vor dem »Hotel St. Peter« stand. Im Laufen zog er den Zündschlüssel aus der Tasche. Er sprang in den Sattel, rammte den Schlüssel ins Zündschloss und startete die Maschine.

Aus dem Augenwinkel sah er, dass der uniformierte Polizist auf ihn zulief. Der Beamte streckte die Hand aus und erwischte den Haltebügel des Sozius.

Der Motor heulte auf, und Peer gab Gas. Das Motorrad machte einen Satz nach vorn, und der Polizist verlor den Halt. Peer kam ins Schlingern und wäre fast mit einem der Ständer mit maritimen Tassen vor dem Andenkenladen auf der gegenüberliegenden Straßenseite kollidiert. Dann bekam er die Maschine in den Griff und raste an den Hotels und Pensionen »Im Bad« vorbei und schließlich durch die Badallee in Richtung St. Peter-Dorf. An die vorgeschriebenen dreißig Stundenkilometer hielt er sich nicht.

***

Nils Hansen fluchte. Keuchend sah er zu, wie der junge Mann davonsauste. Was für ein misslungener Tag. Erst verhaftete er einen Mann, der nur Theater gespielt hatte. Und dann ließ er einen entwischen, der womöglich der Hauptverdächtige in einem Mordfall war.

Er drehte sich zu Katharina um, die gemächlich auf ihn zuschlenderte.

»Das war knapp«, bemerkte sie.

Hansen ballte die Fäuste.

»Meinen Sie, das war der Kerl? Der die Kette bei Juwelier Krüger geklaut hat?«

Katharina zuckte mit den Schultern. Selbst in einem kleinen Ort wie St. Peter-Ording gab es sicher nicht nur einen jungen Mann, auf den die Beschreibung des Juweliers passte. Zumal sie nicht sonderlich präzise gewesen war. Aber dass er geflohen war, machte ihn nicht eben unverdächtig.

Sie schaute zu Klinke und den beiden Moll-Frauen, die ihr gefolgt waren.

»Wer war das?«, erkundigte sie sich. »Und warum haben Sie ihn einen Mörder genannt?«

»Weil er einer ist«, ereiferte sich Susanne Moll. Ihr Busen in dem hautengen rosa Strampelanzug bebte.

Ihre Tochter Lina schüttelte den Kopf. »Er kann doch nichts dafür, Mama«, sagte sie leise.

Katharina sah zwischen den beiden Frauen hin und her.

»Klären Sie mich auf«, sagte sie. »Bitte.«

Thorsten Klinke deutete die Straße hinunter in die Richtung, in die der Junge davongefahren war.

»Das war Peer Ruppert. Der Sohn von Kai Ruppert. Bis vor drei Monaten Besitzer einer Hühnerfarm. Und seit Neuestem Nerzfarmer.«

»Ah.« Katharina begann, die Zusammenhänge zu erahnen. »Er gehört also zur gegnerischen Fraktion.«

Thorsten Klinke zog ein Päckchen Tabak aus seiner Jackentasche und begann, sich eine Zigarette zu drehen. Er rollte den Tabak mit Hilfe des dünnen Papiers zu einer Wurst und angelte aus einer anderen Tasche einen Filter, den er dazulegte. Dann fuhr er mit der Zunge über die gummierte Fläche und verklebte das Zigarettenpapier. Schließlich zauberte er aus einer weiteren Tasche ein Feuerzeug hervor und zündete sein Kunstwerk an.

»Hier geht es nicht um Parteipolitik oder Meinungsverschieden-heiten«, stieß er mit einer Rauchwolke hervor. »Es geht darum, dass Tiere bestialisch gequält werden. Geschöpfe, die dasselbe Recht auf Leben haben wie wir.« Er sah sie mit gerunzelten Augenbrauen an. »Oder sind Sie da anderer Ansicht?«

»Ich trage keinen Pelz«, entgegnete Katharina.

Klinke lächelte in seinen dichten Bart hinein.

»Immerhin«, bemerkte er. Er zog an seiner Zigarette und sah dem Rauchkringel hinterher, der in den blauen Himmel über St. Peter-Ording aufstieg. »Und Sie liegen damit sogar im Trend. Die Nachfrage nach Pelzen ist in diesem Land erheblich zurückgegangen. Viele Menschen haben begriffen, was sie den Tieren damit antun, und mittlerweile gibt es bei uns kaum noch Nerzfarmen. Anders als in Dänemark zum Beispiel, wo Unmengen von Tierfellen für den Export produziert werden.« Er strich sich ungeduldig durch die Haare. »Unsere Nachbarn in den Ostblockstaaten frönen leider immer noch dem Pelzkult.«

»Vielleicht frieren sie öfter«, warf Katharina ein.

Klinke kniff die Augen zusammen.

»Das ist nicht komisch.« Er wedelte den Rauch seiner Zigarette beiseite. »Wie gesagt: Die Pelztierzucht ist ein Problem, das hier bei uns nur noch sporadisch auftritt. Aber auch in Deutschland gibt es immer noch Nerzfarmen. Farmen, die sich nicht einmal an die gesetzlichen Bestimmungen halten. Und denen das sogar noch von einem Oberverwaltungsgericht gestattet wird, weil die Züchter andernfalls ihren Beruf nicht ausüben könnten.«

»Wie bitte?«

»Lesen Sie es nach!« Klinke wedelte mit seinen langen Armen, die ein wenig an einen Orang-Utan erinnerten. Der Rauch seiner Zigarette malte ein expressionistisches Muster. »Im Kreis Plön gibt es so eine Nerzfarm. Da werden die Tiere in viel zu kleinen Käfigen gehalten. Die PETA hat dagegen geklagt. In erster Instanz ist den Betreibern die Weiterführung der Zucht verboten worden. Doch dann hat das Oberverwaltungsgericht in Schleswig festgestellt, dass diese Entscheidung einem Berufsverbot gleichkäme und daher nicht zulässig ist.«

Katharina schüttelte den Kopf. Natürlich war ihr bewusst, dass Recht und Gerechtigkeit nicht immer dasselbe waren. Aber manchmal trieb die juristische Auslegung der Gesetze absurde Blüten.

»Und nun«, Klinke zog an seiner Zigarette, »haben wir nicht nur diese Farm im Kreis Plön, sondern auch noch eine gleich bei uns um die Ecke. Dank Britta Buddenberg und Kai Ruppert.«

»Und deshalb haben Sie sie zu Aussätzigen erklärt. Und den Sohn von Kai Ruppert gleich mit dazu.«

Thorsten Klinke schnippte seine Zigarette weg. Sie landete auf dem Rand eines Gullideckels, verharrte einen Moment im fragilen Gleichgewicht zwischen Absturz und Halt und verschwand dann in der Kanalisation.

»Wie würden Sie Menschen nennen, die Tiere quälen und ihnen bei lebendigem Leib die Haut abziehen?«

»Haben Sie das gesehen? Oder vermuten Sie es nur?«

Thorsten Klinke schnaubte.

»Kommen Sie doch einfach mal in mein Café. Dann zeige ich Ihnen ein paar Fotos.« Er deutete eine Verbeugung an. »Ich würde Ihnen sogar einen Tee dazu anbieten. Vorausgesetzt, Ihnen ist bis dahin nicht schlecht geworden.«

Katharina lächelte.

»Machen Sie sich keine Sorgen«, entgegnete sie. »Ich habe einen robusten Magen.«

17

Dorothea Nissen spähte zwischen den Schaufensterpuppen mit den Pelzmänteln hindurch auf die Straße.

»Sie sind immer noch da«, erklärte sie, an Vanessa Schultheis gewandt.

Das Model zuckte mit den Schultern.

»Und wenn schon«, bemerkte sie. »Der verkaufsoffene Sonntag ist doch ohnehin nur etwas für Schnäppchenjäger. Nicht für die Kunden, die sich für unsere Waren interessieren.«

Die Fotografin nickte nachdenklich. Vanessa hatte recht. Die Zeit, die sie hier damit vertrödelten, auf Kundschaft zu warten, die von den verbiesterten Tierschützern ferngehalten wurde, konnten sie anderweitig besser nutzen. Sie hatte sogar schon eine Idee.

Schnell schnappte sie sich eine Pelzjacke von einem Ständer und ging nach hinten in die Spezialabteilung, um ein paar Utensilien zusammenzusuchen. Dann packte sie ihre Kameratasche und trat zurück in den Laden.

»Wir machen zu«, erklärte sie.

»Aha?« Vanessa Schultheis legte den Kopf schief.

Dorothea Nissen klemmte sich eine Schaufensterpuppe unter den Arm.

»Lass dich überraschen. Wir unternehmen eine kleine Landpartie.«

★★★

Katharina Berg entdeckte die beiden Frauen, als sie die Ladentür hinter sich abschlossen. Sie entschuldigte sich bei Thorsten Klinke und seinen Mitstreiterinnen und rannte über die Straße.

»Verzeihung«, keuchte sie.

Dorothea Nissen und Vanessa Schultheis musterten sie irritiert. Vermutlich war ihre Bluse in eine unvorteilhafte Position verrutscht. Oder ihre ungebändigten Haare entsprachen nicht der Mode.

»Ich würde mich gern in der Wohnung von Frau Buddenberg umsehen«, erklärte sie. »Aber der einzige Schlüssel, den sie dabeihatte, ist dieser hier.«

Dorothea Nissen stellte die Schaufensterpuppe ab und nahm Katharina den Schlüssel aus der Hand.

»Der gehört zur Hintertür vom Laden.« Sie zog ein umfangreiches Schlüsselbund aus ihrer Handtasche und befestigte den Schlüssel daran. Im Gegenzug löste sie einen anderen und reichte ihn Katharina.

»Das ist der Schlüssel zu unserer Wohnung. Wir wohnen … wir haben gemeinsam dort gelebt.«

Katharina erinnerte sich, dass die Fotografin das bereits erwähnt hatte, als sie sie nach ihrem Alibi für die Tatnacht gefragt hatte. Nichtsdestoweniger fand sie es verwunderlich. Was man ihr offenbar ansah.

Dorothea Nissen hob die Hände und richtete ihre Finger so aus wie die Wellen in ihrem Haar.

»Nur für den Übergang natürlich«, flötete sie. »Bis wir uns eingewöhnt haben. Wir sind … waren ja erst drei Monate hier.«

Katharina verstaute den Schlüssel in ihrem Rucksack. Sie hätte nicht gedacht, dass es so schwer war, in einem Ort wie St. Peter-Ording eine Wohnung zu finden. Aber vielleicht hatten die Schwestern ja etwas ganz Besonderes gesucht. Eine Villa mit Meerblick. Oder ein Studio oder Atelier für ihre künstlerischen Ambitionen.

»Wenn Sie möchten, können Sie mich begleiten und mir zeigen, welche Räume Ihnen gehören«, schlug sie vor.

Die Fotografin winkte ab.

»Sehen Sie sich einfach um. Wir haben nichts zu verbergen.« Sie deutete zum Himmel. »Wir wollen ein paar Aufnahmen machen. Das Licht ist gerade perfekt.« Sie klemmte sich die Schaufensterpuppe wieder unter den Arm. »Werfen Sie den Schlüssel einfach in den Briefkasten, wenn Sie fertig sind.«

Katharina betrachtete die beiden Frauen. Der Tod der Halbschwester und Vorgesetzten schien sie nicht sonderlich aus der Bahn zu werfen.

»Interessiert es Sie nicht, wer Frau Buddenberg das angetan hat?«

Dorothea Nissen sah sie betreten an.

»Doch«, erklärte sie. »Aber so ist das Business. Wir haben eine Deadline. Und Britta hätte gewollt, dass wir weitermachen. Sie wissen doch, wie das ist: *The show must go on.*«

18

Der Wagen holperte über den schmalen Feldweg. Nils Hansen wurde durchgeschüttelt, als er durch mehrere Schlaglöcher fuhr. Vor ihm tauchte der heruntergekommene Hof von Kai Ruppert auf.

Hansen stellte das Polizeiauto am Zaun ab und ging zum Haus. Er drückte auf den Klingelknopf. Drinnen ertönte eine schrille Glocke.

Einen Moment später wurde die Tür aufgerissen.

Peer Ruppert stand auf der Schwelle und starrte Nils Hansen an. Die Gitarre und den Hut hatte er abgelegt.

»Moin«, sagte Hansen. »Ich bin Polizeimeister Nils Hansen von der Polizeistation Garding. Ich würde gern mit dir sprechen.« Er fixierte den Jungen. »Nachdem du es vorhin so eilig hattest.«

Peer trat unbehaglich von einem Fuß auf den anderen.

»Das war wegen Klinke. Diese Leute von ›Free Nature‹ können verdammt ungemütlich werden.«

»Ach so?«

»Ich bin gestern zufällig vorbeigekommen, als sie die Demo hatten. Da hat mich Stefan Moll mit Farbbeuteln beworfen. Meine neue Jeans ist hin.«

»Und vorhin dachtest du, Thorsten Klinke würde dich angreifen? Obwohl die Polizei danebensteht?«

»Ja. Nein.« Peer zuckte mit den Schultern. »Ich hab gar nichts gedacht. Ich wollte nur weg.«

Nils Hansen rückte seine Uniform zurecht.

»Vielleicht, weil du Angst vor der Polizei hast?«, schlug er vor.

Peer schob die Hände in die Hosentaschen. »Warum sollte ich?«

Hansen zog den Beweismittelbeutel mit der Goldkette hervor. »Kennst du das?«

Peer schluckte. Auf seinen Wangen erschienen hektische Flecken. »Nee. Was soll das sein?«

»Diese Kette ist vor gut einer Woche im ›Schmuck-Kästchen‹ gestohlen worden. Von einem schlaksigen blonden Jungen.« Hansen schwenkte die Tüte vor Peers Nase. »Wir haben sie am Böhler Strand gefunden. Gestern Nacht.«

Peers Adamsapfel hüpfte auf und ab. »Ja. Und?«

»Warst du da?«

Hinter Peer tauchte ein großer, breitschultriger Mann im Türrahmen auf. Er hatte kurze dunkle Haare und ein vernarbtes Gesicht.

»Polizei?«, fragte er.

Nils Hansen nickte, auch wenn es eine vollkommen überflüssige Frage war. Schließlich trug er seine Uniform.

»Ich möchte wissen, wo Ihr Sohn letzte Nacht war«, erklärte er.

»Zu Hause«, sagte Ruppert. »Wir haben uns ›Rocky Balboa‹ angesehen.«

Nils Hansen kratzte sich unter der Dienstmütze am Kopf. Balboa? War das nicht dieser Brasilianer?

»Unsichtbares Theater?«, erkundigte er sich.

»Hä?« Kai Ruppert sah ihn an, als hätte er nicht alle Tassen im Schrank. »Das ist ein Film.«

»Ach so?« Hansen kramte in seinem Gedächtnis, fand jedoch

keinen Anknüpfungspunkt. »Und was noch?«, fragte er. Kai Ruppert und sein Sohn konnten sich ja kaum den ganzen Abend mit einer DVD beschäftigt haben.

»Wie, was noch?«

»Was haben Sie sonst noch getan? Sie haben doch nicht nur einen Film angesehen.«

»Sechs.«

»Sex?« Sah sich Ruppert zusammen mit seinem Sohn Erotikfilme an?

Kai Ruppert kniff die Augen zusammen. »Alle sechs ›Rocky‹-Filme«, erläuterte er.

»Oh.« Hansen spürte, wie er rot wurde. »Das heißt, Sie waren den ganzen Abend zu Hause?«

Ruppert holte tief Luft. »Hab ich das nicht gerade gesagt?«

Nils Hansen trat einen Schritt zurück. Der Mann strahlte eine Aggression aus, die ihn nervös machte. Er blickte über den Hof auf die niedrigen Stallgebäude, in denen Ruppert früher Hühner gehalten hatte.

»Ich würde mich gern ein bisschen auf Ihrem Hof umsehen«, sagte er.

Kai Ruppert streckte die Hand aus.

»Äh …« Hansen begriff nicht, was Ruppert von ihm wollte.

»Ich will diesen Wisch sehen. Ihren Durchsuchungsbefehl.«

»Beschluss«, korrigierte Hansen automatisch. »Es heißt Durchsuchungsbeschluss.«

Ruppert funkelte ihn an.

»Es ist mir piepwurscht, wie das heißt. Ich will ihn sehen.«

Hansen hob die Hände.

»Ich habe keinen amtlichen Durchsuchungsbeschluss. Ich will auch nichts durchsuchen. Ich wollte mich nur ein wenig umsehen.«

Ruppert hob den linken Mundwinkel und spuckte neben Hansen auf den Hof.

»Dann müssen Sie warten, bis wir mal wieder einen Tag der offenen Tür machen«, erwiderte er. »Kann aber dauern.«

Peer presste die Lippen aufeinander, um nicht laut zu prusten.

»War's das?«, fragte Ruppert.

Hansen ärgerte sich, dass ihn der Mann abfertigte wie einen

Schuljungen. Aber ihm fiel auch nichts ein, was er dagegen tun konnte. Er streckte sich und hob das Kinn.

»Fürs Erste, ja. Aber ich komme wieder.«

»Jederzeit«, sagte Ruppert und knallte die Tür zu.

★★★

Peer Ruppert atmete erleichtert auf, als der Polizist aus seinem Blickfeld verschwand. Allerdings nur für eine Sekunde. Dann packte ihn sein Vater am Ohr und zerrte ihn in den Flur.

»So, Freundchen«, knurrte Kai Ruppert. »Und jetzt erzählst du mir, was du gestern Abend wirklich gemacht hast.«

19

Ein Schrei in Grün und Orange. Tapeten mit einem psychedelischen Blumenmuster. Und violette Teppiche mit geflochtenen Troddeln.

Im ersten Moment glaubte Katharina Berg, sie hätte sich in der Tür geirrt. Aber der Schlüssel hatte ja gepasst. Zur Sicherheit warf sie trotzdem noch einen Blick auf das Klingelschild. Dort standen tatsächlich die Namen »Buddenberg« und »Nissen«.

Katharina Berg schloss die Tür hinter sich und betrat die Wohnung, die von ihren Bewohnern irgendwann in den 1970er-Jahren eingerichtet worden zu sein schien.

Zu den orange-grünen Blumen an der Wand gab es rosafarbene Sessel, einen gefliesten Couchtisch und mehrere Blumenhocker mit Palmen in Terrakottatöpfen. Erst als Katharina direkt davorstand, bemerkte sie, dass es sich nicht um eine Tapete handelte. Es waren kunstvoll arrangierte Fotografien, denen jemand mit Ölfarben zusätzlich Leben verliehen hatte. Neben ihrer Arbeit als Modefotografin versuchte sich Dorothea Nissen offensichtlich auch als Raumgestalterin. Über den Erfolg konnte man streiten.

Katharina öffnete die zweite Tür, die vom Flur abging. Sie führte in ein helles Zimmer mit großen Fenstern, das die Farbenflut des Wohnzimmers fortsetzte. An der einen Wand stand ein Bett mit einem luftigen rosafarbenen Überwurf, an der anderen ein Schreibtisch mit einem Flachbildmonitor mit einer Bilddiagonale von mindestens dreißig Zoll. Rechts und links davon befanden sich ein Drucker und Ablagefächer, die Fotopapier enthielten. Was fehlte, war der zugehörige Computer. Vermutlich arbeitete die Fotografin mit einem Laptop, um ihre Aufnahmen bei Bedarf gleich am Set zu sichten. Die Wände waren mit großformatigen Blumenfotos tapeziert. Dazwischen hingen einige Schwarz-Weiß-Aufnahmen, wie man sie in der Bewerbungsmappe eines Models vermuten würde. Katharina erkannte die Verkäuferin der »Venus«, Vanessa Schultheis. Die anderen Gesichter waren ihr fremd.

Katharina öffnete sämtliche Schubladen und Schranktüren auf der Suche nach Speicherkarten oder USB-Sticks. Ein Profi wie Dorothea Nissen würde schließlich Kopien seiner Arbeit anfertigen und die wertvollen Aufnahmen nicht nur an einem einzigen Ort aufbewahren. Aber sie wurde nicht fündig.

Möglicherweise verwahrte Dorothea Nissen die Sachen in der Boutique oder in einem Tresor bei einer Bank. Vielleicht benutzte sie auch einen Online-Speicher. Oder sie war tatsächlich leichtsinnig.

Katharina öffnete die dritte Tür, die vom Flur abzweigte. Sie erwartete, einen weiteren Farbschock zu erleiden, fand sich aber getäuscht. Der Raum, der vor ihr lag, war so schlicht, wie ein Zimmer nur sein konnte: Bett, Schreibtisch, Schrank und Stuhl, alles in Schwarz mit gedrechselten Füßen auf einem schneeweißen Flokati. Auch die Wände waren weiß und schmucklos. Nur über dem Bett hing ein riesiges Foto: Britta Buddenberg, auf hochhackigen Schuhen im schwarzen Nerz. Kein Wohnraum, sondern ein Statement.

Katharina öffnete die Schreibtischschubladen. Sie enthielten sorgsam zusammengefaltete Bogen mit Schnittmustern für Pelz-jacken. Dazwischen entdeckte sie das Handy der Toten und ein Netbook. Katharina schaltete sie ein und gleich darauf wieder aus. Natürlich hatten beide Geräte eine Passwortsperre.

★★★

Nils Hansen starrte auf die Tür des Wohnhauses, die sich so unvermittelt vor ihm geschlossen hatte. Das hatte er ja wieder einmal hervorragend hinbekommen. Katharina Berg würde begeistert sein. Vielleicht hätte er doch lieber auf dem Hof seiner Eltern arbeiten sollen. Biobauer war zwar nicht sein Traumberuf, aber zumindest würde er beim Pflügen und Säen nicht ständig an seine Grenzen stoßen.

Doch dann fiel ihm ein, dass er es ja bereits versucht hatte, und nicht nur ihm selbst, auch seinen Eltern war schnell klar gewesen, dass er nicht der Richtige dafür war.

Versonnen strich er über die beiden hellblauen Sterne auf seinen Schulterklappen. Er musste sicher noch einiges lernen, um ein guter Polizist zu werden. Aber es war genau der Job, den er machen wollte.

Hansen ging zu seinem Dienstwagen und ließ den Motor an. Er fuhr über den holprigen Feldweg bis zu der Straße, die Tating und Tümlauer-Koog verband. Dann stellte er das Auto am Straßenrand ab.

Geduckt lief er über die Felder zurück in Richtung Hof. Als er in Sichtweite des Wohnhauses kam, ließ er sich auf alle viere nieder und kroch durch das hoch stehende Gras zu den Stallgebäuden.

Er erreichte den stabilen, mannshohen Drahtzaun, den Ruppert um die ehemaligen Hühnerställe herum errichtet hatte.

Die Tür des Wohnhauses öffnete sich, und Peer Ruppert trat heraus. Er hatte sich umgezogen und trug nun eine blaue Latzhose und derbe Stiefel, dazu eine feste Jacke und Arbeitshandschuhe. In jeder Hand hielt er einen Eimer. Mit mürrischem Gesicht ging er über den Hof auf die Ställe zu, von denen, wie Hansen jetzt bemerkte, ein widerlicher Gestank herüberwehte.

Der Polizeimeister zog sein Handy aus der Hosentasche und aktivierte die Kamerafunktion. Er richtete die Linse auf Peer und zoomte, so weit es ging. Er konnte nur hoffen, dass die Auflösung seines billigen Smartphones reichte, um eine Aufnahme zu bekommen, die nicht nur körnig war.

Plötzlich hörte er ein lautes Kläffen, und eine Sekunde später schoss etwas riesiges Schwarzes auf ihn zu. Der Dobermann hob die

Lefzen und entblößte große, spitze Zähne. Direkt hinter ihm folgte ein zweiter, nicht weniger bedrohlich aussehender Wachhund.

Nils Hansen stolperte erschrocken rückwärts. Er blieb mit dem Fuß an einer Wurzel hängen und knallte aufs Steißbein. Peer, der gerade die Eimer abgestellt hatte und die Tür zum Stall öffnen wollte, sah zu den Hunden hinüber.

Hansen warf sich auf die Seite und kroch hinter einen niedrigen Busch. Nur gut, dass sie mittlerweile die dunkelblauen Uniformen hatten und nicht mehr die alten grünen mit den beigefarbenen Hosen, denn in denen hätte Peer ihn sofort entdeckt.

Hansen machte sich so klein, wie er nur konnte, während er mit einer Hand über seine schmerzende Rückseite tastete.

Peer Ruppert schüttelte den Kopf.

»Cäsar! Nero! Kommt her«, rief er. »Lasst die Kaninchen in Ruhe. Ihr kriegt sie sowieso nicht.«

Die beiden Dobermänner fixierten Nils Hansen. Dann reckten sie die Hälse, was sie beinahe verächtlich aussehen ließ, wandten sich ab und trabten über den Hof zu den Ställen. Peer Ruppert verschwand mit seinen Eimern in einem der Stallgebäude, und die Hunde folgten ihm.

Nils Hansen stieß die Luft aus und rappelte sich erleichtert auf. Dann bemerkte er, dass sein Smartphone direkt neben dem Zaun lag. Er hatte es fallen lassen, als die Hunde so unvermittelt auf ihn zugestürzt waren.

Na toll, dachte Hansen. Wenn er ein wenig besonnener gewesen wäre, hätte er erfasst, dass ihm die Hunde gar nichts tun konnten. Ein riesiger Dobermann passte schließlich nicht durch die engen Maschen des Zauns. Aber er geriet sofort in Panik, wenn ein Hund auf ihn zukam. Selbst wenn es nur ein Yorkshireterrier war.

Die Stalltür öffnete sich, und Peer trat wieder auf den Hof, gefolgt von den schwarzen Dobermännern.

Nils Hansen fluchte leise. Dann warf er sich zu Boden und robbte auf dem Bauch zum Zaun, um sein Handy zurückzuholen.

20

Vanessa Schultheis strich mit beiden Händen über ihren dunklen Pelzmantel. Um sie herum erstreckten sich die Salzwiesen. Zu ihren Füßen lag die Schaufensterpuppe aus der »Venus«. Sie trug einen weit aufklaffenden rosafarbenen Regenmantel und hohe rote Gummistiefel. Der Kopfform und den winzigen Brüsten nach zu urteilen, handelte es sich um eine weibliche Puppe. Ein Defizit, das Dorothea Nissen durch einen mächtigen Umschnalldildo korrigiert hatte, der pfeilgrade zwischen den Beinen der Puppe aufragte. Er war nicht besonders realistisch gearbeitet und bestach vor allem durch seine Größe. Eine strukturelle Ähnlichkeit mit dem Leuchtturm Westerheversand, der mit seinen beiden baugleichen Häusern links und rechts neben dem rot-weiß gestreiften Turm den Hintergrund des Bildes bildete, war nicht völlig von der Hand zu weisen.

Dorothea Nissen hockte sich mit ihrer Kamera in die feuchten Wiesen und versuchte, das Model und die Schaufensterpuppe so ins Bild zu bekommen, dass der Leuchtturm mit seiner Symbolkraft über beiden aufragte. Die Aufnahmen würden ein weiteres Highlight ihrer erotischen »Friesen-Nerze«-Fotostrecke werden. Auch wenn sich das Fehlen eines realen Antagonisten natürlich nachteilig auswirkte. Die Schaufensterpuppe war kein adäquater Ersatz für Britta Buddenberg. Es sei denn, Vanessa Schultheis entdeckte plötzlich ihre schauspielerischen Qualitäten.

Dorothea sah sich um und gab dem Model das Signal zum Start. Die letzten Spaziergänger waren eben hinter der Deichkrone verschwunden, und weitere Touristen, die den langen Marsch zum Leuchtturm in Angriff nehmen wollten, waren nicht in Sicht. Das konnte sich allerdings binnen Minuten wieder ändern. An einem Sonntagnachmittag im Juli besuchten die Eiderstedttouristen gern den Leuchtturm und die Naturschutzstation des Nationalparks Wattenmeer in den beiden ehemaligen Wärterhäuschen. Und ein halbwegs trainierter Radfahrer würde die Strecke von der Deichkrone bis zu ihrem ausgewählten Platz in knapp fünf Minuten bewältigen.

Doch genau das machte ja den Reiz des Settings aus.

Vanessa öffnete den Nerzmantel. Darunter war sie nackt.

Dorothea richtete das riesige Kameraobjektiv wie den Lauf einer Waffe auf das Model und wählte den größten Weitwinkel.

Es war ein herrliches Bild, diese hübsche Frau im Nerz mit ihren braunen Locken und den schön geschwungenen Beinen in der unendlichen Weite der Salzwiesen, über ihr der fast durchscheinend blaue Himmel, an dem ein paar zusammengeballte weiße Wolken vorbeitrieben, hinter ihr der Leuchtturm. Ein Stück unverwechselbares Eiderstedt. Norddeutsche Idylle. Und mittendrin das ruchlose Model.

Dorothea fokussierte Vanessas nackte Beine in den roten Gummistiefeln. Sie schaffte es, die Kamera so zu platzieren, dass sich der Leuchtturm exakt zwischen den gespreizten Beinen des Models befand, die Spitze des Turms genau auf ihre erogene Zone gerichtet.

»Perfekt!«, sagte Dorothea zufrieden und stand auf. »Und jetzt setz dich auf die Puppe. Zeig mir, wie du sie bis zum Höhepunkt reitest.«

Vanessa ließ sich bereitwillig auf der Schaufensterpuppe nieder. Dann schüttelte sie den Kopf.

»Das geht nicht«, erklärte sie und stand wieder auf. »Der ist viel zu groß. Den kriege ich nie im Leben rein.«

Dorothea Nissen seufzte. Es war ja zu erwarten gewesen, dass so etwas passierte. Vanessa fehlte einfach das richtige Kunstverständnis. Das Model war nicht bereit, für ein visionäres Projekt Opfer zu bringen.

»Dann tu eben nur so. Oder reib dich daran. Nur: Mach irgendwas.«

Dagegen hatte Vanessa offenbar nichts einzuwenden. Sie schob den Pelz über die Schultern nach hinten und entblößte ihre großen Brüste. Dann kniete sie sich über die Schaufensterpuppe und rutschte auf dem riesigen Umschnalldildo herum. Ihr Gesicht nahm einen entrückten Ausdruck an.

Dorothea bediente die Kamera, aber sie war nicht zufrieden. Ohne einen realen Partner wurden die Aufnahmen nicht lebendig. Es fehlte der Kontrast zwischen dem Verführer und der entfesselten Unschuld. Und das Model hatte nicht die richtige Haltung.

Der Szene mangelte es an erotischem Flair. Sie wirkte einfach nur billig.

»Hör auf«, sagte Dorothea. »Das sieht nicht gut aus.«

Vanessa warf den Kopf nach hinten. Ihre Locken wehten im Wind und entblößten ihr erhitztes Gesicht. Sie rutschte heftiger auf der Schaufensterpuppe herum.

Oben auf dem Deich tauchten einige Spaziergänger auf.

»Vanessa!« Dorothea Nissen richtete ihre Kamera auf die Touristen und zoomte sie heran. »Hör auf. Da kommt jemand. Männer. Und sie haben Ferngläser dabei.«

Vanessa stöhnte und fuhr sich mit der Zunge über die Lippen.

»Ja?« Sie wandte ihren Kopf zum Deich und entdeckte die Spaziergänger.

»Oh!«, hauchte sie und bewegte sich noch schneller auf der Puppe auf und ab. »Ja!«

21

Katharina Berg saß in einem der Strandkörbe auf der Terrasse der »Sandperle«. Sie hatte die Schuhe ausgezogen und die Füße auf die Sitzfläche gelegt. Auf dem Tisch neben ihr stand ein Latte macchiato mit drei sauber getrennten Schichten aus Milch, Espresso und Milchschaum. Sie hatte den Sonnenschutz heruntergeklappt, und von der Nordsee wehte ein leichter Wind herüber. So ließ es sich trotz der Hitze, die das Land seit einigen Tagen im Griff hatte, aushalten.

Auf der Promenade trabten unverdrossen die Urlauber mit ihren Strandtaschen, den Luftmatratzen und Sonnenschirmen zur Seebrücke, um von dort zum Meer zu wandern. Fröhliches Geplapper und Lachen, manchmal auch Kindergeschrei perlten zu Katharina herüber und vermittelten ein Flair von Sommerurlaub. Katharina seufzte zufrieden. Es war ein Geschenk, dass sie sich Momente wie diesen gönnen konnte.

Sie löffelte den Schaum von ihrem Kaffee und nahm dann das

Mobiltelefon von Britta Buddenberg aus ihrem Rucksack. Sie löste es aus der Hülle und betrachtete es von allen Seiten. Mit der anderen Hand klopfte sie abwesend mit der Lederhülle auf den Tisch.

Ein kleiner Zettel löste sich aus den Falten der Hülle und segelte zu Boden. Katharina bückte sich eilig danach, ehe der Wind ihn davontragen konnte. Er enthielt vier Ziffern. Katharina schaltete das Handy ein und tippte die Zahlen in das Feld für den Pincode. Eine Sekunde später ertönte die Begrüßungsmelodie.

Katharina lächelte. Wie überaus leichtsinnig. Und wie praktisch.

Sie öffnete den Ordner mit den SMS und suchte nach Nachrichten, die Britta Buddenberg in der Nacht ihres Todes gesendet oder empfangen hatte. Es war nur eine einzige. Geschrieben hatte sie Britta selbst. Der Empfänger war ein gewisser »Gummilöwe«. Der Text der Nachricht lautete: »Ich warte um Mitternacht am Böhler Strand. Komm mit deinen Regensachen. Und lass den Wagen zu Hause! Ich will, dass du schwitzt!«

Katharina schnalzte mit der Zunge. Zu erraten, wer der Gummilöwe war, war keine besondere Herausforderung.

***

Gert Stöver stand in der Doppelgarage seines Hauses vor dem Schrank mit dem Zahlenschloss. Er war allein. Gesine war noch im Laden und beriet die Kunden, die den verkaufsoffenen Sonntag nutzen wollten, um vor ihrer Abreise noch schnell ein paar Andenken zu ergattern. Gert hatte sich mit Kopfschmerzen entschuldigt. Gesine hatte nicht so ausgesehen, als würde sie ihm glauben. Aber sie hatte ihn gehen lassen.

Stöver gab die Zahlenkombination ein – dreimal die Sechs, eine zugegebenermaßen wenig originelle Anspielung auf den Inhalt des Schranks – und öffnete die Tür. Im Inneren hingen der schwere gelbe Friesennerz und die dicke Regenhose, die er in der letzten Nacht getragen hatte. Die ebenfalls gelben Gummistiefel standen darunter. Nur die Handschuhe fehlten, weil die Polizei sie beschlagnahmt hatte.

Stöver strich mit der Hand über das glatte Material der Regenjacke. Eigentlich müsste ihm nach den dramatischen Ereignissen die Lust an Regenkleidung ein für alle Mal abhandengekommen sein. Aber das Gegenteil war der Fall.

Wenn er daran dachte, wie er der attraktiven Kommissarin in seinem schweißtreibenden Outfit gegenübergesessen hatte, fühlte er sich so erregt wie schon seit Jahren nicht mehr.

Stöver zog die Hand zurück und schlug die Tür mit einem Knall zu. Dann verdrehte er die Rädchen am Zahlenschloss.

Das Beste wäre, wenn er blind eine neue Kombination einstellen würde, sodass er den Schrank nicht mehr aufbekam. Letzte Nacht hätte er beinahe einen unverzeihlichen Fehler begangen. Wenn er nicht endlich Abstand von seinen geheimen Wünschen nahm, würden sie ihn noch in Teufels Küche bringen.

Und das alles nur, weil ihm dieses Bild nicht aus dem Kopf wollte. Diese schöne blonde Frau, die im Getränkemarkt seiner Eltern einkaufte. Und er, der kleine Junge, der in seinen Regensachen im Hof spielte. Sie hatte ihn angelächelt und ihm die feuchten Haare verstrubbelt. Und er hatte zum ersten Mal dieses unglaubliche Pochen zwischen den Beinen verspürt.

Jahrelang hatte er ihren wöchentlichen Besuch im Laden herbeigesehnt. Und irgendwann war ihm der Gedanke gekommen, nackt in seine Regensachen zu steigen. Er hatte sich im Hof hinter den großen Mülltonnen versteckt und zugesehen, wie sie ihre Tasche mit den Getränken zu ihrem Auto trug. Er hatte mit beiden Händen über seinen gelben Friesennerz gestrichen und sich vorgestellt, dass *sie* ihn berührte. Und dann war es passiert.

Er hatte sich so wundervoll gefühlt. So geborgen. So unverwundbar. Und so befreit.

Wenn er dieses Erlebnis doch nur ein einziges Mal wiederholen könnte. Aber dafür hatte er die falsche Frau geheiratet.

★★★

Katharina Berg zog ihr Mobiltelefon aus dem Rucksack und wählte einen ihrer Kontakte. Während sie dem Klingelton lauschte, rührte sie in ihrem Glas und sah zu, wie sich der Kaffee in feinen Spiralen in der Milch auflöste.

Es knackte. Dann meldete sich eine tiefe, brummige Männerstimme.

»Meier.«

Max Meier hätte zweifellos auch eine Karriere als Opernbass anstreben können, hatte sich aber für die Polizeilaufbahn entschieden.

»Berg«, erwiderte Katharina ebenso knapp.

»Katharina!« Aus dem desinteressierten Grummeln wurde eine Folge von vier Tönen, die sich in die Höhe schraubten. »Dass du dich mal persönlich meldest. Ich dachte schon, ich muss mich wieder mit deinem Gardinger Laufbürschchen herumschlagen.«

»Polizeimeister Hansen leistet gute Arbeit.«

»Sicher«, entgegnete Meier. »Aber er benimmt sich wie ein Schulkind, das eine Praktikumswoche bei der Polizei absolvieren darf.«

Katharina kicherte.

»Sei nicht so streng«, entgegnete sie. »Du hast auch mal klein angefangen.«

»Ja. In der Grundschule«, versetzte Meier. Dann riss er sich zusammen. »Also. Was kann ich für dich tun?«

»Zwei Dinge«, sagte Katharina. »Zum einen: Ich habe ein Netbook gefunden, das der toten Britta Buddenberg gehört hat. Ich schicke es euch per Kurier.«

»Und du willst so schnell wie möglich wissen, was sich auf der Platte befindet.«

»Bravo«, versetzte Katharina spöttisch. »Deine kognitiven Fähigkeiten sind wirklich bemerkenswert.«

»Danke.« Meier ließ ihre Häme an sich abprallen. »Und zweitens?«

»Britta Buddenberg war in der Tatnacht mit einem gewissen ›Gummilöwen‹ verabredet.«

»Gert Stöver. Der Mann, der bei fünfundzwanzig Grad im Friesennerz spazieren geht.«

»Das könnte man vermuten, ja«, sagte Katharina. »Die Frage ist: Kommt er als Täter in Betracht? Oder hatte er nur das Pech, über ihre Leiche zu stolpern?«

»Vermutlich Letzteres«, entgegnete Meier. »Keine Schmauchspuren. Weder an seinen Händen noch an den Gummihandschuhen. Und die Waffe, mit der Britta Buddenberg beschossen wurde – mit ziemlicher Sicherheit eine Leuchtpistole –, haben wir noch nicht gefunden, weder bei ihm noch in der Nähe des Tatorts.«

»Danke, Max.«

Katharina verabschiedete sich von dem Kriminaltechniker. Dann schaute sie über den Platz zum Deich. Auf der Promenade lief eine schlanke Frau mit einer Gruppe von Kindern in bunten T-Shirts. Das fröhliche Lachen drang zu Katharina herüber.

Sie winkte der Bedienung, ihr die Rechnung zu bringen.

Natürlich könnte sich Stöver weit vom Tatort entfernt haben, um dort die Pistole wegzuwerfen. Aber warum hätte er dann zurückkommen und die Polizei über den Leichenfund informieren sollen? Er hatte sich damit in eine missliche Lage gebracht: schwitzend und vermutlich nackt unter seinem Regenzeug den Beamten gegenüberzusitzen. Es war kaum anzunehmen, dass er sich dieser Tortur freiwillig ausgesetzt hatte. Es sei denn, genau dieses Szenario gab ihm den ultimativen Kick.

***

Nils Hansen stand bereits vor dem Buchcafé »Free Nature«, als Katharina eintraf. In der Hand hielt er eine Papierrolle. Er hatte seine Dienstmütze in den Nacken geschoben und betrachtete mit gerunzelter Stirn die Plakate, mit denen Thorsten Klinke sein Schaufenster dekoriert hatte. Ganz offensichtlich konnte er mit den abgebildeten Slogans nicht allzu viel anfangen. Was womöglich damit zusammenhing, dass die Plakate zum Teil noch aus den achtziger Jahren des letzten Jahrhunderts stammten.

Katharina musterte den jungen Kollegen und hob die Augenbrauen. Hansens Dienstkleidung war von oben bis unten mit Schmutz bedeckt. Über die Vorderseite seiner Uniformjacke zog sich ein breiter schwarzer Streifen.

»Ich dachte, Sie waren auf dem Hof, um mit Peer Ruppert zu sprechen. Nicht, um sich im Schlamm zu wälzen.«

Hansen blickte unglücklich an sich herunter.

»Sie wollten mir nichts sagen. Deshalb habe ich mich ein wenig auf eigene Faust umgeschaut.« Er zuckte mit den Schultern. »Angeblich hat Peer den ganzen Abend mit seinem Vater ferngesehen. ›Rocky Balboa‹.«

»Ah.« Katharina lächelte. »Boxen. Etwas für richtige Männer.«

Hansen sah sie überrascht an. Offenbar, bemerkte Katharina amüsiert, war er der Meinung, sie würde sich nur mit den schönen Künsten auskennen.

»Aber Sie glauben das nicht?«

Nils Hansen machte eine vage Handbewegung.

»Er ist sein Vater. Natürlich gibt er seinem Sohn ein Alibi. Mein Vater würde das auch tun.«

»Er würde Sie decken, wenn Sie einen Mord begangen haben?«

Hansen lief rot an.

»Ja. Nein.« Er hob hilflos die Arme. »Ich meine: Er weiß ja, dass ich das nicht tun würde.«

Katharina lächelte.

»Wir wissen auch nicht, ob Peer Ruppert es tun würde. Zumal er offenbar kein Motiv hatte. Er gehört schließlich nicht zu den Pelzgegnern.«

»Aber er könnte derjenige sein, der die Kette am Strand verloren hat.«

Katharina nickte. »Und dann wüssten wir gerne, was er in der Nacht dort zu suchen hatte.«

Hansen setzte eine entschlossene Miene auf und marschierte über die Straße zum Juwelierladen. Die Tür stand offen, aber der Laden war leer. Entweder, weil das Schmuckgeschäft in der Badallee zu weit vom Einkaufszentrum »Im Bad« entfernt lag. Oder weil mittlerweile alle potenziellen Kunden beim sensationsträchtigen Spiel gegen Schalke waren.

Hansen öffnete die Tür, und die altmodische Glocke läutete. Im Hintergrund raschelte es. Heinz Krüger trat mit erwartungsvoller Miene hinter dem Vorhang hervor, der vermutlich zu seiner Werkstatt führte. Er lächelte servil und hatte die Hände ein wenig ausgebreitet, bereit, einem willigen Kunden seine besten Stücke zu präsentieren. Als er die beiden Beamten erkannte, sackten Arme und Mundwinkel herab.

»Ach. Sie.« Er atmete tief durch und streckte sich wieder. Er war schließlich ein Geschäftsmann alter Schule. Und als solcher begegnete er der Polizei mit Respekt.

»Bitte. Kommen Sie herein«, rief er und winkte sie in den Laden. Die Uhren an den Wänden sprangen auf fünf, und für einen Augenblick war der Raum erfüllt von einem Akkord aus Klingeltönen. Die Stimmen setzten gleichzeitig ein, tanzten, schwebten, perlten durch die Luft und verstummten gemeinsam wie die Instrumente eines perfekt eingespielten Orchesters.

Nils Hansen schaute seufzend auf seine Armbanduhr. Wie immer ging sie ein paar Minuten nach. Vielleicht sollte er sich bei Krüger eine Uhr kaufen. Das war noch echte Qualitätsarbeit. Und für einen Polizisten war Präzision schließlich wichtig. Aber Krügers Laden war nicht gerade das Richtige für seinen schmalen Geldbeutel.

Hansen entrollte das Blatt, auf dem er das Foto von Peer Ruppert ausgedruckt hatte, und breitete es auf der Ladentheke aus. Vorsichtshalber hatte er es in DIN A3 angefertigt, weil das Sehvermögen des alten Mannes vermutlich nicht mehr das Beste war.

Der Juwelier schob seine dicke Brille nach oben und kniff die Augen zusammen. Auch wenn er sich Gesichter nicht gut merken konnte, war er sich in diesem Fall anscheinend sicher.

»Ja«, sagte er bestimmt und tippte mit dem Finger auf das Bild. »Das ist der Junge, der die Kette gestohlen hat.«

22

Nils Hansen bremste so abrupt, dass Katharina auf dem Beifahrersitz nach vorn geschleudert wurde. Der Gurt schnitt ihr schmerzhaft in die linke Brust. Sie riss die Hände hoch und stemmte sich gegen das Armaturenbrett, um weiterem Schaden vorzubeugen. Dann sah sie auf die Straße vor ihnen.

Sie erwartete, irgendein Hindernis zu entdecken, das ihr beim verträumten Blick aus dem Seitenfenster entgangen war. Ein anderes Auto. Einen Rentner mit seinem Rollator. Oder ein spielendes Kind, das die Welt um sich herum vergessen hatte. Aber da war nichts.

»Hansen, verdammt«, schimpfte sie. »Was sollte diese Notbremsung? Haben Sie eine wandernde Kröte entdeckt, die Sie retten mussten?«

Nils Hansen zog den Kopf ein.

»Nee«, sagte er und deutete aus dem Wagenfenster. »Unseren Hauptverdächtigen.«

Katharina wandte den Blick nach links. Vor der Bücherei und Mediothek in der Badallee, in der offenbar eine Abendveranstaltung stattfand, stand Peer Ruppert. Er hatte den Kopf gesenkt, und die blonden Haare hingen ihm ins Gesicht. Er zupfte versunken auf seiner Gitarre und sang. Vor ihm auf dem Boden lag der breitkrempige Strohhut, der den Lohn für seine Darbietung aufnehmen sollte.

Katharina stieß die Luft aus.

»Großartig!«, versetzte sie. »Und warum haben Sie nicht in aller Ruhe angehalten und gewendet? Er macht ja nicht den Eindruck, als würde er weglaufen.«

Nils Hansen wurde ein wenig rot.

»Na ja. Weil das nicht geht. Das ist eine Einbahnstraße.«

Katharina spürte, wie ihr linkes Auge zu zucken begann. Eigentlich hätte sie sich mittlerweile an Hansens schlichte Denkart gewöhnt haben müssen. Aber tatsächlich brachte er sie immer noch auf die Palme.

»Ihr Bemühen um die Einhaltung der Verkehrsregeln in allen Ehren«, sagte sie. »Aber wir sind die Polizei. Wir *dürfen* verkehrt herum durch eine Einbahnstraße fahren, wenn die Situation es erfordert.«

Nils Hansen machte ein betretenes Gesicht. Er sah so zerknirscht aus, dass es Katharina bereits wieder leidtat, ihn zurechtgewiesen zu haben. Und ihr Busen hatte sich mittlerweile von dem Schock erholt.

»Schon gut«, sagte sie. »Denken Sie einfach beim nächsten Mal daran.«

Sie stieg aus dem Wagen und ging auf Peer Ruppert zu. Das Lied, das er sang, kam Katharina bekannt vor.

»*Grow old with me*«, sagte Nils Hansen neben ihr, und im selben Moment fiel es auch Katharina wieder ein. Es war einer dieser wunderschönen Songs von Tom Odell. Auch optisch hatte Peer Ruppert, wie Katharina auffiel, eine gewisse Ähnlichkeit mit dem jungen Singer-Songwriter: Er hatte ein schmales, melancholisch wirkendendes Gesicht. Seine Augen waren so hellblau wie der Himmel, seine halblangen Haare und seine Wimpern weizenblond.

»Herr Ruppert?«

Der Gesang und das Gitarrenspiel brachen ab. Peer sah zu Katharina auf. Sein Gesicht war blass, seine Augen rot gerändert. Er legte fragend den Kopf schief. Dann entdeckte er Nils Hansen. Er schluckte schwer, und sein Blick flackerte.

»Ja? Was kann ich für Sie tun?«, fragte er und löste den Gurt von seiner Gitarre. Die Bewegungen seiner Finger wirkten fahrig.

Nils Hansen zog den Beutel mit dem Goldkettchen aus der Tasche.

»Wir haben Juwelier Krüger ein Foto von dir gezeigt«, teilte er dem Jungen mit. »Er hat dich wiedererkannt.«

Peer Rupperts Augen huschten von links nach rechts und wieder zurück. Dann hängte er sich mit einer schnellen Bewegung seine Gitarre auf den Rücken, stieß Nils Hansen beiseite und rannte über die Straße.

Hansen verlor das Gleichgewicht und landete auf dem Hosenboden. Eilig rappelte er sich wieder auf und schaute dem Flüchtenden nach.

»Nee. Nicht schon wieder«, fluchte er.

Katharina tätschelte ihm die Schulter.

»Na los, Hansen. Sie machen das schon.«

Nils Hansen nickte grimmig. Er überquerte die Straße und lief hinter Peer Ruppert her, der über einen gewundenen Weg durch ein kleines Wäldchen in Richtung Deich floh. Die Gitarre hüpfte auf seinem Rücken auf und ab und behinderte ihn. Hansen dachte an seine erfolgreichen Sprints auf dem Fußballplatz und legte an Tempo zu. Diese unsportliche Sängerpfeife würde er im Nullkommanichts einholen.

Peer Ruppert erreichte die Treppe, die zum Deich hinaufführte, und erklomm schnaufend die Stufen. Oben angekommen blieb er verblüfft stehen. Am Geländer lehnte Katharina Berg. Sie hielt seinen Strohhut in der Hand und schaute versonnen über die Salzwiesen zum Horizont.

Peer bekam einen Stoß in den Rücken und landete auf den Knien. Nils Hansen zog ihm die Hände nach hinten und legte ihm Handschellen an. Dann blickte er keuchend zu Katharina auf.

»Wie haben Sie das gemacht?«, erkundigte er sich.

Katharina deutete zur Straße, die zum Aufgang auf den Deich führte. Dort stand Hansens Dienstwagen mit eingeschaltetem Blaulicht.

»Ich bin einfach bis zur nächsten Querstraße gefahren und dann abgebogen. So viele Möglichkeiten gibt es hier ja nicht.«

Nils Hansen strich seine Uniform glatt und rückte die Dienstmütze zurecht. Warum nur hatte er neben Katharina immer das Gefühl, sich wie ein Depp zu benehmen?

Er zog Peer Ruppert wieder auf die Füße, und Katharina setzte dem Sänger seinen Strohhut auf den Kopf. Sie dachte, dass es hübsch ausgesehen hätte, wenn dabei ein paar Scheine herausgeflattert oder zumindest ein paar Münzen zu Boden gefallen wären. Aber es hatte leider noch niemand Geld in den Hut geworfen.

★★★

Nils Hansens Dienstzimmer in der Polizeistation Garding hatte sich seit ihrem letzten Besuch nicht verändert. Abgesehen davon natürlich, dass sich keine CDs mit Pornofilmen neben dem altersschwachen Monitor stapelten. Die Blume auf dem Fensterbrett, die schon vor einem Jahr kaum Blätter gehabt hatte, bestand mittlerweile nur noch aus einem vertrockneten Stamm, der wie ein vergessener Fahnenmast aufragte. Oder, wie Katharina schmunzelnd dachte, wie etwas anderes, das sich aufrichten konnte.

Eine Schande für einen Bauernsohn.

Nils Hansen rückte Peer einen Stuhl zurecht, und der junge Mann ließ sich schwer darauffallen. Katharina und Hansen setzten sich ihm gegenüber.

Nils Hansen zog den Beutel mit der Goldkette und dem Delphinanhänger aus seiner Uniformjacke und legte ihn auf den Tisch.

Peer nahm seinen Strohhut vom Kopf und knetete ihn. Dann besann er sich. Er legte den Hut beiseite, lehnte sich breitbeinig auf seinem Stuhl zurück und verschränkte die Arme vor der Brust. Offenbar versuchte er, selbstbewusst und cool zu wirken. Es gelang ihm nicht besonders gut. Sein Adamsapfel hüpfte rhythmisch auf und ab, und ein Muskel auf seiner Wange zuckte.

»Ich weiß nicht, was Sie von mir wollen«, erklärte er.

Katharina betrachtete den Jungen. Er hatte ein weiches Gesicht und einen so spärlichen Bartwuchs, dass er sich vermutlich nur einmal in der Woche rasieren musste. Seine Arme waren dünn und knochig, seine Kleidung schlicht: verblichene Jeans, ein weißes T-Shirt mit dem stilisierten Schriftzug »I have a dream« und billige Turnschuhe. Vor fünfundzwanzig Jahren wäre er als durchschnittlicher Jugendlicher durchgegangen. Nach heutigen Maßstäben war er einer, der nicht mithalten konnte. Keine Markenklamotten. Kein modischer Haarschnitt. Keine Piercings oder Tattoos.

»Lassen wir doch das Theater«, schlug sie vor. »Wir wissen, dass Sie die Kette mit dem Delphinanhänger bei Juwelier Krüger gestohlen haben. Der Besitzer des Ladens hat Sie zweifelsfrei identifiziert.«

Peer Ruppert schüttelte heftig den Kopf.

»Aber das ist nicht wahr«, protestierte er. »Der Alte ist doch halb blind. Der hat mich verwechselt.«

Katharina lächelte süß.

»So?«, fragte sie. »Und woher wissen Sie das?« Sie warf einen bedeutungsvollen Blick auf seine abgerissene Kleidung. »Krügers ›Schmuck-Kästchen‹ ist wohl kaum die Sorte von Laden, in der Sie regelmäßig einkaufen.«

Peer Ruppert schluckte. Sie konnte sehen, wie es in seinem Kopf arbeitete.

»Ich hab's halt gehört«, erwiderte er und machte eine wegwerfende Handbewegung, die wahrscheinlich lässig wirken sollte. Die Pose missriet, weil seine Stimme kiekste, als wäre er unvermittelt in den Stimmbruch zurückgefallen.

Nils Hansen sprang auf. Er stützte die Hände auf den Tisch und beugte sich zu Peer vor.

»Verarsch uns nicht!«, herrschte er ihn an. »Wir wissen, dass du den Schmuck geklaut hast. Aber darum geht es überhaupt nicht. Eine Anzeige wegen Ladendiebstahl ist gerade dein geringstes Problem.«

Peer versuchte, mitsamt seinem Stuhl zurückzuweichen, kam aber nicht weit, weil er mit der Rückenlehne gegen die Wand stieß. Sein Gesicht wurde so weiß wie ein Laken.

»Dieses Kettchen hier«, Hansen tippte energisch mit dem Finger auf den Beweismittelbeutel, »haben wir am Böhler Strand gefunden. Direkt neben einem Lagerfeuer. Ganz in der Nähe der Stelle, an der Britta Buddenberg ermordet wurde.«

Peer atmete hektisch. Er wischte sich mit den Handflächen über seine verwaschenen Jeans und hinterließ dabei feuchte Streifen.

Katharina schnalzte leise mit der Zunge. Nils Hansen machte sich hervorragend als böser Bulle. Aber jetzt war es an der Zeit, dass sie einschritt.

»Sie waren dort«, sagte sie. »Und wir möchten gerne wissen, was Sie da getan haben.«

Peers hellblaue Augen saugten sich an ihrem Gesicht fest.

»Ich … ich habe mich mit Lina getroffen«, stammelte er.

»Lina Moll?«

Peer Ruppert nickte und senkte den Kopf. Katharina schmunzelte. So war das also. Peer Ruppert, Sohn des Nerzfarmers Kai Ruppert, war in Lina Moll verliebt. In ein Mädchen, das sich mit »Free Nature« gegen den Pelzhandel engagierte. Schlechte Voraussetzungen für eine glückliche Beziehung.

»Die Kette war ein Geschenk für sie?«

Peer zog die Schultern bis zu den Ohren.

»Sie hatte mir davon erzählt. Die Kette mit dem Delphin lag bei Krüger im Schaufenster. Sie hat sie entdeckt, als sie auf dem Weg ins Buchcafé war. Das ›Schmuck-Kästchen‹ ist ja direkt gegenüber.«

»Und Sie dachten, wenn Sie ihr die Kette schenken, erhöht das Ihre Chancen. Dann kann sie vielleicht darüber hinwegsehen, dass Sie auf der falschen Seite des Grabens stehen.«

»Ja.« Peer sah sie so verblüfft an, als hätte sie soeben das Rad neu erfunden. Dabei hatte sie nur eins und eins zusammengezählt.

»Aber irgendetwas ist schiefgegangen.«

Peer besann sich wieder darauf, dass er den harten Hund spielen wollte. Er hob das Kinn.

»Nee. Wieso?«

Nils Hansen beugte sich so weit vor, dass seine Nase beinahe die von Peer berührte.

»Weil sie sie sonst tragen würde, du Schwachkopf.«

Peer Ruppert schluckte. Er griff nach seinem Strohhut und drückte ihn vor die Brust, ein letzter hilfloser Versuch, eine Barriere zwischen sich und den Polizisten zu errichten, die nicht lockerlassen wollten.

Katharina seufzte. Sie hätte dem Jungen das gerne erspart. Aber das ging ja nicht.

»Sie haben sich mit Lina am Strand getroffen. Sie wollten ihr das Schmuckstück schenken. Aber etwas ist dazwischengekommen.«

Peer fuhr sich mit der Hand durch die Haare.

»Ja«, gab er zu. »Da ist jemand aufgetaucht. Gerade als ich das Kästchen mit der Kette aus der Tasche gezogen hab.«

»Britta Buddenberg«, sagte Nils Hansen. »Du hast sie erkannt. Und dann bist du ausgerastet. Du hast die Signalpistole genommen und auf sie geschossen.«

Peer Ruppert schüttelte den Kopf.

»Quatsch. Woher soll ich denn eine Leuchtpistole haben? Glauben Sie vielleicht, wir haben ein Boot? Das Einzige, was wir haben, ist diese verschissene Nerzfarm.« Er hob trotzig das Kinn. »Nee. Lina und ich, wir haben niemanden erkannt. Es war schließlich stockfinster. Und wir haben auch nichts gemacht. Ich hab das Kästchen zurück in die Tasche gesteckt, und dabei muss die Kette rausgefallen sein. Und dann sind wir abgehauen. Weil wir keinen Ärger wollten. Wegen des Feuers.« Er grinste Nils Hansen an. »Das ist schließlich verboten, oder nicht?«

★★★

Nils Hansen starrte auf die Tür, durch die Peer Ruppert verschwunden war.

»Der lügt doch«, fauchte er aufgebracht und rieb sich über die Wange, die vor Empörung glühte.

Katharina Berg lehnte sich auf ihrem Stuhl zurück.

»Vermutlich«, gab sie zu und blickte durch das Fenster auf die graue Mauer, die so hoch war, dass man darüber nur ein winziges Stück blauen Himmel sehen konnte. Frustriert wandte sie sich wieder ab.

Wenn Peer Ruppert die Wahrheit gesagt hatte, gab es eigentlich keinen Grund für ihn, derart aufgeregt zu sein. Es sei denn, die Nervosität lag in seinem Charakter und hatte ganz andere Ursachen. Nach dem, was Hansen über Peers Vater berichtet hatte, war das zumindest nicht auszuschließen.

»Warten wir ab, was seine Freundin zu der Geschichte sagt.« Katharina schaute Nils Hansen an. »Können Sie sich vorstellen, dass der Junge in der Lage wäre, jemanden umzubringen?«

Nils Hansen drehte seinen Stuhl herum und setzte sich rittlings darauf.

»Warum denn nicht? Der muss doch eine Stinkwut auf die Buddenberg gehabt haben. Da klaut er extra diese Kette für Lina, und gerade als er sie ihr geben will, kommt diese Frau dazwischen. Ausgerechnet die Frau, die schuld daran ist, dass Lina nichts von ihm wissen will. Weil sein Vater wegen ihr die Nerze züchtet. Da kann man doch schon mal die Nerven verlieren.«

»Hm.« Katharina strich sich nachdenklich eine Strähne aus der Stirn. »Und die Leuchtpistole? Wo hatte er die her?«

»Aus dem Internet«, schlug Nils Hansen vor. »Da gibt es nichts, was es nicht gibt.«

Was generell nicht verkehrt war, aber bei Waffen hörte der Spaß auf. Die waren selbst im World Wide Web nicht ohne Weiteres zu bekommen. Nicht für einen Jungen vom Land ohne die nötigen Kontakte und eine goldene Kreditkarte. Jedenfalls hoffte Katharina das.

Sie nahm einen Stift von Hansens Schreibtisch und betrachtete ihn. Die Vorstellung, dass Peer Ruppert für den Tod der Boutiquebesitzerin verantwortlich war, gefiel ihr nicht. Aber als Kriminalbeamtin war es ihre Aufgabe, objektiv zu sein. Und Hansen hatte natürlich recht: Peer hatte ein starkes Motiv. Wenngleich er, was das anging, nicht der Einzige war.

Katharinas Magen knurrte, und sie sah auf ihre Armbanduhr. Sie würde sich bei Lina Moll erkundigen, ob sie Peer Rupperts Version des Lagerfeuerabends am Strand bestätigen konnte. Morgen. Vermutlich lief sie ihr im Frühstücksraum der Pension ohnehin über den Weg. Doch jetzt hatte sie Hunger.

Sie sah Nils Hansen fragend an.

»Begleiten Sie mich zum Essen?«, erkundigte sie sich und dachte an den Abend, den sie vor einem Jahr mit dem jungen Polizeimeister in der »Seekiste« verbracht hatte. Auch damals waren sie mit ihren Ermittlungen in eine Sackgasse geraten. Aber Hansens wenig erfolgreiche Versuche, einen Hummer zu knacken, hatten Katharinas trübe Laune vertrieben.

Nils Hansen nickte.

»Ja. Gern«, entgegnete er. »Vielleicht in die ›Insel‹ oder ins ›Frieseneck‹ oder …«

Der Polizeimeister hielt inne. Dann schlug er sich mit großer Geste die Hand vor die Stirn.

»Ach«, sagte er, »das habe ich ganz vergessen. Meine Mutter hat gesagt, ich soll Sie einladen, zu uns zu kommen. Sie wollte etwas kochen.«

23

Hartmut Hansen riss schwungvoll die Haustür auf. Er hatte dieselben feuerroten Haare wie sein Sohn, ohne allerdings dessen Neigung zum Erröten zu teilen. Die Ähnlichkeit mit einem Streichholz kam Katharina dennoch jedes Mal in den Sinn, wenn sie ihn sah.

»Frau Berg!« Der Biobauer strahlte. Dann fiel sein Blick auf seinen Sohn, und seine Miene verfinsterte sich.

»Ich hoffe, Sie sind nicht wegen des defekten Rücklichts hier«, knurrte er. »Er hätte ja weiß Gott den Anhänger abkoppeln können, ehe er den Traktor nimmt.«

Katharina spürte, wie sich Nils Hansen neben ihr versteifte. Der Abend fing ja gut an. Sie beschloss, ihm eine kleine Freude zu machen.

»Nein«, erwiderte sie. »Es geht nicht um das Rücklicht. Es geht um den Mord an Britta Buddenberg.«

Hartmut Hansen kniff die Augen zusammen.

»Das ist nicht Ihr Ernst! Deswegen kommen Sie zu mir? Nur weil ich bekanntermaßen ein engagierter Tierschützer bin?«

»Ja.« Katharina lächelte. »Darüber würde ich mich gern mit Ihnen unterhalten.«

Hartmut Hansen wedelte mit dem Finger vor ihrer Nase herum.

»Sie wissen, wie ich über diese Dinge denke. Ich verurteile solche Leute. Menschen wie Britta Buddenberg nehmen den Tod Tausender unschuldiger Kreaturen in Kauf, nur um überflüssige Luxusartikel zu verkaufen. Dabei kann heutzutage jeder gute, warme Kleidung aus Materialen kaufen, für die keine Tiere gequält werden müssen. Wer da noch Pelze herstellt oder verkauft oder trägt, ist in meinen Augen ein Mörder.« Er holte tief Luft. »Aber Sie denken doch wohl nicht, dass *ich* die Dame deshalb umgebracht habe?«

Marlies Hansen trat aus dem dunklen Flur und legte ihrem Mann eine Hand auf die Schulter.

»Natürlich glaubt sie das nicht. Sie ist hier, weil ich sie zum Essen eingeladen habe.«

»Ach so?« Hartmut Hansen ließ die Luft langsam wieder entweichen. »Warum hast du mir das nicht gesagt?«

Marlies Hansen zwinkerte Katharina zu. »Es sollte eine Überraschung werden.«

»Hm.« Hartmut Hansen brummte. »Die ist dir gelungen.«

Er marschierte in die große Bauernküche und blieb abrupt stehen.

»Hier ist nicht gedeckt«, kommentierte er das Offensichtliche. Seine Frau deutete durch den Flur zu einer weiteren Tür.

»Wenn Frau Berg kommt, essen wir in der guten Stube«, sagte sie mit mildem Vorwurf. »Das weißt du doch.«

★★★

Peer Ruppert stellte das Motorrad am Ende der kleinen Straße »Zum Leuchtturm« ab und ging über den schmalen Pfad zwischen den Bäumen hindurch zum Deich. Das war natürlich nicht der offizielle Zugang. Aber es war der kürzeste Weg zum Leuchtturm St. Peter-Böhl. Und die Bewohner der hübschen Einfamilienhäuser in der Sackgasse waren daran gewöhnt, dass immer wieder Touristen hier parkten, die den Turm suchten.

Peer rannte die letzten Meter und atmete auf, als er Lina entdeckte. Der alte Leuchtturm war einer ihrer Lieblingsplätze. Mit dem Fahrrad brauchte sie von der Pension ihrer Eltern in der Pestalozzistraße aus kaum fünf Minuten hierher.

Lina saß auf der Holzbank, die um den aus dunklem Backstein gemauerten Turm lief. Die Füße hatte sie auf die Sitzfläche gestellt, die Arme um die Knie geschlungen. Sie bemerkte Peer nicht, sondern starrte über die Salzwiesen zum Meer, das sich zurückzog.

Von den alten Männern, die fast jeden Abend mit ihren Bierflaschen hier saßen, war keiner zu sehen. Vermutlich waren sie in der Kneipe, um zu feiern oder ihren Kummer zu ersäufen, je nachdem, wie das Spiel gegen Schalke ausgegangen war.

Peer setzte sich neben Lina auf die Bank und räusperte sich. Lina zuckte zusammen.

»Peer! Was tust du hier?«

»Ich muss mit dir reden.«

Lina seufzte schwer. »Ach, Peer. Das nützt doch nichts.«

Sie warf ihre blonden Haare nach hinten, hob das Kinn und kreuzte die Arme vor der Brust. Sie hätte ihm auch gleich ins Gesicht schlagen können. Mehr Abwehr ging ja wohl nicht.

Peer zupfte an seiner Hose.

»Die Polizei hat mich am Wickel«, berichtete er.

Lina gab ihre Pose auf und sah ihn überrascht an.

»Wieso denn das?«

Peer fuhr sich mit der Hand durch die Haare. Er konnte sie einfach nicht stillhalten.

»Sie wissen, dass wir das waren mit dem Lagerfeuer.«

Lina wurde blass.

»Aber woher denn?«

Peer verknotete seine Finger. Er wollte nicht so hibbelig sein, aber die Anspannung musste irgendwie heraus. Sein rechtes Knie wippte heftig auf und ab.

»Sie haben die Kette gefunden«, erklärte er und zuckte hilflos mit den Schultern. »Ich hatte das Kästchen gerade aus der Tasche gezogen, als die Scheinwerfer angingen. Und beim Wegstecken muss sie irgendwie rausgefallen sein.«

Lina starrte ihn an. Ihre grünen Augen sahen aus wie das Wasser einer Lagune.

»Peer!«, sagte sie. »Du redest Müll. Ich versteh kein Wort. Was für eine Kette? Und wieso weiß die Polizei, dass wir am Strand waren?«

Peer umklammerte die Rückenlehne der Sitzbank mit einer Hand.

»Die Kette aus dem ›Schmuck-Kästchen‹. Die mit dem Delphinanhänger, von der du mir erzählt hast. Ich wollte sie dir schenken.«

In Linas Gesicht trat ein weicher Ausdruck.

»Die hast du gekauft? Aber die sollte doch ein Vermögen kosten.«

Peer schluckte. Er wollte nicht zugeben, dass er das Schmuckstück entwendet hatte. Wie peinlich war das denn? Aber spätestens, wenn die Kommissarin mit ihr sprach, würde Lina ohnehin davon erfahren. Also war es vielleicht besser, wenn er es ihr selbst sagte.

»Nicht gekauft«, murmelte er. »Ich hab sie geklaut.«

Lina legte den Kopf schief. Ihre Augen leuchteten.

»Für mich? Du hast sie für mich gestohlen?«

Peer ließ den Kopf hängen und nickte beschämt. Lina legte sanft ihre Hand auf seine.

»Ach, Peer. Das ist ja so … romantisch.«

Peer blickte überrascht auf. Romantisch?

»Ich hätte nicht gedacht, dass du so mutig bist.« Lina lächelte ihn zärtlich an.

Peer schüttelte fast unmerklich den Kopf. Er mochte ja vieles sein. Aber »mutig« gehörte ganz sicher nicht dazu. Auf der anderen Seite … wenn sie es gerne so wollte …

Er legte Lina einen Arm um die Schultern und zog sie zu sich heran. Dann näherte er sich ganz langsam ihrem Gesicht und küsste sie.

Lina seufzte und schloss die Augen. Ihre Lippen öffneten sich, und ihre Zungen fanden den Weg zueinander. Sie umkreisten und neckten sich, und Peer schmeckte etwas Süßes, das ihn berauschte. Sein Kopf wurde leicht, und in seinem Körper breitete sich ein angenehmes Ziehen aus. Wie von selbst wanderte seine Hand unter Linas T-Shirt. Er streichelte ihren Bauch und ihren Rücken. Dann tastete er sich zu ihren Brüsten vor. Lina stöhnte leise auf, und Peer erschrak fast, als er ihre Brustwarze berührte. Sie war hart und prall wie ein kleiner Ball. Peer strich zärtlich mit der Fingerkuppe darüber. Lina erschauerte und drängte sich näher an ihn heran.

Peer öffnete mit der freien Hand den Reißverschluss von Linas Jeans und schob seine Finger hinein. Er streichelte über den Bund ihres Höschens. Dann wagte er sich zwischen ihre Beine und spürte, dass der weiche Stoff feucht war. Ganz sacht ließ er seine Finger kreisen, und Lina schrie auf.

Peer zog eilig seine Hand zurück und löste sich aus dem Kuss. Ängstlich sah er sich um. Das ging doch nicht, dass sie hier, in aller Öffentlichkeit …

Er sprang auf und zog Lina von der Bank, um irgendwo zwischen den Bäumen und Büschen hinter dem Deich einen Platz zu suchen, wo sie ungestört waren.

Aber Lina blieb plötzlich stehen.

»Wieso wolltest du eigentlich mit mir reden?«, erkundigte sie sich und löste ihre Hand aus seiner.

Peer, dem seine Hose zunehmend eng wurde, schluckte.

»Wegen der Polizei. Die werden dich auch fragen. Du musst ihnen sagen, dass wir zusammen am Böhler Strand waren. Und dass wir weggelaufen sind, als jemand gekommen ist.«

Lina verschloss ihre Jeans wieder.

»Die Buddenberg, meinst du.«

Zwischen Peers Beinen pochte es heftig. Lina konnte doch jetzt nicht aufhören!

»Ich hab gesagt, ich hab nicht gesehen, dass sie das war.«

Lina schaute ihn an, als wäre er geistesgestört.

»Sie hat die Scheinwerfer eingeschaltet. Ein Blinder hätte sie erkannt.«

»Aber das weiß doch die Polizei nicht«, winselte Peer. Er hielt es einfach nicht mehr aus. Er hatte das Gefühl zu platzen.

»Bitte. Lass uns später darüber reden«, bettelte er und griff nach Linas Händen, um sie mit sich zum Wäldchen zu ziehen.

Lina versteifte sich.

»Nee«, sagte sie und entzog ihm ihre Hände. »Du glaubst doch nicht, dass ich mit dir in die Büsche gehe, bevor ich nicht weiß, was Sache ist?«

Peer atmete tief durch. Er fühlte sich ganz zittrig.

»Bitte, Lina. Du musst der Polizei nur sagen, dass wir dort gesessen haben. Und dass wir zusammen abgehauen sind.«

Lina reckte das Kinn.

»Aber das stimmt nicht. Ich bin gegangen. Du nicht.«

Peer traten Tränen in die Augen. Der Druck zwischen seinen Beinen war so groß, dass es schmerzte. Wenn sie doch nur aufhören könnte zu reden. Wenn sie ihn einfach nur berühren würde.

»Das muss die Polizei doch nicht wissen«, sagte er.

Lina trat einen Schritt zurück. »Ich soll für dich lügen?«

Peer streckte die Hände nach ihr aus.

»Es geht bloß um eine Viertelstunde«, jammerte er.

Lina schnaubte. »Aber nicht um irgendeine. Sondern um die, in der die Buddenberg ermordet wurde.«

Peer stöhnte. »Ja, glaubst du vielleicht, ich war das?«

Lina verschränkte die Arme vor der Brust. »Warst du's?«

Peer schüttelte den Kopf. Er hatte das Gefühl, jeden Moment ohnmächtig zu werden.

»Natürlich nicht. Die Buddenberg ist mit einer Leuchtpistole beschossen worden. Wo sollte ich die denn herhaben?«

Lina zuckte mit den Schultern. »Was weiß ich? Geklaut vielleicht, genau wie die Kette.«

Peer starrte sie mit brennenden Augen an. »Was denkst du eigentlich von mir? Das mit der Kette, das war eine Ausnahme. Das hab ich doch nur wegen dir gemacht.«

Lina zog mit beiden Händen ihr T-Shirt nach unten, sodass es ihren Bauch bedeckte.

»Das hättest du dir auch sparen können. Das mit uns, das geht nicht.«

Sie wandte sich ab und lief zu ihrem Fahrrad, das neben der

Bank um den Leuchtturm stand. Ehe Peer reagieren konnte, saß sie schon im Sattel.

»Lina!«, rief Peer verzweifelt. »Bitte. Bleib hier!« Er streckte hilflos eine Hand nach ihr aus. »Ich liebe dich doch.«

Aber Lina beachtete ihn nicht. Sie fuhr davon, ein bunter Farbfleck, der rasch kleiner wurde und sich in der einsetzenden Dämmerung verlor.

Peer sah sich hektisch um. Er brauchte dringend einen Ort, an dem er sich erleichtern konnte. Er rannte in das Wäldchen und drängte sich zwischen die Büsche. Erst als er dort stand, gut geschützt und von keiner Seite mehr zu sehen, bemerkte er, dass seine Erregung längst in sich zusammengefallen war.

★★★

Nils Hansen hatte sich umgezogen und die Uniform gegen eine dunkle Hose und ein schwarzes Hemd getauscht. Eine gute Wahl, denn falls er beim Essen ins Schwitzen kam, würde man zumindest die Spuren auf seiner Kleidung nicht sehen.

Marlies Hansen stellte einen dampfenden Topf auf den Tisch und verteilte Suppe. Nils Hansen nahm lächelnd seinen Teller entgegen. Im nächsten Moment erstarrte er. Die Nudeln in der Suppe hatten die Form von Delphinen. Fing seine Mutter etwa schon wieder an, seine Ermittlungen kulinarisch zu kommentieren? Er wollte sich lieber nicht ausmalen, wie dann die folgenden Gänge aussahen.

»Woher weißt du das?«, fragte er und deutete mit dem Löffel auf die schwimmenden Meeresbewohner.

Seine Mutter, eine dralle kleine Frau mit roten Wangen, machte ein unschuldiges Gesicht.

»Was denn?«

»Das sind doch Delphine?«, erkundigte sich Nils.

»Ach so.« Marlies Hansen legte den Kopf schief. »Die habe ich im Internet gefunden. Ich dachte, ich mache die Fischsuppe mal anders.«

»Delphine sind keine Fische«, knurrte Hartmut Hansen mit vollen Backen.

»Ich weiß«, sagte seine Frau. »Aber Haifischnudeln gab es nicht.«

Katharina gluckste und hielt sich eilig die Hand vor den Mund. Das fehlte noch, dass sie die Suppe mit den Delphinnudeln über den halben Tisch prustete.

Hartmut Hansen reichte ihr wortlos eine Serviette.

»Sie müssen entschuldigen«, brummte er. »Marlies hat auf dem Hof zu wenig Gelegenheit, ihre kreative Ader auszuleben.« Es klang vorwurfsvoll, aber Katharina entging nicht der liebevolle Blick, den der Biobauer seiner Frau zuwarf.

Sie tupfte sich die Lippen ab und wandte die Augen zum Fenster, um sich abzulenken. Schließlich schaffte sie es, die Suppe samt Säugetiernudeln unfallfrei hinunterzuschlucken.

»Köstlich«, sagte sie. »Vielen Dank für die Einladung.«

Marlies Hansen runzelte die Stirn.

»Sie denken hoffentlich nicht, dass das schon alles war?«

Katharina hob die Hände. »Nein. Ich fürchte nur, dass ich später zu satt bin, um überhaupt noch etwas zu sagen.«

Die Bauersfrau lachte. Sie räumte die Suppenschüssel und die tiefen Teller ab und brachte den Hauptgang. Es war eine große silberne Platte mit einer ebenfalls silbernen Haube darüber. Nicht nur Nils, auch Hartmut Hansen und Katharina Berg schauten gespannt darauf, als Marlies Hansen den Deckel anhob.

Darunter kam die realitätsgetreue Auffindesituation im Mordfall Buddenberg zum Vorschein: Auf einer großen Fläche aus Couscous, die zweifellos den Sandstrand darstellen sollte, ragten vier aus Möhren geformte Stative auf. Die Fundamente waren quadratische Fleischklopse, die Scheinwerfer filigrane, aus Zucchini geschnittene Gebilde. Ein graugrünes Meer aus Wirsing- und Spinatblättern rollte in kühnen Wellen auf den Couscousstrand.

Um die Scheinwerfer herum standen mehrere, aus Hackfleisch geformte Figuren. Eine weitere, reichlich mit Ketchup verzierte Gestalt lag genau in der Mitte zwischen den Scheinwerfern.

»Mutter!« Nils Hansen starrte seine Mutter ungläubig an. »Woher hast du das?«

Marlies Hansen machte ein unschuldiges Gesicht.

»Was denn?«

»Das ist unser Tatort. Genau so sah es aus, als wir Britta Buddenberg gefunden haben.«

»Ach.« Seine Mutter griff nach dem Pfannenwender. »Dann war es wohl das, was mich inspiriert hat.« Sie deutete mit einer vagen Geste in Richtung Flur. »Ein gewisser Kommissar Becker aus St. Peter-Ording hat dir einen Bericht gefaxt. Und ein paar Fotos.«

»Hierher?«

Marlies Hansen zuckte mit den Schultern.

»Wahrscheinlich dachte er, hier erreicht es dich eher als im Büro. Am Sonntag.«

Nils Hansen schüttelte den Kopf. Er hätte Katharina Berg einfach nichts von der Einladung sagen sollen. Es war doch klar gewesen, dass seine Mutter ihn wieder einmal in Verlegenheit bringen würde. Das war schließlich eines ihrer Hobbys.

Marlies Hansen hob den Pfannenwender.

»So«, sagte sie. »Wer will die Leiche?«

24

»Du hättest sein Gesicht sehen sollen.«

Katharina Berg kicherte. Sie lag auf ihrem Bett in der »Pension Moll« und telefonierte mit ihrer Mutter. Auch Ellen Berg war eben erst nach Hause gekommen, weil sie wieder einmal ihre Nachfolgerin in der Inspizienz hatte vertreten müssen. Doch so, wie Katharina ihre Mutter kannte, war sie froh darüber. Sie mochte es nicht, tatenlos herumzusitzen.

»Seine Mutter hat die ›Leiche‹ gerecht geteilt«, berichtete Katharina. »Das war nämlich das beste Stück. Lammhack mit Rosmarin und einer feurigen Tomatensoße. Aber Polizeimeister Hansen hat es kaum heruntergebracht. Vermutlich hat er sich im Geiste die ganze Zeit in der Rechtsmedizin gesehen. Schade eigentlich. Das Essen war exzellent. Nach dem Hauptgang gab es noch eine weiße Schokoladenmousse mit kandierten Erdbeeren und Kaffee mit Schuss.«

»Hm.« Ellen Berg schmatzte genüsslich. Genau wie Katharina liebte sie gutes Essen. Vor allem, wenn sie es nicht selbst zubereiten musste. So gerne sie auf der Bühne alles bis in letzte Detail arrangierte, so sehr widerstrebte es ihr, Zeit in der Küche zu verbringen, um Gemüse zu zerhacken oder Soßen einzudicken. Ganz im Gegensatz zu Katharinas Vater, der ein leidenschaftlicher Koch war.

»Sag dieser Frau Hansen, sie soll Konstantin das Rezept schicken«, schlug Ellen Berg vor. »Dann kann er es für dich nachkochen.«

»Nein, danke«, entgegnete Katharina. »Eine Leiche zum Essen reicht mir.« Sie legte den Arm hinter den Kopf und reckte sich. »Ohnehin möchte ich gern wissen, weshalb es die Hamburger Prominenz neuerdings zum Sterben nach Eiderstedt zieht.«

»Ach was.« Die Neugier in der Stimme ihrer Mutter war nicht zu überhören. »Schon wieder jemand, den wir kennen?«

»Möglicherweise«, erwiderte Katharina, die ihre Mutter genau deshalb angerufen hatte. »Sagt dir der Name Dorothea Nissen etwas?«

Ellen Berg lachte erschrocken.

»Du lieber Himmel. Jetzt sag nicht, die ist tot.«

»Nein. Sie nicht. Aber ihre Halbschwester. Britta Buddenberg.«

»Ha!« Katharina konnte hören, wie ihre Mutter aufstand und mit einer Tüte knisterte. Wahrscheinlich war es Zeit, die Katze zu füttern. »Das musste ja mal so kommen.«

»Ach so?«

Ihre Mutter schüttete das Katzenfutter in den Napf und füllte eine Schale mit Wasser. Dann setzte sie sich wieder in den Sessel, der am Panoramafenster stand, das auf den in allen Farben blühenden Garten hinausging. Katharina hörte, wie sie mit der Hand über den Samt der Armlehne strich. Eine ihrer typischen Gesten, wenn sie nachdachte oder nach Worten suchte.

»Die beiden hatten eine Modelagentur«, berichtete Ellen Berg. »›Hot Cast‹ hieß der Laden. Sie hatten die hübschesten Models und die lukrativsten Aufträge. Aber trotzdem haben sie es geschafft, den Laden in den Ruin zu wirtschaften.«

»Ach ja? Und wie?«

»Ich kann dir nur sagen, was so geredet wird. Ob es stimmt …«

»… werde ich dann schon herausfinden«, erklärte Katharina. Sie schätzte es sehr, ihre Fälle mit ihrer Mutter zu besprechen. Als Insider der Hamburger Kulturszene kannten ihre Eltern eine Menge Leute. Und Ellen Berg hatte ihr schon mehr als einmal mit Informationen weitergeholfen, an die man nicht so ohne Weiteres herankam.

Ihre Mutter schnalzte mit der Zunge. Gleich darauf war ein Schnurren zu hören. Offenbar war die Katze auf ihren Schoß gesprungen und ließ sich kraulen.

»Wie geht's Ophelia?«, fragte Katharina.

»Du hörst es ja«, erwiderte Ellen Berg. »Seit wir letztes Jahr diese Wurmkur gemacht haben, ist sie wieder wie neu.«

Ein leises Federn auf dem Parkett war zu vernehmen, als die Katze ihren Platz wieder verließ.

»›Hot Cast‹«, sagte Ellen Berg, »hat angeblich Pleite gemacht, weil Dorothea Nissen das ganze Geld verprasst hat.«

»Wie das?«

»Nun ja. Sie ist aufgestiegen wie ein Komet. Sie war das junge Fototalent. Visionär, phantasievoll und eine begabte Choreographin. Ihre Arrangements waren eine Weile lang überall gefragt. Sie hat eine Bilderbuchkarriere hingelegt und das Geld klug in eine eigene Agentur investiert. Aber dann ist sie genauso grandios abgestürzt, wie sie emporgekommen ist. Man hat von ausschweifendem Partyleben und Drogenexzessen gemunkelt. Schließlich hat ›Hot Cast‹ eines Tages Insolvenz angemeldet. Ich vermute, Britta Buddenberg hat ihr das nicht verziehen. Sie hatte ihren Job als Kürschnerin und Modedesignerin aufgegeben, um für ihre Halbschwester die Agentur zu managen. Und dann wird das alles mit Füßen getreten und in den Sand gesetzt.«

»Das ist bitter.«

»Hm. Und Britta Buddenberg war keine Frau, die sich gern ins Handwerk hat pfuschen lassen. Sie war eine Puppenspielerin. Sie hat die Fäden gezogen. Und alle mussten tanzen.« Ihre Mutter seufzte. »Ich weiß das, weil mal einige von ihren Models in einer Aufführung bei uns mitgewirkt haben. Die waren so verschüchtert, dass sie in Tränen ausgebrochen sind, als der Regisseur ein paar

Dinge zu bemängeln hatte. Bei Pavel! Kannst du dir vorstellen, dass irgendjemand zu zittern anfängt, weil Pavel etwas kritisiert?«

Katharina lachte. Pavel Stanislawski war der freundlichste und behutsamste Mensch, den sie kannte. Die aggressivste Regung, die sie jemals bei ihm erlebt hatte, war ein hörbares Luftholen gewesen. Und das war passiert, als ein Bühnenbildner versehentlich eine Stange mitten durch ein Gemälde gestoßen hatte, das der Mittelpunkt der Inszenierung war, die am Abend Premiere haben sollte.

»Ich habe die jungen Dinger dann ein bisschen unter meine Fittiche genommen«, erklärte Ellen Berg. Was vermutlich das Beste war, was den Models passieren konnte. »Und sie haben mir erzählt, wie das bei ihnen in der Agentur so ablief.«

»Tja.« Katharina griff nach dem Glas, das sie auf dem Nachttisch abgestellt hatte, und trank einen Schluck Rotwein. »Wenn Dorothea Nissen tot wäre, hätte ich also einen begründeten Tatverdacht gegen Britta Buddenberg. Aber bedauerlicherweise ist es andersherum.«

»Tut mir leid«, sagte ihre Mutter. »Du musst dir deine Leichen besser aussuchen.«

Katharina lachte leise. Ellen Berg hatte ein Faible für Absurdes. Aber anders hielt man es vermutlich nicht ein Leben lang am Theater aus.

»Wo bist du überhaupt?«, erkundigte sich ihre Mutter.

»In St. Peter-Ording.«

»Ach. Und was, um alles in der Welt, hatten die Buddenberg und ihre Halbschwester dort zu tun?«

»Britta Buddenberg ist in ihren alten Beruf zurückgekehrt«, erklärte Katharina. »Sie hat eine Pelzboutique eröffnet. Die ›Venus‹. Allerdings verkauft sie dort offenbar nicht nur Nerzmäntel, sondern auch erotische Accessoires.«

»M-hm«, machte Ellen Berg. »Das Thema ist ja groß im Kommen, seit diesen ›Fifty Shades of Grey‹. Da ist schon wieder ein neuer Film geplant: ›Venus im Pelz reloaded‹. Sie haben deinen Vater gefragt. Kannst du dir das vorstellen? Konstantin als devoter Sklave einer Domina im Nerzmantel?«

Katharina lachte.

»Für einen guten Schauspieler …«

»… ist keine Rolle zu schwer, ja, ja. Das hat er auch gesagt. Aber sein Agent hat ihm abgeraten. Er meinte, es sei schlecht für sein Image.«

»Warum denn?«, fragte Katharina scheinheilig. »Weiche, gefühlvolle Männer liegen doch voll im Trend.«

Ihre Mutter stimmte in ihr Lachen ein.

»Ich richte ihm aus, dass du enttäuscht bist. Vielleicht überlegt er es sich dann noch mal.«

»Mach das«, sagte Katharina und verabschiedete sich.

Sie legte das Handy auf den Nachttisch und schaute nachdenklich zur Decke.

Der Verdacht gegen Peer Ruppert war natürlich noch längst nicht vom Tisch. Aber wenn Lina Moll seine Aussage bestätigte, mussten sie nach anderen Tatverdächtigen suchen. Und da hatten sich einige Protagonisten im Laufe des Tages nach vorne gespielt. Zum einen natürlich die Tierschützer, allen voran Thorsten Klinke und Stefan Moll, denen die Pelzboutique ein Dorn im Auge war. Und zum anderen diese Modefotografin, Dorothea Nissen, die mit ihrer Halbschwester offenbar erhebliche Konflikte gehabt hatte.

Apropos gespielt … Was war eigentlich aus dem Match zwischen dem TSV St. Peter-Ording und Schalke 04 geworden?

Katharina warf einen Blick auf die Uhr. Dann zog sie das Handy wieder zu sich heran und bestellte ein Taxi.

★★★

In der Polizeistation, die im Deichgrafenweg auf dem Gelände direkt hinter der Bücherei und Mediothek lag, brannte in allen Fenstern Licht. Aus dem Obergeschoss waren lautes Stimmengewirr und Musik zu hören. Zum Ausgleich war die Auskunft neben dem Eingang nicht besetzt.

Katharina stieg die Treppe nach oben und spähte durch die halb offene Tür in einen Raum, der normalerweise vermutlich für Besprechungen benutzt wurde. Jetzt standen die Tische voll mit leeren Bierflaschen, und in einer Ecke stapelten sich weggeworfene Pizzakartons. Dazwischen bewegte sich eine Gruppe von Männern mit ungelenken Bewegungen und wenig Taktsicherheit zu den Klängen von »We Are The Champions«, das in einer Endlosschleife zu laufen schien. Die Männer trugen identische blaue Hosen und Hemden mit aufgerollten Ärmeln. Die zugehörigen Jacken mit den Dienstabzeichen hatten sie nachlässig über die Stuhllehnen geworfen.

Als sie Katharina entdeckten, brach ein vielstimmiges Gegröle los.

»He! Lutz! Die Frau ist da!«, rief ein blonder Jüngling mit sich überschlagender Stimme.

Der Mann neben ihm, ein Mittdreißiger mit prallen Muskeln und Bürstenschnitt, musterte sie begehrlich. »Und endlich mal nicht so ein Küken.«

»Jo.« Die Augen eines älteren Kollegen, dessen Hemd so eng über seinem runden Bauch spannte, dass es fast die Knöpfe zu sprengen drohte, saugten sich an ihr fest. »Und richtig was zum Anfassen.«

Der Mann, der gerade an der Anlage herumfummelte, drehte sich zu ihr um. Um die fünfzig, groß und hager, die grauen Haare militärisch kurz geschnitten. Polizeioberkommissar Lutz Becker. Als er Katharina erkannte, klappte ihm die Kinnlade herunter.

»Äh … Frau Berg … Was machen Sie denn hier?«

Katharina lächelte süß.

»Ich dachte, ich erkundige mich mal, wie das Spiel war …«

Sie deutete auf die Reste des Gelages.

Ein Polizist mit wirren grauen Haaren torkelte auf sie zu und legte ihr eine Hand auf die Brust.

Katharina schaute ihm in die Augen.

»Finger weg«, sagte sie.

Der Mann reagierte nicht. Stattdessen landete seine andere Hand auf ihrer Wange, und er hauchte ihr seinen Bieratem ins Gesicht. Der blonde Jüngling trat eilig dazu und zog ihn zurück.

»Mensch, Hein«, flüsterte er halblaut. »Das ist nicht die Nutte.«

Der Grauhaarige starrte Katharina an. »Nicht?«

Polizeioberkommissar Lutz Becker bemühte sich um eine aufrechte Haltung.

»Das«, sagte er laut und deutete auf Katharina, »ist Kriminalhauptkommissarin Katharina Berg aus Husum. Sie untersucht den Mord an Britta Buddenberg.«

Hein zog eine Grimasse. »Ach du …«

»… Scheiße«, ergänzte der dicke Kollege, viel zu laut, weil im selben Moment der blonde Jüngling die Musik ausgestellt hatte.

Katharina lächelte. Sie hatte schon vor Jahren den Glauben daran verloren, dass alle Polizisten bessere Menschen waren. Sie wusste, dass es großartige Männer unter ihnen gab. Aber eben auch andere, die nicht ganz so überzeugend waren. Zumindest, wenn sie die Uniform ablegten.

»Ich wollte Ihre kleine Party nicht sprengen«, sagte sie. »Ich bin sicher, Sie haben sich Ihren Feierabend verdient, nach dem anstrengenden Match.«

Die Polizisten nickten emsig, nur der blonde Jüngling nicht. Anscheinend hatte er als Einziger ihren ironischen Unterton bemerkt. Vermutlich würde er die versammelten Kollegen eines Tages allesamt in der Hierarchie überflügeln.

Katharina betrachtete die bierseligen Beamten. »Anscheinend war es ja ein gutes Spiel.«

Die Männer nickten bedeutungsschwer, aber keiner fand sich bereit, dieses aussagekräftige Statement mit Worten zu unterfüttern.

»Wie ist es denn ausgegangen?«, fragte sie.

»Sechzehn zu zwei«, verkündete der Dicke mit dem viel zu engen Hemd stolz.

Katharina runzelte die Stirn.

»Der TSV St. Peter-Ording hat Schalke 04 mit sechzehn zu zwei geschlagen?«

Die Kollegen sahen sie so an, wie Männer eben eine Frau ansehen, die naturgemäß keine Ahnung vom Fußball hat.

»Natürlich nicht«, erklärte Lutz Becker. »Aber«, er holte so tief Luft, dass seine Brust anschwoll, »unsere Jungs haben *zwei* Tore geschossen!«

25

Als Katharina Berg am nächsten Morgen aufwachte, fühlte sich ihr Kopf an, als wollte er platzen.

Sie hätte sich von den Kollegen aus St. Peter-Ording und den umliegenden Polizeistationen, die Lutz Becker für ihren Einsatz beim Fußballspiel zusammengetrommelt hatte, nicht überreden lassen dürfen, noch ein Bier mit ihnen zu trinken. Weil es natürlich nicht bei dem einen geblieben war. Und sich darüber hinaus noch etliche Kurze dazugesellt hatten.

Die Kollegen hatten sich große Mühe gegeben, sie den Ausrutscher mit der bestellten Dame vergessen zu lassen. Die im Übrigen tatsächlich nicht gekommen war. Vermutlich, weil sie einer der Beamten schon am Eingang in Empfang genommen und wieder nach Hause geschickt hatte.

Katharina betrachtete die Überreste des Frühstücksbüfetts. Es sah aus, als hätte sich eine Horde hungriger Löwen darüber hergemacht. Sie nahm sich ein paar Scheiben Toastbrot – Brötchen gab es leider nicht mehr –, die letzte Scheibe Käse und ein verschweißtes Päckchen Leberwurst. Das kam davon, wenn man erst drei Minuten vor Ende der Frühstückszeit auftauchte.

Die Tür zum Frühstücksraum flog auf, und ein bulliger Mann mit lichtem Haar und einer weißen Küchenschürze trat ein. In der Hand hielt er eine Klappkiste für das schmutzige Geschirr. Als er Katharina bemerkte, blieb er stehen.

»Oh«, sagte er. »Ich dachte, es wäre niemand mehr hier.« Sein Blick huschte über das geplünderte Büfett und Katharinas spärlich gefüllten Teller.

Energisch stellte er die Plastikkiste beiseite.

»Warten Sie einen Moment«, sagte er. »Sie haben ja gar nichts zu essen.«

Er verschwand durch die Tür, und Katharina hörte ihn nebenan rumoren. Einen Augenblick später tauchte er mit einem Tablett wieder auf. Darauf standen ein Korb mit zwei Brötchen, ein Teller mit Schinken-, Käse- und Salamischeiben und ein Frühstücksei.

»So«, sagte er und stellte die Sachen vor Katharina ab. »Guten Appetit.«

»Danke. Das ist nett.« Katharina sah den Mann mit schief gelegtem Kopf an. »Sie sind Herr Moll?«

Der Besitzer der Pension nickte. Katharina schnitt eines der Brötchen auf und bestrich es mit Butter.

»Ich hatte Sie mir anders vorgestellt.«

Stefan Moll, der gerade seine Plastikkiste wieder an sich nehmen wollte, drehte sich zu Katharina um. Er sah sie aus schmalen Augenschlitzen an.

»Was soll das heißen?«, fragte er.

Katharina zuckte mit den Schultern.

»Ich habe gehört, dass Ihnen leicht die Gäule durchgehen. Und dass Sie dann nicht mehr so freundlich und zuvorkommend sind.«

Stefan Moll verschränkte die Arme vor der Brust. »So?«

»Das waren doch Sie? Der am Samstag den Stein in die Schaufensterscheibe der ›Venus‹ geworfen hat?«

»Pfff.« Stefan Moll knurrte. »Wüsste nicht, was Sie das angeht.«

»Nun ja. Ich bin von der Kriminalpolizei.«

Der Pensionswirt funkelte sie an.

»Na und? Hat die Buddenberg mich angezeigt? Wollen Sie mich jetzt vielleicht festnehmen? Wegen eines Steins?«

Katharina legte ihr Brötchen beiseite.

»Wer mit Steinen schmeißt, schießt vielleicht auch mit Leuchtpistolen«, sagte sie.

Stefan Moll sah sie an, als hätte sie nicht mehr alle Tassen im Schrank. »Hä?«

»Ich bin nicht von der Schutzpolizei«, erläuterte sie. »Ich bin von der Kripo. Und ich ermittle in einem Mordfall.«

»Aha. Und wer, in Gottes Namen, ist ermordet worden?«

Katharina musterte den Pensionswirt verblüfft. Wollte der Mann ihr allen Ernstes weismachen, dass er keine Ahnung hatte, was passiert war?

»Hat Ihre Frau Ihnen das nicht erzählt? Oder Ihre Tochter?«

Stefan Moll nahm sich einen Stuhl und setzte sich Katharina gegenüber an den Tisch.

»Gute Frau. Sie sprechen in Rätseln.«

»Britta Buddenberg ist tot«, sagte Katharina. »Irgendjemand hat sie in der Nacht von Samstag auf Sonntag am Böhler Strand mit einer Leuchtpistole beschossen. Ihr Pelzmantel ist in Brand geraten. Daraufhin ist sie vermutlich ins Wasser gelaufen und ertrunken.«

Stefan Moll starrte sie an.

»Donnerwetter. Das gibt's ja nicht«, verkündete er.

Katharina köpfte ihr Frühstücksei. Es war perfekt, das Eiklar fest, das Eigelb dickflüssig. Sie gab ein wenig Salz darauf und löffelte es aus der Schale.

»Wo waren Sie denn in der Nacht?«, erkundigte sie sich.

Moll grinste schief.

»Weg. Zu einem Kumpel nach Tönning. Weil ich dachte, die Buddenberg hetzt mir womöglich tatsächlich die Bullen … äh … die Polizei auf den Hals wegen ihrer Scheibe.«

»Und dort haben Sie den ganzen Abend zusammen ferngesehen, und leider kann das außer Ihrem Kumpel niemand bezeugen.«

»Nee.« Stefan Moll schaute erleichtert. »Wir waren mit seinen Kegelbrüdern im ›Mamma Mia‹. Das ist die Pizzeria am Marktplatz. Da haben wir die halbe Nacht gesessen und gefeiert. Und gestern waren wir den ganzen Tag auf der Eider angeln. Meine Frau und meine Tochter waren schon im Bett, als ich wieder nach Hause gekommen bin.« Er feixte. »Da hab ich wohl Glück gehabt, was? Wasserdichtes Alibi.«

»Hm.« Katharina drückte die leere Eierschale zusammen, und die Splitter regneten auf den Tisch. Sie erwartete ja kein Mitgefühl für die verstorbene Erzfeindin. Doch Moll war ihr einfach eine Spur zu selbstgefällig.

Natürlich war das nicht nett. Aber es juckte sie in den Fingern, seine gute Laune ein wenig zu erschüttern.

»Tja«, sagte sie und lächelte süß. »Dann hoffen wir mal, dass Ihre Tochter auch so ein gutes Alibi hat.«

»Lina?« Stefan Moll starrte sie fassungslos an. Das siegesgewisse Grinsen fiel ihm aus dem Gesicht.

★★★

Nils Hansen nahm seine Dienstmütze ab und wischte sich den Schweiß von der Stirn. Über ihm hatten sich dichte Wolken zusammengebraut, aber die Luft war warm. Durch das Schaufenster warf er einen Blick in die Pelzboutique. Drinnen war es dunkel, und es war kein Kunde zu entdecken. Wahrscheinlich saßen die Leute noch in ihren Hotels und Pensionen am Frühstückstisch. Was zumindest ein kleiner Lichtblick war. So würde wenigstens niemand sehen, wie er die »Venus« betrat.

Er fragte sich, warum der Schmuddelkram immer an ihm hängen blieb. Reichte es nicht, dass er bei ihrem letzten gemeinsamen Fall Ricardo Reiters pornografische Aufnahmen hatte sichten müssen? Er wäre lieber mit Katharina Berg ins Buchcafé gegangen und hätte die Leute von »Free Nature« befragt. Stattdessen stand er jetzt hier, mit dem Auftrag, sich die Geschäftsbücher der Boutique anzusehen – und einen Blick in die »Spezialabteilung« zu werfen, in der Britta Buddenberg irgendwelche »Spielzeuge« verkauft hatte. Er wollte gar nicht wissen, was das war. Wenn sich das Ehepaar Stöver so darüber aufregte, dass man deshalb vor Gericht zog, würde es ihn, Nils, sicher ebenfalls aus der Fassung bringen. Er war einfach viel zu leicht zu beeindrucken.

Nils Hansen atmete tief durch. Dann zog er die Schöße seiner Uniformjacke mit einem Ruck nach unten und betrat die Boutique.

Die Türglocke spielte eine pompöse Melodie. Die Tür fiel hinter ihm zu, und er fühlte sich plötzlich wie in der Falle. Der Raum war kühl und beängstigend still. Von den ausgestellten Pelzmänteln ging ein leichter Geruch aus, der Hansen an den Kleiderschrank seiner verstorbenen Großmutter erinnerte. Er musste einen Moment nachdenken, bis ihm einfiel, was diesen Duft verursachte. Lavendelsäckchen und Zedernholz gegen Motten. Das war es.

Im Hintergrund hörte er ein Rascheln. Einen Moment später betrat Vanessa Schultheis den Verkaufsraum. Sie trug wie am Tag zuvor enge Hotpants aus Leder und eine knappe, weit aufgeknöpfte Bluse in Pink, dazu modische kurze Gummistiefel im selben Farbton. Ihre braunen Locken fielen weich über ihre Schultern. Als sie Nils Hansen erkannte, fuhr sie sich mit der Zungenspitze über ihre leuchtend rot geschminkten Lippen.

»Hallo«, hauchte sie. »Haben Sie den Mörder von Frau Buddenberg gefunden?«

Hansen rückte seine Dienstmütze zurecht.

»Äh. Nein. Wir sind gerade erst dabei, uns einen Überblick zu verschaffen.«

»Ach ja?« Vanessa trat so dicht an ihn heran, dass er ihr Parfüm riechen konnte. Süß, mit einem Hauch von Flieder. Hansens Mund wurde trocken.

»Ich müsste mir Ihre Geschäftsbücher ansehen«, stammelte er und blickte sich suchend um. Es behagte ihm nicht, mit einer Frau allein zu sein, die eine derart sinnliche Ausstrahlung hatte. »Ist Ihre Kollegin gar nicht da?«, fragte er.

Vanessa lachte leise.

»Dorothea? Sie ist nicht meine Kollegin. Sie ist Fotografin. Den Laden habe ich mit Frau Buddenberg geschmissen.«

»Ah.« Hansen trat einen Schritt zurück, aber das Model blieb ihm auf den Fersen. Hansen spürte, wie seine Wangen zu glühen begannen.

»Sie arbeitet an einer Fotostrecke für ein Erotikmagazin«, erläuterte Vanessa. »›Friesen-Nerze‹. Am Wochenende hat sie die erste Session mit Britta und mir gemacht. Die Bilder sind großartig geworden.« Vanessa warf ihre Haare zurück. »Schöne Frauen im Pelz. Im Regenmantel. Und in Dessous.« Spielerisch strich sie Hansen über die Wange. »Die musst du dir unbedingt ansehen. Oh. Ups.« Sie zog ihre Hand zurück und lächelte wie ein Schulmädchen. »Jetzt habe ich dich geduzt.«

Nils Hansen schluckte.

Ihm war so heiß, dass er am liebsten seine Uniform ausgezogen hätte.

»Das … das macht doch nichts«, stotterte er.

»Fein.« Das Model streckte ihm strahlend die Hand hin. »Ich bin die Vanessa.«

Nils Hansen wusste nicht, was er tun sollte. Er konnte sich doch nicht mit einer Zeugin duzen. Aber wenn er ablehnte, wäre Vanessa sicher beleidigt. Und das wollte er ja auch nicht …

Vanessa legte den Kopf schief und sah ihn treuherzig an. Hansen ergriff ihre Hand.

»Nils«, sagte er.

Das Model beugte sich vor und hauchte ihm rechts und links einen Kuss auf die Wange. Eine harmlose, flüchtige Berührung, aber die Folgen, die sie auf Hansens sensible Zonen hatte, waren beträchtlich.

»Oh«, sagte Vanessa und schaute auf seine Hose, die sich unübersehbar ausbeulte. »Du bist ja ein richtiger Draufgänger.«

Hansen riss seine Dienstmütze vom Kopf und hielt sie eilig vor den Schritt.

Vanessa ging zum Tresen und angelte nach einer Flasche Sekt. Mit zwei gefüllten Gläsern kam sie zu Nils zurück. Der hob abwehrend die freie Hand.

»Ich darf keinen Alkohol«, erklärte er. »Ich bin im Dienst.«

»Schade.« Vanessa leerte eines der Gläser und stellte es beiseite. Dann fixierte sie Hansen über den Rand des anderen hinweg. »Wir würden uns bestimmt gut verstehen.«

Nils Hansen kniff die Beine zusammen. Wie schaffte er es nur, sich immer wieder in derart unmögliche Situationen zu manövrieren? Der Auftrag, den Katharina Berg ihm gegeben hatte, war doch eigentlich ganz einfach gewesen. Er sollte lediglich die Geschäftsbücher der Boutique sichten.

Sein Blick streifte den schwarzen Vorhang, mit dem eines der Hinterzimmer vom Laden abgeteilt war, und das schwarze Schild mit der blutroten Schrift darüber. Siedend heiß fiel es ihm wieder ein: Er sollte sich nicht nur um die Bücher kümmern. Er sollte sich auch die Spezialabteilung ansehen.

26

Der kleine Laden war bis unter die Decke mit Bücherregalen vollgestopft. In einer Ecke, die früher einmal ein separates Zimmer gewesen war, standen mehrere Sitzgruppen aus zerschlissenen Sofas und Sesseln mit grün gemusterten Bezügen und verschrammten Couchtischen. Es war schummrig, weil durch die mit Plakaten zugepflasterte Schaufensterscheibe nur wenig Licht hereinfiel. In den Strahlen, die sich dennoch ins Innere verirrten, tanzten Staubkörner.

Der Raum war erfüllt vom Duft nach alten Büchern und würzigem Tee. Thorsten Klinke, der neben der Spüle am Rand der Sitzgruppe stand, schwenkte eine Papiertüte in Katharinas Richtung. »Fair Trade«, bemerkte er. »Und aus kontrolliert biologischem Anbau natürlich.«

Katharina schmunzelte. »Selbstverständlich.«

Thorsten Klinke, leger gekleidet in ausgebeulte Jeans und ein lilafarbenes Baumwollhemd mit langen Ärmeln, grinste.

»Wir wollen mit gutem Beispiel vorangehen«, sagte er augenzwinkernd. »Aber er schmeckt auch einfach besser.«

Klinke strich seine wirren dunklen Haare zurück und wandte sich wieder der Teekanne zu. Katharina setzte sich in einen der Sessel und betrachtete die beiden Frauen, die nebeneinander auf dem Sofa hockten.

Lina Moll trug Jeans und ein Top in einem leuchtenden Grün, das gut zu ihren blonden Haaren passte. Sie glänzten seidig und fielen ihr bis über die Schultern. Ihre Mutter hatte einen bequemen Cordanzug in Dunkelgrün und eine bunt gemusterte Bluse gewählt. Die beiden Frauen fügten sich perfekt in das Farbschema der Sitzgruppe ein. Auf dem niedrigen Tisch neben ihnen lagen die Pappmasken mit den Nerzgesichtern und den kleinen, pelzigen Ohren, die sie bei den Kundgebungen am Wochenende getragen hatten.

An der Wand hinter ihnen hingen Plakate von Tierschutzverbänden und das obligatorische Che-Guevara-Poster. Das Gesicht des Rebellen war noch immer das beliebteste Motiv für jeden engagierten Widerstandskämpfer, egal, wogegen der Protest sich richtete.

Thorsten Klinke balancierte ein Tablett mit Teetassen, Kandiszucker und einem Sahnekännchen zur Sitzecke und schenkte ein. Dann ließ er sich in einem der Sessel nieder und zog seinen Tabakbeutel zu sich heran. Er drehte sich mit geübten Fingern eine Zigarette und zündete sie an.

Katharina gab zwei Stücke Kandis in ihren Tee und nippte an der Tasse. Das Gebräu schmeckte ausgesprochen aromatisch.

»Lecker«, sagte sie.

Thorsten Klinke lächelte.

»Fairer Handel zahlt sich eben aus, nicht bloß für die Produzenten.« Er machte eine weit ausholende Geste, die den gesamten Buchladen und die Sitzecke umfasste. »Wir kämpfen nicht nur für die Nerze. Uns liegen alle Aspekte des Umwelt- und Naturschutzes am Herzen.«

Lina und Susanne Moll nickten synchron.

Katharina stellte ihre Tasse auf den Tisch und lehnte sich in ihrem Sessel zurück. Es war ein behagliches Ambiente, das Thorsten Klinke hier geschaffen hatte, ein wenig so wie bei ihren Eltern. Die Atmosphäre Intellektueller, die sich Gedanken machten und gegen den Strom schwammen. Katharina hatte das schon immer gefallen.

»Ich finde gut, was Sie machen«, erklärte sie. »Aber leider ist das nicht der Grund, aus dem ich hier bin.«

Klinke beugte sich vor und legte entspannt seine Unterarme auf die Knie.

»Nein. Sie haben die ehrenvolle Aufgabe, einen Mörder zu fangen.« Er lächelte. »Ich bewundere das. Sie tun etwas, um diese Welt wirklich besser zu machen.«

Katharina winkte ab. Sie mochte kein Pathos. Und sie wollte sich auch nicht mit dem Zeugen eines Mordfalls verbrüdern. Oder womöglich einem Verdächtigen.

Sie wandte sich an Susanne Moll.

»Ich würde Ihrer Tochter gern ein paar Fragen stellen«, erklärte sie. »Und Sie«, sie schaute zu Thorsten Klinke, »wären vielleicht so freundlich, uns einen Moment allein zu lassen?«

Lina schüttelte den Kopf.

»Das muss er nicht. Wir hier bei ›Free Nature‹ sind eine Familie. Wir haben keine Geheimnisse.«

Thorsten Klinke hob unschlüssig die Hände und warf Katharina einen fragenden Blick zu. Als sie nicht protestierte, lehnte er sich in seinem Sessel zurück und schlug die Beine übereinander. Scheinbar gelassen produzierte er einen Rauchkringel, aber Katharina hatte den Eindruck, dass er sich nicht wohl in seiner Haut fühlte.

»Wie du willst.« Katharina sah von Lina zu deren Mutter, dann wieder zurück zu dem Mädchen. »Ich darf doch Du sagen?«

Lina Moll nickte. Katharina neigte sich zu ihr.

»Warum hast du uns nicht einfach die Wahrheit gesagt?«, erkundigte sie sich. »Dass du in der Nacht mit Peer Ruppert am
Lagerfeuer gesessen hast?«

Klinkes Hände verkrampften sich.

»Du hast … was? Du triffst dich mit diesem Mörder?«

Susanne Moll warf ihm einen warnenden Blick zu. »Lass gut
sein, Thorsten. Du kannst die jungen Leute nicht für das Handeln
ihrer Eltern verantwortlich machen.«

Thorsten Klinkes buschige Augenbrauen wanderten nach oben.

»Ach so? Das hat sich vor ein paar Tagen aber noch ganz anders
angehört.« Klinke drückte seine Zigarette mit einer heftigen Bewegung im Aschenbecher aus. »Und es ist ja nicht so, als würden
wir Lina zwingen, bei uns mitzumachen.« Er legte den Kopf schief.
»Ich dachte, dir liegt das Wohl der Tiere am Herzen. Und du kannst
es nicht mit deinem Gewissen vereinbaren, mit einem Tierquäler
zusammen zu sein.«

Lina sprang auf.

»Das ist ja auch so«, fauchte sie. »Aber Peer ist nett. Ich hab
mich überreden lassen, ihn zu treffen.« Sie ging zur Spüle, öffnete
den Kühlschrank und kramte darin herum. Einen Moment später
tauchte ihr Kopf wieder auf. »Das war ein Fehler, okay? Ich kann's
nicht ändern. Aber es kommt auch bestimmt nicht wieder vor.«

Sie schüttete Kekse aus einem Gefrierbeutel auf einen Teller
und stellte ihn Katharina hin. Katharina beugte sich vor, um sich
einen davon zu nehmen, aber im selben Moment zog Klinke den
Teller weg. Beinahe hätten sich ihre Hände berührt.

»Verzeihung«, sagte Klinke. »Aber die Kekse kann man nicht
anbieten. Die sind total missraten.«

Susanne Moll besah sich die kleinen grauen Plätzchen.

»Wirf sie weg«, schlug sie vor. »Ich backe dir neue.«

In Klinkes Gesicht zuckte es. Ob belustigt oder verärgert,
konnte Katharina aufgrund seines dichten Barts nicht erkennen.

Lina setzte sich wieder aufs Sofa. Sie sah aus, als wäre sie froh,
die Aufmerksamkeit für einen Moment von sich abgelenkt zu
haben.

Katharina nahm einen der Kekse, um Klinke einen Gefallen zu
tun.

»Ich bin sicher, man kann sie noch essen«, bekundete sie und schob sich das Gebäck zwischen die Zähne. Sie wollte ein Stück abbeißen, schaffte es aber nicht. Der Keks war steinhart. Mit einer gespielt beiläufigen Geste legte sie ihn auf ihre Untertasse und wandte sich wieder an Lina.

»Du warst also mit Peer am Strand. Ihr habt ein Lagerfeuer gemacht. Und dann?«

»Kurz darauf ist jemand gekommen. Da sind wir abgehauen. Wir wollten keinen Ärger. Das ist ja nicht erlaubt, so ein Feuer am Strand.«

»M-hm.« Katharina tauchte den Keks in ihren Tee. »Und ihr habt nicht erkannt, wer das war?«

Lina schüttelte den Kopf.

»Wie denn? Es war ja stockfinster. Das war nur eine dunkle Gestalt, die an der Wasserkante entlangging. Wir dagegen waren wahrscheinlich gut zu sehen, mit dem Feuer.«

Katharina nickte. Linas Aussage stimmte mit der von Peer überein. Aber die jungen Leute konnten sich natürlich abgesprochen haben. Was, wenn man es recht bedachte, ausgesprochen wahrscheinlich war.

»Und warum war es ein Fehler, sich mit Peer zu treffen?«, erkundigte sie sich und schob sich den Keks in den Mund. Weich war er jetzt, aber geschmacklich war er eine Zumutung. Wahrscheinlich hatte Klinke versehentlich Fugenmörtel statt Mehl verwendet. Katharina musste sich zusammenreißen, um nicht das Gesicht zu verziehen.

Lina rieb nervös mit den Händen über ihre Jeans.

»Na ja. Weil er es nicht begreift. Und weil er nichts tut. Sein Vater quält und tötet auf seiner Farm die Nerze. Und Peer sieht zu. Er macht sogar mit. Nicht beim Töten. Aber er füttert die Tiere.«

»Was sollte er denn deiner Meinung nach tun?«

Lina zuckte mit den Schultern.

»Ich weiß nicht. Er könnte dafür kämpfen, dass sein Vater etwas anderes macht. Oder wenigstens ausziehen.«

Katharina nickte. »Aber sein Vater verdient damit seinen Lebensunterhalt, oder nicht?«

Lina sah hilfesuchend zu Thorsten Klinke. »Ja. Schon. Aber …«

Der Tierschützer hatte sich eine neue Zigarette gedreht. Er zündete sie an, legte einen Arm über die Lehne seines Sessels und sah Katharina ernst an.

»Ich dachte, darüber hätten wir gestern schon gesprochen«, sagte er. »Und ich hatte den Eindruck, Sie stünden auf unserer Seite.«

★★★

Der Raum hinter dem Vorhang war größer, als Nils Hansen erwartet hatte. Ein paar in die Decke eingelassene Scheinwerfer, die hinter Blenden versteckt waren, warfen ein indirektes bläuliches Licht. An den Wänden standen Regale, in denen sonderbare Pelzkreationen ausgestellt waren.

In der Mitte des Zimmers waren zwei Schaufensterpuppen zu einem aufsehenerregenden Arrangement formiert worden. Die eine hing mit ausgestreckten Armen an einer Kette von der Decke. Ihre Handgelenke wurden von dicken Ledermanschetten umschlossen. Ihr Kopf steckte in einer Hülle, die aussah wie ein aus Pelz gefertigter Kannenwärmer. Vor ihren Füßen kniete eine zweite Puppe, das Plastikgesicht auf Schritthöhe der anderen. Sie trug eine Art Schlafmaske aus Pelz. Ihre Hände lagen auf dem Busen der ersten Puppe.

Nils Hansen starrte auf das ausdrucksstarke Bild, und plötzlich wurde die Szene vor seinen Augen lebendig. Er sah, wie die Hände der zweiten Schaufensterpuppe von der Brust der ersten nach unten wanderten, über ihren flachen Bauch zu dem Dreieck zwischen ihren Schenkeln. Ein lustvolles Ziehen schoss durch seinen Unterleib.

Schnell wandte er sich ab. Das konnte doch nicht wahr sein. Das hier waren Schaufensterpuppen! Dürre, hohle Gestalten aus Hartplastik, die weder denken noch fühlen konnten. Und er benahm sich, als sei er mitten in ein wollüstiges Tête-à-Tête in einem Swingerclub geraten.

Er atmete tief durch und betrachtete die an den Wänden aufgereihten Ausstellungsstücke genauer.

Eine komplette Seite war den Masken gewidmet. Es gab sie als schmale Augenbinden und als Hauben, die den Kopf komplett umschlossen. Von offenen und verschließbaren Öffnungen für

Augen, Mund und Nase bis zu Halsstücken mit dicken Schnallen war alles vertreten. Gemeinsam war allen Masken das Material: Sie bestanden aus festem schwarzen Pelz.

»Sind sie nicht wunderschön?«, fragte Vanessa Schultheis. »Britta hat sie selbst entworfen und hergestellt. Sie war nicht nur Modedesignerin, sondern auch gelernte Kürschnerin. Sie wusste, wie man Rauchwaren behandelt.«

Nils Hansen runzelte die Stirn. Rauchwaren? Hier ging es doch nicht um eine Tabakhandlung. Es ging um Nerze.

Vanessa lachte perlend.

»Rauchwaren sind Tierpelze«, erläuterte sie. »Sie heißen so wegen der Oberfläche.« Sie ergriff Hansens Hand und führte sie über das Material einer Maske ohne Öffnungen. »Rauch kommt von rau. In der Kürschnersprache bedeutet es behaart oder zottig.«

»Ach so.« Hansen zog eilig seine Hand zurück. Vanessa trat einen Schritt auf ihn zu und drängte ihn an die Wand.

»Nach dem Häuten muss das Fell haltbar gemacht und zugerichtet werden. Das ist so ähnlich wie das Gerben von Tierhäuten, aus denen man Leder herstellt.« Sie strich Nils Hansen beiläufig mit der Hand über die Brust. »Britta hat da einen Geschäftspartner in Hamburg, der das für sie übernimmt. Von ihm bekommt sie die fertigen Rauchwaren.« Sie kraulte spielerisch Hansens Nackenhaare. »Die Pelze, aus denen sie ihre Kreationen herstellt.«

»Hm.« Nils Hansen keuchte und machte sich los. Eilig schritt er die anderen Wände ab. Eine bot Dessous in verschiedenen Pelzarten und Farbstellungen, eine weitere Hand- und Fußfesseln mit Pelzbesatz. Die vierte schien eher fehl am Platz: Nils Hansen sah ein breites Angebot an Winterhandschuhen. Allerdings gab es, wie er feststellte, zu keinem der ausgestellten Exemplare ein passendes Gegenstück.

Verwirrt nahm Hansen einen der Fäustlinge in die Hand. Wer kaufte einen rechten Handschuh, wenn es keinen linken dazu gab?

»Und was ist das?«, fragte er.

Vanessa nahm ihm den Pelzhandschuh ab und lächelte verführerisch.

»Das«, sagte sie und drängte sich an ihn, »ist ein Streichelhandschuh. Sehr erotisch.«

Nils Hansen wich hastig zurück, aber er kam nicht weit. Schon nach wenigen Schritten stieß er mit dem Rücken gegen die Wand mit den Pelzmasken.

***

Katharina Berg lächelte.

»Tut mir leid«, sagte sie. »Meine persönliche Meinung tut hier nichts zur Sache. Ich bin im Dienst.«

Thorsten Klinke nickte ruhig. Er legte seine Zigarette im Aschenbecher ab und stand auf.

»Ich möchte Ihnen etwas zeigen«, sagte er.

Aus einem Kasten über der Tür zu den hinteren Räumen zog er eine Leinwand herunter. Dann zauberte er auf einem höhenverstellbaren Tisch vor dem Fenster aus Notebook und Beamer eine Projektionsanlage.

»Das hier sind Bilder, die Freunde von uns auf der Nerzfarm im Kreis Plön geschossen haben, von der ich gestern sprach«, erläuterte er und griff wieder nach seiner Zigarette. »Heimlich natürlich.«

Katharina schluckte. Was Thorsten Klinke ihr da vorführte, war kein schöner Anblick. Hunderte von Nerzen, die zusammengepfercht in viel zu kleinen Drahtkäfigen hockten. Tote, blutige, gehäutete Tiere. Und ein Foto von einem Nerz, der seine kleine Schnauze durch den Maschendraht seines Gefängnisses steckte und sehnsüchtig in die Freiheit schaute.

Klinke drückte die Zigarette aus und drehte sich zu Katharina um.

»Wir wissen selbstverständlich nicht, wie es bei Kai Ruppert aussieht«, erklärte er. »Bisher ist es niemandem gelungen, sich zu seinem Gelände Zutritt zu verschaffen. Aber Rupperts Hof war bis vor Kurzem eine marode Hühnerfarm. Ich denke, es braucht nicht viel Phantasie, sich auszumalen, welche Zustände in seinen Stallgebäuden herrschen. Und unter welch erbarmungswürdigen Bedingungen seine Nerze leben.«

Er strich sich seine wirren Haare aus der Stirn.

»Nur um das klarzustellen: Ich bin dagegen, dass man überhaupt Pelze trägt. Dazu besteht heutzutage keine Notwendigkeit mehr.

131

Wir bauen unsere Werkzeuge ja auch nicht mehr aus Tierknochen. Aber das ist nichts, wogegen ich etwas tun könnte. Ob Pelztiere gezüchtet und Pelze angeboten werden, hängt von denen ab, die sie produzieren und verkaufen. Und von den Kunden natürlich. Wenn niemand mehr Pelze kauft, wird sie auch keiner mehr herstellen.«

Katharina nickte. Gedankenverloren nippte sie an ihrer Teetasse. Sie erinnerte sich plötzlich daran, wie sie als junges Mädchen davon geträumt hatte, die Welt zu retten. Ihre Idole waren Männer wie Thorsten Klinke gewesen. Alternative. Träumer. Idealisten. Männer in grünen Bundeswehrparkas mit langen Haaren und Bärten und warmen, volltönenden Stimmen, die Visionen heraufbeschworen, für die es sich zu kämpfen lohnte. Mit ihren Eltern war sie auf vielen Demonstrationen gewesen. Gegen Atomkraft. Gegen Gorleben. Für den Frieden. Doch nach ihrem Studium hatte sie sich entschieden, mit stärkeren Waffen für Gerechtigkeit zu kämpfen. Und sie fand das, was sie tat, noch immer wichtig. Trotzdem war es schade, dass sie darüber ihre rebellische Seite fast vergessen hatte.

»Was ich will …«, holte Thorsten Klinke sie in die Gegenwart zurück. »Was wir wollen«, verbesserte er sich, »ist, dass die Tiere, wenn sie schon für irgendwelche Luxusartikel sterben müssen, zumindest unter humanen Bedingungen leben dürfen.«

Er deutete auf das Foto des Nerzes, der sich mit seinen kleinen Krallen an dem engmaschigen Drahtgitter seines Käfigs festklammerte.

»Nerze sind Einzelgänger«, erläuterte Klinke. »Sie brauchen Auslauf. Und die Möglichkeit, zu schwimmen. Nach der neuen Tierschutz-Nutztierhaltungsverordnung von 2006 steht ihnen beides zu. Seit 2011 die zweite Stufe der Verordnung in Kraft getreten ist, dürfen Nerzkäfige nicht mehr übereinandergestapelt sein, und jedem Nerz muss eine Grundfläche von mindestens einem Quadratmeter zur Verfügung stehen.« Er lachte bitter. »Aber genützt hat es nicht viel. Nach wie vor werden die Nerze auf fast allen Farmen in Käfigen gehalten, die jedem Tier gerade mal eine Fläche von der Größe eines Schulheftes bieten. Und statt auf die Einhaltung der Gesetze zu pochen und die illegale Zucht zu verbieten, entscheidet das Oberverwaltungsgericht Schleswig, dass es den *Betreibern* nicht zuzumuten ist, die neuen Bestimmungen einzuhalten, weil das einem Berufsverbot gleichkäme.«

Klinke sah Katharina mit seinen dunklen Augen an.

»Die Tiere werden verrückt«, sagte er. »Sie werden aggressiv und greifen sich gegenseitig an. Und am Ende werden sie brutal vergast oder bei lebendigem Leib gehäutet.«

Klinke ließ sich wieder in seinen Sessel fallen und drehte sich eine neue Zigarette.

»Ich will, dass das aufhört.« Er deutete auf Mutter und Tochter Moll. »Wir alle wollen das.«

»Hm.« Katharina trank ihren Tee aus und stellte die Tasse zurück auf den verschrammten Tisch. »Sie liefern mir Ihr Mordmotiv auf dem Silbertablett«, stellte sie fest. »Der Tod von Britta Buddenberg muss Ihnen doch sehr gelegen kommen. Kein Nerzverkauf, kein Pelztiermord.«

Klinke erwiderte nichts. Nur seine Kiefermuskeln mahlten. Susanne Moll dagegen glitt die Teetasse aus den Händen und zerschellte auf den abgewetzten Dielenbrettern. Um ihre Schuhe herum bildete sich eine Pfütze.

Klinke sprang auf. Er nahm einen Lappen aus der Spüle und beseitigte das Malheur. Die Zigarette behielt er im Mundwinkel. Susanne Moll hustete, weil ihr der Rauch in die Augen stieg.

»Es tut mir leid«, sagte sie, und Katharina fragte sich, ob sie den verschütteten Tee meinte oder den Tod von Britta Buddenberg. Sie betrachtete Lina Moll.

Die junge Frau saß mit starrem Gesicht auf dem Sofa und war leichenblass geworden. Ihre Hände zitterten, und es klirrte leise, als sie ihre Tasse zurück auf den Unterteller stellte.

»Aber …«, sagte sie entsetzt und sah erst Thorsten Klinke und ihre Mutter und dann wieder Katharina an, »… Sie glauben doch nicht im Ernst, dass einer von uns etwas damit zu tun hat?«

★★★

Dorothea Nissen zog den schweren schwarzen Vorhang beiseite und machte einen Schritt in den dunklen Raum hinein. Dann blieb sie verblüfft stehen.

An die Wand mit den Pelzmasken gedrängt stand der junge Polizeibeamte, der schon am Sonntagmorgen im Laden gewesen war. Vanessa hatte sich an ihn gepresst und war gerade dabei, ihm das Uniformhemd von den Schultern zu schieben. Die zugehörige Jacke lag bereits auf dem Boden.

Dorothea lächelte. Manche Probleme lösten sich fast von allein.

Gerade hatte sie noch darüber nachgedacht, wo sie auf die Schnelle ein männliches Model für ihre »Friesen-Nerze«-Reihe herbekommen könnte, und nun stand die Lösung direkt vor ihr. Vielleicht war Vanessa doch nicht so dumm, wie sie gedacht hatte.

Der junge Beamte war gut gebaut. Er keuchte, und sein Gesicht hatte einen entrückten Ausdruck angenommen. Als er Dorothea bemerkte, wurde sein Kopf darüber hinaus so rot wie eine Signalleuchte. Wenn man ihn so sah, bekam der Begriff »Rotlichtmilieu« eine ganz neue Bedeutung.

Er schob Vanessa eilig von sich und griff nach seiner Uniformjacke. Mit gesenktem Blick wollte er sich an Dorothea vorbei aus dem Raum drücken. Sie streckte den Arm aus und versperrte ihm den Weg.

»Bitte. Bleiben Sie doch.«

Sie musterte ihn von oben bis unten. Ja. Er würde sich ausgesprochen gut machen in der neuen Kollektion. Gemeinsam mit Vanessa konnte sie wunderbare Szenen für ihre Fotostrecke arrangieren.

Sie sah ihn so lange an, bis er den Kopf hob.

»Ich hätte eine Frage«, sagte sie. »Haben Sie schon einmal bei Modeaufnahmen mitgewirkt?«

27

Katharina Berg lief die hübsche Einkaufsstraße »Im Bad« entlang. Vor den Geschäften drängten sich einkaufswillige Touristen.

Natürlich hatten weder Susanne Moll noch Thorsten Klinke für die Tatnacht ein Alibi. Die Pensionswirtin hatte die Kostüme für die Straßentheaterinszenierung genäht. Und Thorsten Klinke hatte an einem offenen Brief geschrieben, der nächste Woche in den »Husumer Nachrichten« erscheinen sollte.

Trotzdem wollte sie nicht glauben, dass einer der beiden für den Mord an Britta Buddenberg verantwortlich war. Nicht zuletzt weil, wie Thorsten Klinke ganz richtig bemerkt hatte, der Tod der Boutiquebesitzerin das Problem ja nicht löste. Der Verkauf der Pelzmäntel würde weitergehen. Vermutlich würde Dorothea Nissen die Geschäfte ihrer Halbschwester übernehmen.

Katharina taumelte und wäre beinahe mit einem muskelbepackten Mann in Tanktop und bunt bedruckten Bermudashorts zusammengestoßen.

Der Schlafmangel der letzten Nächte machte sich bemerkbar. Sie würde nur kurz mit Nils Hansen sprechen. Und dann würde sie sich in der Pension ein wenig aufs Bett legen.

★★★

Nils Hansen starrte die Fotografin ungläubig an. Er war Polizist und ein Bauernsohn aus Poppenrade. Wie, um alles in der Welt, hätte er dazu kommen sollen, sich fotografieren zu lassen?

»Nee«, sagte er. »Bisher nicht.«

»Das ist schade.« Dorothea Nissen trat einen Schritt zurück. »Ich bin sicher, Sie würden eine gute Figur abgeben.«

Hansen wischte seine schweißnassen Hände an der Hose ab.

»Nee«, wiederholte er. »Ich glaube, das ist nichts für mich.«

Vanessa trat dazu und lehnte sich bei ihm an. Nils Hansen spürte, wie sich sein Puls beschleunigte, und auch der Druck zwischen seinen Beinen wuchs wieder beängstigend an.

»Du könntest es doch versuchen«, hauchte das Model. »Wir machen ein paar Probeaufnahmen. Und wenn du keinen Spaß daran hast, lassen wir es. Aber vielleicht gefällt es dir ja auch.«

Nils Hansen schluckte. Warum, um Himmels willen, brachte er sich immer wieder in solch unmögliche Situationen? Reichte es nicht, dass er im letzten Jahr beim Sichten der Filme dieses Pornoproduzenten Ricardo Reiter schon ins Schwitzen gekommen war? Schon da war es ihm schwergefallen, die Kontrolle zu bewahren und sich darauf zu besinnen, dass er nur seine Arbeit tat. Wie sollte das erst werden, wenn es nicht bei Phantasien blieb, sondern sich die attraktive Vanessa vor der Kamera so an ihn schmiegte, wie sie das jetzt gerade tat?

Er versuchte, ein wenig Distanz zwischen sich und das Model zu bringen.

»Wir würden Sie natürlich bezahlen«, erklärte die Fotografin.

»Bezahlen?«

»Fünfhundert Euro«, schlug Dorothea Nissen vor.

»Im Monat?«

»Nein.« Die Fotografin lächelte. »Pro Shooting.«

Nils Hansen begann zu rechnen. Auf diese Weise würde er an drei Tagen mehr verdienen als in einem Monat als Polizeimeister. Und er könnte sich vielleicht noch in diesem Jahr sein erstes eigenes Auto leisten.

Aber durfte er das überhaupt? So ein Nebenjob musste sicher genehmigt werden. Was sollte er da in das Formular eintragen? Und außerdem waren die Fotografin und das Model unmittelbar in den Mordfall Buddenberg involviert. Sie waren zwar, soweit er wusste, nicht verdächtig, aber es war sicher nicht richtig, sich auf einen privaten Kontakt einzulassen.

»Nee«, sagte er. »Das geht nicht.«

Die Fotografin gab den Weg frei.

»Schade«, sagte sie. »Aber vielleicht überlegen Sie es sich ja noch einmal.«

Hansen wollte erleichtert die Flucht antreten, aber im selben Augenblick betrat Katharina Berg den Raum.

»Was sollen Sie sich überlegen?«

Dorothea Nissen lächelte.

»Wir wollten Ihren Kollegen für ein paar Modeaufnahmen engagieren. Aber er ziert sich.«

Katharina Berg betrachte ihn neugierig. Nils Hansen wäre vor Scham am liebsten im Boden versunken.

»Ach so? Das ist doch ein interessantes Angebot«, sagte sie.

»Aber …« Hansen stotterte. »Das geht doch nicht. Ich meine … ich bin Polizist. Und wir ermitteln in einem Mordfall.«

Katharina Berg winkte ab.

»Sie sollen es ja auch nicht während der Arbeit tun. Aber in Ihrer Freizeit …«

Nils Hansen sah hektisch zwischen den drei Frauen hin und her. Er kam sich vor wie ein Fisch, der hilflos im Netz zappelte. Und er hatte keine Ahnung, wie er aus dieser Nummer wieder herauskommen sollte.

»Na gut«, seufzte er. »Ich kann es ja versuchen.«

Dorothea Nissen und Vanessa Schultheis strahlten. Katharina Berg nickte beifällig. Um ihre Mundwinkel lag ein Schmunzeln. Nils Hansen hätte einiges dafür gegeben, wenn er gewusst hätte, was sie in diesem Moment dachte.

★★★

Katharina Berg ließ sich aufs Bett fallen und hatte das Gefühl, auf den weichen Kissen zu schweben wie auf einer Wolke. Angenehm …

Das Zimmer war bereits sauber gemacht worden, im Bad hingen frische Handtücher, und auf dem kleinen Tisch neben dem Bett standen ein paar bunte Blumen in einer Vase. Daneben warteten eine Flasche Mineralwasser und ein umgestülptes Glas. Der Familie Moll lag offensichtlich etwas daran, dass ihre Gäste sich wohlfühlten.

Katharina kramte ihr Handy aus dem Rucksack und wählte.

»Mama?«, sagte sie, als sich Ellen Berg am anderen Ende meldete.

»Katharina?« Die Stimme ihrer Mutter klang besorgt. Schließlich hatten sie erst gestern Abend miteinander telefoniert. »Ist etwas passiert?«

»Nein.« Katharina hatte das Gefühl, dass ihr Kopf im Kissen versank wie ein Stein im Meer. »Ich bin nur in die Pension gegangen, um mich ein wenig auszuruhen.«

»Jetzt?« Katharina konnte förmlich sehen, wie ihre Mutter die Stirn runzelte. »Ich dachte, du ermittelst in einem Mordfall.«

Katharina kuschelte sich unter die Bettdecke.

»Ich habe nicht viel Schlaf bekommen in den letzten beiden Nächten«, erklärte sie.

»Das hat dich früher nicht gestört«, bemerkte ihre Mutter.

Zu Recht. Als Tochter eines Schauspielers und einer Inspizientin war sie durchfeierte Nächte und ständig wechselnde Lebensrhythmen gewohnt. Sie konnte sich auch nicht erinnern, wann sie jemals so müde gewesen war wie jetzt. Aber es war kein unangenehmer Zustand. Sie fühlte sich leicht. Schwerelos. Befreit.

»Keine Sorge«, sagte sie. »Mir geht's gut.« Offenbar zu laut, denn ihre Mutter schnalzte mit der Zunge.

»Du brauchst nicht zu schreien«, entgegnete sie. »Mit meinen Ohren ist alles in Ordnung.«

»Tu ich doch gar nicht«, protestierte Katharina und bemerkte im selben Moment, dass sie tatsächlich die Stimme erhoben hatte. Und dass es ihr schwerfiel, die Worte richtig zu artikulieren.

»Katharina!« Ihre Mutter, sonst immer zu Scherzen aufgelegt, klang ungewöhnlich ernst. »Hast du etwas genommen?«

»Natürlich nicht!« Katharina schüttelte den Kopf, der unmittelbar zu dröhnen begann. Waren das immer noch die Nachwirkungen der Fußballparty in der Polizeistation? »Ich hab nur gestern mit einigen Kollegen hier vor Ort ein paar Bier getrunken«, erklärte sie und achtete sorgfältig auf ihre Aussprache.

»So«, sagte ihre Mutter. Katharina fand, dass sie sich nicht beruhigt anhörte.

»Stell dir vor«, berichtete Katharina, um das Thema zu wechseln. »Dorothea Nissen hat Polizeimeister Hansen als Fotomodel engagiert. Für eine Reihe über Friesennerze.«

»Aha.«

Ihre Mutter hatte natürlich bemerkt, dass sie die Diskussion über ihre Abendgestaltung nicht vertiefen wollte. Zum Glück respektierte sie Katharinas Wunsch.

»Darf er das denn?«, erkundigte sie sich. »Für Leute arbeiten, die in einen Mordfall verwickelt sind?«

Katharina streckte sich.

»Wenn er es zu seinem Vergnügen täte, sicher nicht. Aber ich hatte einen Hintergedanken, als ich ihn ermutigt habe, den Job anzunehmen.«

Ihre Mutter lachte leise.

»Du glaubst, er bringt Dinge in Erfahrung, die man euch sonst verheimlichen würde?«

»Wer weiß?«

»Und du meinst, ihm gefällt das? So ein Einsatz undercover?« Katharina schmunzelte.

»Ich hab's ihm nicht verraten«, erklärte sie. »Ich bin mir nicht sicher, ob er über die nötigen schauspielerischen Fähigkeiten verfügt.«

»Wenn du da jemanden brauchst, schicke ich dir deinen Vater«, warf ihre Mutter ein.

Katharina zog sich ein weiteres Kissen heran und stopfte es unter ihren Kopf, der sich sonderbar schwer anfühlte.

»Ich komme darauf zurück«, sagte sie. Sie würde sich freuen, ihren Vater zu sehen. Sie hatten viel zu selten die Gelegenheit dazu. Wenn er nicht gerade im Hamburger Thalia-Theater auf der Bühne stand, war er meist zu Filmaufnahmen um den halben Globus unterwegs.

Sie presste Daumen und Zeigefinger gegen die Stirn und versuchte, sich zu konzentrieren.

»Was ich dich fragen wollte …«

»Ja?«

»Sagt dir der Name Vanessa Schultheis etwas? Eines der Models aus der Agentur von Britta Buddenberg und Dorothea Nissen. War sie vielleicht bei diesem Stück dabei, das Pavel inszeniert hat?«

Ihre Mutter seufzte.

»Ach Gott, Namen. Die habe ich mir natürlich nicht gemerkt. Wie sieht das Mädchen denn aus?«

»Proper.« Katharina kicherte. »Nicht dick, aber sie könnte es werden.« Sie massierte ihre Stirn. »Relativ klein für ein Model. Wunderschöne lange braune Locken. Und rehbraune Augen.«

»Ah!« Ihre Mutter schnalzte mit der Zunge. »Jetzt erinnere ich mich. Ja, ich glaube, die junge Frau hieß Vanessa. Sie ist mir aufgefallen, weil sie so anders war.«

»Ach ja?«

»Ihre Kolleginnen hatten alle Angst vor Britta Buddenberg«, erläuterte ihre Mutter. »Aber diese Vanessa nicht. Im Gegenteil. Sie hat sie bewundert. Dabei hat die Buddenberg sie kein Stück besser behandelt als die anderen.« Ellen Berg schnaubte leise. »Aber so ist das wohl mit Idolen, nicht wahr? Man blickt zu ihnen auf und stellt sie nicht in Frage.«

Katharina lachte. Wenn es einen Menschen gab, der sich nicht von irgendetwas blenden ließ, dann war das ihre Mutter.

»Du musst es ja wissen«, spottete sie. Anscheinend wieder mit einer verwaschenen Artikulation, denn ihre Mutter lachte nicht mit. Stattdessen klang sie ungewohnt ernst.

»Ruh dich ein bisschen aus, mein Mädchen«, sagte sie.

»Hm«, machte Katharina und drückte das Gespräch weg. Dann sank ihr Kopf zur Seite, und wenige Sekunden später war sie eingeschlafen.

28

Der Regen pladderte. Große Tropfen knallten auf das Kopfsteinpflaster, das nass im Licht der Scheinwerfer glänzte. Die holländische Brücke und der liebliche Kanal verschwanden fast hinter der Wand aus aufgewirbelten Tröpfchen.

Nils Hansen streckte die Arme aus und drehte sich einmal um die eigene Achse. Der blaue Südwester, den sie ihm gegeben hatten, hatte einen stabilen Schirm an der Kapuze und hielt die Feuchtigkeit zuverlässig von ihm fern. Auch die Regenhose und die Gummistiefel in derselben Farbe waren von hervorragender Qualität. Er fühlte sich warm und trocken und geborgen.

Eine Gruppe Spaziergänger, die vom Regen überrascht worden war, eilte an ihnen vorbei. Vermutlich wollten sie am großen Marktplatz mit den schönen alten Häusern in einem der Restaurants oder Cafés Unterschlupf suchen. Sie sahen neugierig zu Nils Hansen, Vanessa Schultheis und Dorothea Nissen herüber, mochten aber angesichts des Wetters nicht stehen bleiben.

Dorothea Nissen hatte für ihr Equipment ein Zelt errichtet, unter dem sie selbst und ihre teure Kamera Schutz fanden. Es war tannengrün und hatte nicht nur ein Dach, sondern auch solide Seitenwände. Im dichten Regen verschmolz es fast mit den Büschen und Bäumen am Ufer des Kanals.

Vanessa Schultheis befand sich in der prekärsten Lage. Sie trug einen kurzen schwarzen Nerzmantel mit einem voluminösen Pelzkragen, aber ohne Kapuze. Ihre Beine steckten in dünnen Strumpfhosen, ihre Füße in hochhackigen Pumps, mit denen sie immer wieder im feuchten Gras einsank. Ihre braunen Locken ringelten sich durch die Feuchtigkeit. Sie hatte einen riesigen pinkfarbenen Regenschirm aufgespannt. Bisher war sie trocken geblieben, weil der Regen von oben kam. Mit der ersten kräftigen Windbö würde sich das allerdings ändern.

Nils Hansen war überrascht, wie hübsch es in Friedrichstadt war. Obwohl er nur knapp zwanzig Kilometer von hier aufgewachsen war, konnte er sich nicht an einen Besuch in der Eiderstedter Holländerstadt erinnern. Dabei war er sich sicher, dass seine Mutter, die ein Faible für kleine, originelle Geschäfte hatte, häufig hierherfuhr. Aber da sie in Ruhe stöbern wollte, nahm sie ihn und seinen ungeduldigen Vater natürlich nicht mit.

»Stellen Sie sich zu Vanessa unter den Schirm«, rief Dorothea Nissen.

Nils Hansen kam ihrer Aufforderung nach und hörte den Auslöser der Kamera klicken. Vanessa presste sich an ihn und strich ihm mit der freien Hand über die Wange. Hansen spürte, wie sich zwischen seinen Beinen etwas regte. Er versuchte, an etwas Ernüchterndes zu denken. Den Abwasch, der sich in seiner Spüle türmte. Die verdreckte Uniform, die zum Einweichen in seinem Waschbecken lag. Oder eine kalte Dusche.

»Ja, das ist wunderbar!«, lobte die Fotografin. »Und jetzt küsst euch.«

Nils Hansen erstarrte. Das ging doch nicht. Er fand Vanessa toll, aber er war nicht mit ihr zusammen. Also konnte er sie auch nicht küssen. Er schüttelte den Kopf und trat einen Schritt zurück. Sofort prasselte der Regen wieder auf seine Kapuze.

»Nur ein Theaterkuss!«, verlangte Dorothea Nissen. »Pressen Sie die Lippen fest zusammen. Und dann tun Sie so, als würden Sie sie küssen.«

Hansen schluckte. Er machte die Lippen so dünn, wie er nur konnte. Vanessa beugte sich zu ihm. Sie hatte ihren Mund leicht geöffnet und drückte ihre vollen warmen Lippen auf seine.

Die Berührung traf Hansen wie ein Blitz. Er raste durch seinen

Körper und kam direkt zwischen seinen Lenden an. Eilig ging er wieder auf Abstand.

»Ja. Das war nicht schlecht«, erklärte die Fotografin. »Aber ich brauche die Einstellung noch mal.«

Nils Hansen begann zu schwitzen. Vanessa griff nach seinem Kragen und zog seinen Kopf zu sich heran. In ihren Augen blitzte der Schalk. Wieder legten sich ihre weichen Lippen auf seine. In seinem Kopf begann sich alles zu drehen. Wie von selbst öffnete sich sein Mund, und der Kuss verlor den letzten Anschein von Theater.

Was für eine Frau! Seine Kollegen würden Augen machen, wenn er mit einer solchen Granate bei der nächsten Party auftauchte. Aber er war kein Idiot. Er wusste, dass sich Frauen wie Vanessa nicht für Männer wie ihn interessierten. Sicher spielte sie nur mit ihm. Auch wenn er sich gern für einen Moment der Illusion hingab, dass es etwas anderes war.

»Danke! Das reicht!«, rief Dorothea Nissen, und Vanessa beendete den Kuss so abrupt, dass Nils Hansen beinahe aus dem Gleichgewicht geriet.

Vanessa hob die Hand und öffnete den Verschluss seiner Kapuze. Dann schob sie die Kappe mit einer sanften Bewegung von seinem Kopf. Zärtlich strich sie ihm eine vorwitzige Haarsträhne aus der Stirn. Nils Hansen keuchte. Wenn das so weiterging, würde er die Kontrolle verlieren.

»Okay. Jetzt«, sagte Dorothea Nissen.

Hansen sah sie verwirrt an. Er hatte keine Ahnung, was sie von ihm wollte.

Vanessa machte einen Schritt zur Seite. Von ihrem Regenschirm ergoss sich ein Schwall Wasser in Hansens Kragen. Er lief ihm kalt den Rücken hinunter, rann durch seine Hosenbeine und landete in seinen Gummistiefeln.

»Igitt!« Nils Hansen schüttelte sich. Er spürte, wie das Wasser seine Hose durchdrang und sich zu seiner Unterwäsche vorarbeitete. Eilig wollte er zurück zu Vanessa unter den Schirm. Doch die Fotografin hatte etwas dagegen.

»Stopp! Bleiben Sie so!«, rief sie. »Das will ich genau so haben.«

Hansen zauderte, aber dann sah er Dorothea Nissens grimmige Miene.

Schnell nahm er seine Position wieder ein.

Die Fotografin nickte zufrieden. Das war wirklich ein herrliches Bild. Das unantastbare Model im schwarzen Pelz, von dessen rosafarbenem Regenschirm eine Kaskade in den Kragen des blauen Südwesters floss. Und daneben der junge Polizist, der aussah wie ein begossener Pudel. Bestraft. Erniedrigt. Gedemütigt.

Nils Hansen stand stocksteif, während der Wasserfall von Vanessas Schirm langsam seine Kleider durchnässte. Hatte er sich nicht eben noch eine kalte Dusche gewünscht? Hinsichtlich der Wirkung hatte er sich allerdings getäuscht.

29

Susanne Moll spülte die schmutzigen Teetassen und Teller ab und stapelte das Geschirr auf der winzigen Spüle des Buchcafés. Thorsten Klinke rollte sich eine neue Zigarette und zündete sie an.

Susanne Moll drehte sich zu ihm um.

»Was sollen wir denn jetzt nur tun?«, fragte sie.

Klinke lehnte sich auf dem Sofa zurück und stieß eine Rauchwolke aus.

»Ich verstehe nicht, was du meinst.«

Susanne Moll schnaubte.

»Du bringst uns alle in Schwierigkeiten. Ständig.« Sie drehte das Geschirrtuch zusammen, als wollte sie es erwürgen. »Jetzt gehören wir sogar zu den Verdächtigen in einem Mordfall!«

Thorsten Klinke hob die Hände.

»Also, ehrlich, Susanne. Dafür kann ich nun wirklich nichts.« Er schaute zu Lina, die still in der Ecke auf einem Stuhl saß und scheinbar völlig in das Buch versunken war, in dem sie blätterte. »Und ich glaube auch nicht, dass die Kommissarin uns ernsthaft als Täter in Erwägung zieht. Obwohl …« Er grinste. »Das wäre schon ein Hingucker. Stell dir nur die Schlagzeile vor: ›Tierschützer ziehen in den Krieg. Jetzt geht es den Pelztiermördern an den Kragen.‹«

Susanne Moll verzog den Mund.

»Lustig, Thorsten. Ganz lustig. Aber vielleicht denkst du auch mal daran, dass wir eine Pension haben? Meinst du, zu uns kommen noch Gäste, wenn wir unter Mordverdacht stehen?«

Klinke zog an seiner Zigarette und formte einen Rauchkringel, der zur Decke schwebte.

»Darüber solltest du besser mit deinem Mann sprechen. Oder denkst du, es ist eine gute Werbung für euch, wenn er Steine in Schaufensterscheiben schmeißt?«

Susanne Moll warf das Geschirrtuch auf die Spüle.

»Das hat er doch nur getan, weil du ihn angestachelt hast!«, rief sie erbost.

Klinke schüttelte den Kopf. Er breitete die Arme auf den Sofalehnen aus, was ihm eine verblüffende Ähnlichkeit mit dem gekreuzigten Jesus verlieh.

»Ich hetze niemanden auf. Und du weißt genau, dass ich Gewalt verabscheue.«

»Ach ja?« Susanne Moll stemmte die Fäuste in ihre üppigen Hüften. »Und wer hat die Bretter aus der Verrammelung der Boutique gerissen? Das warst doch du!«

Lina blickte von ihrem Buch auf. Ihr Gesicht war wachsbleich.

»Könnt ihr nicht aufhören zu streiten?«, fragte sie. »Das ist doch alles schon schlimm genug.«

Susanne Moll sah ihre Tochter überrascht an. Dann nickte sie und ließ sich neben Klinke auf das Sofa fallen. Lina hatte ja recht. Wenigstens die Mitglieder von »Free Nature« sollten zusammenhalten.

★★★

Nils Hansen hockte vor der »Buchhandlung Tewes« auf einem der blauen Metallsitze der Bank, die um eine Kiefer – oder war es eine Fichte? – herum errichtet worden war. Allen Bemühungen seines Vaters zum Trotz konnte er Nadelbäume einfach nicht auseinanderhalten. Was nur eines von mehreren Indizien dafür war, dass er nicht zum Bauern taugte.

Der Regen hatte ebenso plötzlich wieder aufgehört, wie er

eingesetzt hatte. Nur von den Ästen des Baumes fielen noch ein paar Tropfen.

Nils Hansen spielte unschlüssig mit dem Smartphone in seiner Hand. Er musste dieser Sache ein Ende machen. Es ging nicht an, dass er sich von einer ausgeflippten Fotografin vorführen und demütigen ließ. Und dass die peinlichen Bilder, die sie von ihm machte, am Ende in einem Erotikmagazin landeten. Was, wenn ihn dort jemand entdeckte, der ihn kannte? Sein Ruf wäre ja für alle Zeit ruiniert. Das musste auch Katharina Berg einsehen. Entschlossen rief er im Adressbuch seines Smartphones ihre Handynummer auf. Er holte tief Luft, als sie sich meldete.

»Frau Berg? Polizeimeister Nils Hansen hier«, sagte er förmlich.

»Ja?« Die Stimme der Kriminalhauptkommissarin klang irgendwie verwaschen. So, als hätte sie ein kleines Nickerchen eingelegt und wäre gerade erst wieder zu sich gekommen.

»Diese Aufnahmen«, erklärte Nils Hansen. »Das geht so nicht.«

»Weshalb?«, erkundigte sich Katharina Berg, die langsam wach zu werden schien. »Haben Sie den Eindruck, Sie sind nicht fotogen genug?«

Ein blasiert aussehendes Paar schritt an Hansen vorbei, er mit weißer Hose und Slippers, blauem Pullover, goldener Uhr und Halskette, sie mit hautengen Jeans im Used-Look, einem knapp sitzenden T-Shirt mit üppigen Applikationen und rosafarbenen High Heels. Die beiden warfen ihm einen schiefen Blick zu. Offenbar waren sie der Ansicht, dass ein Staatsbeamter im Dienst nicht müßig auf einer Bank zu sitzen und zu telefonieren hatte. Hansen starrte ärgerlich zurück, bis die beiden mit einem überheblichen Schulterzucken weitergingen.

»Das ist es nicht«, sagte er zu Katharina. »Aber ich bin Polizist. Es geht doch nicht, dass Fotos von mir in so einem … *Heft* erscheinen.«

»Ach so.« Er meinte zu sehen, wie die Kriminalhauptkommissarin schmunzelte. »Sie sorgen sich um Ihr Image.« Sie legte eine kleine, bedeutungsvolle Pause ein. »Und ich dachte, es würde Ihnen Spaß machen.«

Nils Hansen spürte, wie ihm das Blut in den Kopf schoss. Die andere Hälfte schlug die Gegenrichtung ein und kribbelte zwischen seinen Beinen.

»Ja. Nein«, stammelte er und war froh, dass ihn Katharina in diesem Moment nicht sehen konnte. Es war wirklich nicht zu glauben. Er war doch keine sechzehn mehr. Aber jedes Mal, wenn es um Sex ging, benahm er sich wie ein pubertierender Jugendlicher.

»Wir werden natürlich dafür sorgen, dass die Bilder nicht veröffentlicht werden«, erklärte Katharina.

Nils Hansen entspannte sich.

»Das ist gut«, erwiderte er. Dann runzelte er die Stirn. »Aber …«

»Ja?«

»Wenn sie gar nicht gedruckt werden … wozu machen wir sie dann?«

Katharina Berg lachte leise. Ein tiefes, gurrendes, entspanntes Lachen. Hansen konnte das Vibrieren ihrer Stimmbänder geradezu spüren. Es kitzelte sein Ohr und streichelte ihn von innen.

»Sie waren doch auf der Polizeischule«, säuselte Katharina. »Hat man Sie dort nicht über verdeckte Ermittlungen aufgeklärt?«

Nils Hansen richtete sich auf seiner Bank auf. Das Blut aus Kopf und Lenden verteilte sich wieder ordnungsgemäß im gesamten Körper. Dafür schwoll ihm die Brust.

»Sie meinen … ich bin da als Undercoveragent?«

Am anderen Ende hörte er ein leises Prusten.

»Na ja. In Ihrem Fall …«, entgegnete Katharina, »… mit diesen Gummisachen, die Dorothea Nissen da für Sie eingepackt hat – vielleicht eher als Under-Rubber-Agent.«

★★★

Katharina lachte noch, als sie das Telefon zurück auf den Nachttisch legte. Dann überfiel sie plötzlich das schlechte Gewissen. Nils Hansen war ein freundlicher und hilfsbereiter Kollege. Er war vielleicht ein wenig verklemmt, aber er leistete gute Arbeit. Es war einfach nicht nett, ihn ständig zu verspotten.

Sie würde sich etwas einfallen lassen, um das wiedergutzumachen. Vielleicht eine Einladung zum Essen in die »Sandperle« oder ins »Deichkind« direkt an dem großen Platz vor der Seebrücke, wo man auf gemütlichen Sonnenterrassen sitzen und über die Salzwiesen zur Nordsee schauen konnte. Natürlich sah man das

Meer nicht wirklich, dazu war es zu weit weg. Aber zumindest wusste man, dass am Ende der Seebrücke der Strand lag.

Oder sie schenkte ihm etwas, das er für seine Arbeit gebrauchen konnte. Eine leistungsstarke Miniaturtaschenlampe. Ein Universalmesser. Oder – Katharina kicherte schon wieder – eine von diesen Wathosen, mit denen man bis zur Brust im Wasser stehen konnte, ohne nass zu werden. Oder auch – wie sie seit ihren Ermittlungen im Fall des ermordeten Pornoproduzenten wusste –, um das Gegenteil zu erreichen.

***

Nils Hansen starrte auf die Geschäftsbücher der »Venus«, die vor ihm auf dem Tisch lagen. Mehrere dicke Ordner, vollgestopft mit Papieren. Lange Seiten mit Zahlenkolonnen. Verträge mit endlosen juristisch verbrämten Texten. Und Schnittmuster für Pelzjacken und erotische Spielzeuge.

Hansen schob sie eilig beiseite und widmete sich der Kalkulation.

Von draußen klopfte jemand an die Tür des winzigen Büros hinter den Geschäftsräumen der Boutique.

»Nils?«, rief Vanessa Schultheis. »Nils! Mach doch mal auf.«

Nils Hansen presste sich die Hände auf die Ohren. Sein Bedarf an erotischen Verwicklungen war für den heutigen Tag mehr als gedeckt. Er musste sich jetzt dringend auf die Geschäftsunterlagen konzentrieren. Sonst würde Katharina Berg am Ende einen anderen Kollegen anfordern, der sie bei ihren Ermittlungen unterstützte. Und er konnte sich den dritten hellblauen Stern und die Hoffnung, eines Tages bei der Kriminalpolizei zu arbeiten, endgültig abschminken.

Vanessa hämmerte gegen das dünne Holz.

»Nils!«

Hansen nahm die Hände herunter.

»Ich kann jetzt nicht«, brüllte er zurück. »Ich muss arbeiten.«

Für einen Moment herrschte Stille. Dann hörte er wieder Vanessas Stimme. Sie forderte nicht mehr, sondern schnurrte wie eine Katze.

»Nils. Komm. Nur für ein paar Minuten. Die Nissen ist wieder weg. Wir sind ganz allein. Ich wollte dir doch noch etwas zeigen.«

Nils Hansen schluckte. Diese wunderschöne Frau schien sich tatsächlich für ihn zu interessieren. Und er spürte, wie sein Körper darauf reagierte.

Er stand auf und streckte seine Hand nach dem Schlüssel aus. Dann zog er sie wieder zurück.

»Nein«, sagte er und setzte sich wieder an den Schreibtisch.

Er fischte ein Papiertaschentuch aus der Hosentasche, riss zwei kleine Stücke ab und schob sie sich zusammengerollt in die Ohren. Er würde nicht noch einmal dieselben Fehler machen wie bei seinem letzten gemeinsamen Fall mit Katharina Berg. Dieses Mal würde er jenen Körperteil zum Denken benutzen, der auch dafür vorgesehen war.

30

Über dem Meer hing dichter Nebel. Das fahle weiße und rote Licht des Böhler Leuchtturms, das alle fünfzehn Sekunden aufleuchtete, verlor sich in den feinen Tropfen. Von den Salzwiesen flatterten Seevögel auf und verschwanden in der undurchdringlichen Wand.

Katharina lief durch den feuchten Sand. Ihre Füße sanken tief ein, und sie kam nur mühsam voran. Direkt vor ihr tauchte ein dunkler Schemen auf.

Im nächsten Moment löste sich eine Gestalt aus dem Nebel. Es war ein Mann auf einem weißen Pferd. Er trug einen verwegenen Hut mit Krempe und einen dunklen Umhang. D'Artagnan. Oder der Schimmelreiter. Oder … Thorsten Klinke.

Er sprang mit einer geschmeidigen Bewegung aus dem Sattel und beugte ein Knie. Im selben Atemzug zog er schwungvoll den Hut. Er war mit einer Pfauenfeder geschmückt. Erst jetzt bemerkte Katharina die Stulpenhandschuhe und den Degen, den Klinke trug.

Seltsam.

Klinke nahm Katharinas Hand und hauchte einen Kuss darauf. Dann zog er sie zu sich in den Sand.

Im nächsten Moment lichtete sich der Nebel. Er wurde nach oben gezogen wie ein Theatervorhang, und ein Feuerwerk explodierte vor dem dunklen Himmel.

Rote und gelbe, blaue und grüne Sterne blühten auf. Sie wuchsen und flossen ineinander, bildeten neue, grelle Farben, bis der Himmel aussah wie die Farbpalette eines in Ekstase geratenen Malers.

Auch Thorsten Klinke hatte sich verändert. Aus seinem Hut mit der Pfauenfeder war ein orangefarbenes Ungetüm geworden, und aus den Stulpenhandschuhen wuchsen lange, neongrüne Finger, die sich nach ihr ausstreckten. Der Schimmel blähte sich auf und lief blau an. Und dann setzte auch noch eine Lichtorgel ein und warf buntes, zuckendes Stroboskoplicht auf die Szenerie.

Katharina Berg schlug die Augen auf. Thorsten Klinke und sein blaues Pferd verschwanden, aber die grellen Farben blieben. Und ihr Schädel dröhnte, als hätte ihr jemand einen Knüppel über den Kopf gezogen.

Katharina stöhnte und ließ sich zurück in die Kissen fallen.

★★★

Als sie das nächste Mal die Augen öffnete, waren die grellen Farben verschwunden. Dafür drehte sich das gesamte Zimmer um sie herum. Nicht schnell, wie bei einem Karussell, sondern wie in Zeitlupe. Millimeter für Millimeter bewegten sich das Fenster und der Schrank an ihrem Bett vorbei, verschwanden und tauchten wieder auf.

Katharina griff nach dem Wasserglas, das auf dem Nachtschränkchen neben ihr stand. Sie konnte sich nicht erinnern, schon jemals dermaßen abgestürzt zu sein. Dabei hatte sie seit letzter Nacht keinen Alkohol mehr getrunken. Und am Morgen war, abgesehen von einem flauen Gefühl im Magen, alles in Ordnung gewesen.

Katharina presste die Hände auf die Augenlider und dachte nach. Die Möbel ihres Pensionszimmers drehten sich weiter an ihr vorbei.

Na, wunderbar. Sie musste die Augen nicht einmal öffnen und konnte trotzdem alles sehen. Nur, dass das, was sie sah, eine Illusion war.

Ärgerlich massierte sie ihre Stirn. Das war nicht normal. Das waren eindeutig Symptome einer Intoxikation. Und dafür gab es nur eine Erklärung: Thorsten Klinke musste ihr heimlich irgendetwas in den Tee geschüttet haben. Auch wenn sie keine Ahnung hatte, was. Und weshalb.

★★★

Sie hatte gerade erst die Haustür hinter sich zugezogen und war ein paar Schritte in Richtung des Buchcafés gegangen, um Klinke zur Rede zu stellen, als ihr Handy zu läuten begann. Katharina zerrte es aus dem Rucksack und meldete sich.

»Berg?«

Am anderen Ende war Polizeimeister Nils Hansen. Er war so aufgeregt, dass er kaum sprechen konnte.

»Langsam, Hansen«, bat Katharina, die bei der stakkatoartigen Informationsflut, die er über ihr ausschüttete, schon wieder Kopfschmerzen bekam. »Nur das Wichtigste. In kurzen, einfachen Sätzen.«

Am anderen Ende herrschte eine ganze Weile Funkstille. Offensichtlich erforderte es Zeit, die Gedanken in Nils Hansens Kopf in eine geordnete Reihenfolge zu bringen. Sie hörte, wie er tief Luft holte.

»Der Mann mit der Nerzfarm«, sagte er dann. »Kai Ruppert. Der hatte einen Privatkredit von Britta Buddenberg. Achtzigtausend Euro. Und heute, am Montag, wäre die erste Rate fällig gewesen. Zehntausend Euro.«

Katharina schnalzte mit der Zunge.

»Sie meinen, er hatte das Geld nicht? Und dann hat er Britta Buddenberg umgebracht, damit er nicht zahlen muss?«

Der junge Polizeimeister erwiderte nichts. Offenbar war er sich nicht sicher, ob ihre Nachfrage ein Lob oder ein Donnerwetter einleiten sollte.

»Gute Arbeit, Hansen«, sagte sie. »Wir fahren sofort nach Flensburg zum Landgericht und überreden den Staatsanwalt, uns einen Durchsuchungsbeschluss zu besorgen.«

Am anderen Ende erklang ein Geräusch, das sie nicht deuten konnte. Es erinnerte an eine Ente, die ihren Kopf aus einem dichten Algenteppich zog. Womöglich handelte es sich aber auch um einen unterdrückten Triumphschrei.

»Ich bin sofort da«, schmetterte Hansen in den Hörer und drückte das Gespräch weg.

Katharina setzte sich vor der »Pension Moll« auf die Bordsteinkante. Das Gespräch mit Thorsten Klinke musste warten. Was vielleicht ohnehin besser war. Um sich mit einem kampferprobten Gegner wie Klinke zu messen, war es gut, einen klaren Kopf zu haben.

31

Der Streifenwagen rumpelte über den holprigen Feldweg zum Hof von Kai Ruppert. Auf der anderen Seite erstreckten sich grüne Weiden, auf denen in regelmäßigen Abständen Heuräder standen. Sie leuchteten im gelblichen Licht der Morgensonne. Dazwischen huschten die Schatten schwarzer Wolken vorbei, die in rasender Geschwindigkeit über den Himmel zogen.

Katharina sog das herrliche Bild in sich auf. Es war diese Weite, die sie an Eiderstedt so liebte. Dem Ruppert-Hof allerdings half auch das weiche Licht nicht. Er sah im Kontrast zu den leuchtenden Wiesen noch verfallener aus.

Nils Hansen parkte das Polizeiauto quer vor dem Wohnhaus, machte aber keine Anstalten, auszusteigen.

Katharina Berg sah ihn stirnrunzelnd an. Auf der gesamten Fahrt hierher hatte er sich darüber ereifert, dass sich ihr alter Freund Dr. Rainer Ohlhoff, der zuständige Kapitaldezernent bei der Flensburger Staatsanwaltschaft, einen Abend lang Zeit gelassen hatte, um sich einen Überblick über die Unterlagen zu verschaffen, sodass sie sich mit dem Dursuchungsbeschluss bis zum nächsten

Morgen hatten gedulden müssen. Und jetzt saß er auf seinem Sitz wie festgenagelt.

»Was ist los, Hansen?«, erkundigte sie sich. »Gerade eben hatten Sie es doch noch so eilig.«

Nils Hansen fuhr das Wagenfenster ein Stück herunter. Katharina hörte lautes Gebell. Dann erschienen die gewaltigen Köpfe zweier Dobermänner am Drahtzaun, der um die Ställe herumführte. Im selben Moment öffnete sich die Tür des Wohnhauses, und Kai Ruppert trat heraus.

»Da ist Ruppert«, sagte Nils Hansen, ohne auf Katharinas Frage einzugehen.

Katharina blickte zwischen dem jungen Polizeimeister und den wie entfesselt am Zaun randalierenden Hunden hin und her. Sie hatte sehr wohl bemerkt, dass er abzulenken versuchte. Aber eine weitere Erklärung war auch gar nicht nötig.

Sie betrachtete den Besitzer der Nerzfarm, der mit vor der Brust verschränkten Armen vor seinem Haus stehen geblieben war und zu ihnen herüberschaute. Mit seinem Army-Outfit und dem vernarbten Gesicht sah er aus wie das Klischee eines Afghanistan-Veteranen. Vermutlich war er kein besonders kooperativer Gesprächspartner. Sie öffnete die Wagentür und ging auf den Mann zu. Nils Hansen folgte ihr.

»Herr Ruppert?«, fragte Katharina und streckte den Arm aus. »Ich bin Kriminalhauptkommissarin Katharina Berg von der Polizeidirektion Husum.«

Kai Ruppert nahm ihre Hand nicht. Stattdessen spuckte er das Streichholz, auf dem er herumgekaut hatte, vor ihre Füße.

»Und?«

Katharina lächelte süß. Der Mann war tatsächlich ein wandelndes Klischee. Wahrscheinlich hatte er als Kind davon geträumt, Martial-Arts-Darsteller zu werden.

»Wir würden uns gern mit Ihnen unterhalten«, flötete sie. Wenn er glaubte, ein naives Frauchen vor sich zu haben, würde sie ihn eine Weile in dem Glauben lassen. Leute, die sich sicher fühlten, machten schneller Fehler.

Ruppert zog eine Augenbraue hoch. Ansonsten bewegte sich kein Muskel in seinem Gesicht. Vermutlich hatte er lange dafür geübt.

»Ich nicht«, erklärte er.

Katharina nickte, als würde sie ernsthaft darüber nachdenken, unverrichteter Dinge wieder abzuziehen. Dann setzte sie eine bedauernde Miene auf.

»Tut mir leid«, sagte sie scheinheilig. »Aber ich muss Sie fragen, wo Sie in der Nacht von Samstag auf Sonntag waren. Die Geschichte, die Sie meinem Kollegen vorgestern aufgetischt haben – der gemeinsame Fernsehabend mit Ihrem Sohn –, war ja offensichtlich gelogen. Wir wissen inzwischen, dass Ihr Sohn nicht hier, sondern am Böhler Strand war. Und da würde uns interessieren, was Sie in dieser Zeit getan haben.«

Ruppert griff in die Brusttasche seiner Armeejacke. Er zog ein neues Streichholz heraus und steckte es in den Mund. Seine verwaschen blauen Augen musterten sie, während er es zwischen seinen Zähnen knirschen ließ. Dann spuckte er es treffsicher auf Katharinas Schuh.

»Das geht Sie einen Scheißdreck an«, verkündete er.

Katharina hörte, wie Nils Hansen neben ihr die Luft einsog. Sie hob die Hand, um ihn davon abzuhalten, auf Ruppert loszugehen. Stattdessen zog sie ein Blatt Papier hervor.

»Ganz wie Sie wollen«, erklärte sie gleichmütig. »Wir können Sie nicht zwingen, mit uns zu kooperieren. Aber wir dürfen uns bei Ihnen umsehen.« Sie hielt ihm die Seite hin. »Das ist ein Durchsuchungsbeschluss.«

Ruppert grinste und entblößte dabei eine Reihe gelb verfärbter Zähne. Er zog ein weiteres Streichholz aus der Tasche und schob es sich in den Mundwinkel.

»Tun Sie, was Sie nicht lassen können«, versetzte er. »Ich habe nichts zu verbergen.«

Er trat beiseite und machte eine einladende Handbewegung in den dunklen Flur.

Katharina drehte sich zu Nils Hansen um.

»Wo bleiben denn die Kollegen von der Spurensicherung?«, fragte sie.

Hansen hob hilflos die Hände.

»Ich habe sie sofort informiert, als wir den Beschluss hatten«, sagte er. »Und ich hab ihnen genau erklärt, wo sie hinmüssen.«

Katharina kniff die Augen zusammen. Sie wollte gerade eine Bemerkung über Hansens mangelnde Fähigkeiten machen, eine brauchbare Wegbeschreibung abzugeben, als sie die Motorengeräusche mehrerer sich nähernder Fahrzeuge vernahm. Im nächsten Moment fuhren ein Streifenwagen und zwei weiße VW-Busse der Spurensicherung vor.

Kai Ruppert drehte sich wortlos um und verschwand im Haus.

»Fein«, sagte Katharina. »Dann kann es ja losgehen. Rambo Zambo.«

Nils Hansen legte die Stirn in Falten. »Heißt es nicht Ramba-zamba?«

Katharina verzog den Mund. Ein Witz, bei dem man die Pointe erklären musste, war nicht mehr lustig.

»Ja.« Sie deutete ins Haus. »Ich dachte nur, in diesem Fall … Wo er doch so ein Stallone-Fan ist.«

Sie sah, wie sich die Zahnräder in Hansens Kopf drehten. Er öffnete den Mund, aber es kam nichts heraus. Katharina seufzte.

»Sie haben es mir doch erzählt«, versuchte sie, ihm auf die Sprünge zu helfen. »Dass Kai Ruppert ein Fan von diesen Filmen ist.«

»Filme?«

»Rocky Balboa, der Boxer. Und bestimmt auch Rambo.«

»Wer ist Rambo?«

»Ein Söldner, der allein gegen eine ganze Armee kämpft.« Sie legte den Kopf schief. »Der Name Stallone sagt Ihnen aber schon etwas? Sylvester Stallone? Der Schauspieler?«

Nils Hansens Gesicht hellte sich auf.

»Ja, klar«, sagte er. »Seine Mutter hat sich doch mit neunzig die Lippen aufspritzen lassen. Das Bild hab ich im Internet gesehen. Die sah aus, als hätte sie ein Schlauchboot unter der Nase. Unfassbar hässlich.«

Katharina lachte frustriert. Das war es also, was von den alten Helden blieb. Ein Foto mit der Mutter, die nicht mehr alle Tassen im Schrank hatte.

* * *

Lina Moll hockte mit angezogenen Beinen auf der Eckbank in der Küche der Pension. Sie wusste nicht, was sie tun sollte. Und es war auch niemand da, mit dem sie darüber sprechen konnte.

Ihre beste Freundin Jule war mit ihren Eltern in die Normandie gefahren. Für drei lange Wochen. Und während der gesamten Zeit hatte sie Handyverbot. Weil sie in den letzten Monaten ständig ihr Budget überzogen hatte. Ihre Eltern planten vermutlich so etwas wie eine Entziehungskur.

Und sonst gab es niemanden.

Seit sie bei »Free Nature« war, hatte sie kaum noch Kontakt zu ihren Klassenkameraden. Sie erschienen ihr plötzlich alle so hohl, mit ihrem Gerede über Mode und Popstars und irgendwelche hirnlosen Castingshows. Genauso wie die Lehrer, die im Kontrast zu Thorsten Klinke einfach nur blutleer und vertrocknet wirkten.

Seit sie Klinke kannte, hatte sich Linas Leben verändert. Sie achtete darauf, fair gehandelte Produkte zu kaufen. Sie ernährte sich biologisch-vollwertig. Und sie wusste, was sie nach dem Abitur tun wollte.

Biologie oder Umweltwissenschaften studieren. Und dann für eine der großen Tier- oder Naturschutzorganisationen arbeiten. Die PETA. Greenpeace. Oder vielleicht sogar den World Wildlife Fund.

Thorsten Klinke hatte ihr die Augen geöffnet.

Er war so klar. So selbstbewusst. So engagiert. So wollte Lina auch werden.

Doch im Augenblick fühlte sie sich einfach nur klein.

Sie hatte Peer ein falsches Alibi gegeben, weil er sie darum gebeten hatte. Aber jetzt machte ihr das schlechte Gewissen zu schaffen.

Ihre Mutter betrat die Küche und blieb überrascht stehen, als sie Lina entdeckte.

»Mäuschen! Was ist denn los?«, fragte sie.

Lina zog die Schultern nach oben.

»Nichts«, nuschelte sie.

Susanne Moll ließ sich neben ihr auf der Bank nieder und legte ihr einen Arm um die Schultern.

»Na komm. Sag schon.«

Lina seufzte. Ihrer Mutter hatte sie noch nie etwas vormachen können.

»Ich habe gelogen.«

»Aha?«

»Ich habe gesagt, dass ich mit Peer am Strand war. Und dass wir zusammen weggegangen sind, als die Buddenberg aufgetaucht ist.«

»Ich weiß, was du gesagt hast«, bemerkte ihre Mutter. »Ich war dabei.«

Lina holte tief Luft.

»Aber es stimmt nicht. Ich bin gegangen, als die Buddenberg gekommen ist. Peer ist geblieben.«

»Und du glaubst, er könnte auf Britta Buddenberg geschossen haben?«

»Ja. Nein. Ich weiß nicht.«

Ihre Mutter dachte nach. Dann stand sie auf.

»Geh zur Polizei. Sag ihnen die Wahrheit«, riet sie.

»Und wenn Peer deshalb Ärger kriegt?«

Ihre Mutter breitete die Arme aus.

»Wenn er unschuldig ist, wird er auch nicht in Schwierigkeiten geraten. Und wenn er es war … dann willst du doch nicht schuld daran sein, wenn er ungestraft davonkommt?«

Lina massierte ihre Schläfen. Langsam stand sie auf.

»Du hast recht«, sagte sie. »Danke, Mama.«

Sie verließ die Küche, und Susanne Moll nickte zufrieden. Es war doch nicht so schwer, das Richtige zu tun.

Ihre Hand wanderte zur Kühlschranktür und öffnete sie. Direkt unter der Beleuchtung stand die Form mit den Trüffelpralinen, die sie am Abend zuvor hergestellt hatte. Susanne Moll schob sich eine in den Mund. Schokolade und Rumaroma zerflossen sahnig auf ihrer Zunge, und sie griff sofort noch einmal zu. Dann blickte sie schuldbewusst auf ihren geblümten Kittel, der über Bauch und Brust spannte.

Nun ja, dachte sie. Manchmal war es doch nicht so leicht, dem Verstand zu folgen, wenn das Herz etwas anderes wollte.

★★★

Das Wohnhaus der Rupperts war so heruntergekommen, dass man fast nicht glauben konnte, dass tatsächlich noch jemand darin wohnte. Sämtliche Möbelstücke waren alt und zerkratzt, die Sessel und das Sofa durchgesessen, die Bezüge fadenscheinig und fleckig. In der Küche türmte sich schmutziges Geschirr. In einer Kiste unter der Spüle lagen leere Wodkaflaschen. Und überall standen überquellende Aschenbecher herum.

Im ersten Stock gab es vier Türen. An einer davon hing ein Plakat mit einem roten Ostberliner Ampelmännchen.

Katharina betrat den Raum und atmete auf. Inmitten des ganzen Verfalls war dieses Zimmer eine Oase. Es war nur spärlich möbliert und sauber. Das Bett war gemacht, der Schreibtisch aufgeräumt. An den Wänden hingen Musik-Poster. Neben einer Mini-Stereoanlage stand eine kleine CD-Sammlung, in der Ecke neben dem Bett lehnte eine Gitarre an der Wand.

Katharina öffnete den Kleiderschrank, der zwei Paar Jeans, zwei Jacken und einige Hemden auf Bügeln enthielt. In den Fächern darüber stapelten sich Wäsche, T-Shirts und Pullover. Und dahinter lugte etwas Blaues hervor.

Sie nahm den T-Shirt-Stapel aus dem Schrank und griff nach dem Objekt. Es war schwer und in einen blauen Müllsack eingewickelt.

Auf der Treppe waren Schritte zu hören, und im nächsten Moment stand Peer Ruppert im Zimmer. Sein Gesicht war leichenblass. Er schluckte und starrte auf die blaue Tüte in Katharinas Hand.

»Was machen Sie hier?«, fragte er rau.

Katharina sah den Jungen mitfühlend an. Peer Ruppert konnte einem leidtun, allein mit diesem Vater auf diesem schrecklichen Hof. Doch immerhin war er volljährig und konnte – zumindest theoretisch – sein Leben selbst in die Hand nehmen.

»Ihr Vater hatte Schulden bei Britta Buddenberg, die er vermutlich nicht zurückzahlen konnte«, erläuterte Katharina. »Das ist ein Mordmotiv. Deshalb hat uns der Untersuchungsrichter einen Durchsuchungsbeschluss für das Haus ausgestellt. Es tut mir leid, aber der umfasst auch Ihr Zimmer.«

Sie öffnete die Tüte und hielt sie übers Bett. Das Objekt fiel heraus und landete auf dem Kopfkissen. Peer und Katharina starrten es wortlos an.

Es war eine Heckler & Koch P2A1. Eine Raketenpistole Kaliber 26,5. Ein Seenotrettungsmittel, geeignet zum Verschießen von Leuchtmunition.

32

Peer Ruppert hockte wie ein Häufchen Elend auf einem Stuhl im Konferenzraum der Polizeistation St. Peter-Ording. Katharina Berg stellte ein Glas Wasser vor ihn auf den Tisch, aus dem er hastig ein paar Schlucke trank.

Sie war mit dem Jungen hierhergefahren, um in Ruhe mit ihm zu reden. Polizeimeister Hansen kümmerte sich derweil weiter um die Durchsuchung auf dem Ruppert-Hof. Mit dem Wohnhaus waren sie durch. Aber da sie nun schon einmal dort waren, wollte Katharina auch den Zustand der Ställe dokumentiert haben. Wenn sie ehrlich war, war sie froh, nicht dabei sein zu müssen.

Sie betrachtete die Leuchtpistole, die vor Peer auf dem Tisch lag.

»Sie haben also auf Britta Buddenberg geschossen«, stellte sie fest.

Peer Ruppert schluchzte.

»Ja. Aber ich wollte das nicht. Ich dachte, sie wäre längst wieder gegangen.«

Er blickte auf.

»Ich war so wütend, dass sie Lina vertrieben hat. Ausgerechnet in dem Moment, als ich ihr die Kette geben wollte, taucht die Buddenberg auf und schaltet das Flutlicht ein. Und Lina hat Schiss gekriegt und ist abgehauen.« Er fuhr sich mit der Hand über die Augen. »Deswegen habe ich auf ihre blöden Scheinwerfer geschossen. Und dann stand sie plötzlich da, mit ihrem brennenden Mantel. Sie war viel zu weit weg, aber ich dachte, ich kann das Entsetzen auf ihrem Gesicht erkennen. Ich habe ihren Schrei gehört. Ich habe gesehen, wie sie ins Meer lief. Und auf einmal war sie weg.«

Katharina blickte durch das Fenster auf den strahlend blauen Himmel. Als wollte das Wetter die düstere Stimmung in der Polizeistation aufhellen. Doch dafür war der Schatten, der über Peer lag, zu schwer.

Katharina setzte sich ihm gegenüber auf einen Stuhl.

»Und Sie sind nicht hingegangen, um zu schauen, ob Sie Frau Buddenberg helfen können?«

»Doch.« Peer sah Katharina mit brennenden Augen an. »Aber da war nichts. Sie muss sofort untergegangen und abgetrieben worden sein.« Er sog stoßartig die Luft ein. »Ich bin ein paarmal an der Wasserkante auf und ab gelaufen. Und dann hab ich kapiert, was ich gemacht habe, und bin abgehauen.«

Peer schüttelte den Kopf und vergrub sein Gesicht in den Händen.

Sein ganzer Körper bebte.

»Ich bin schuld«, jammerte er. »Ich habe sie umgebracht.«

Katharina stand auf und legte ihm eine Hand auf die Schulter. Aber das war auch beinahe das Einzige, was sie für ihn tun konnte.

★★★

Hartmut Hansen stieß die Hintertür des Wohnhauses auf und streifte sich die Gummistiefel von den Füßen. Er schlüpfte in seine Filzpantoffeln und schlurfte durch den Flur zur Küche.

Seine Frau stand an der Spüle und säuberte das Geschirr vom Mittagessen.

Hansen schaute durch das kleine Fenster in den Hof. Dort hatte jemand einen Streifenwagen mitten auf der freien Fläche abgestellt. Über der offenen Fahrertür hing eine Uniformjacke. Auf der anderen Seite entdeckte er seinen Sohn.

Nils Hansen hatte die Hemdsärmel hochgekrempelt und schlug verbissen mit einer Axt Kleinholz. Sein erhitztes Gesicht hatte exakt dieselbe Farbe wie sein Haar.

Hartmut Hansen stemmte seine Hände auf die Spüle.

»Was hat er denn angestellt?«, erkundigte er sich.

Seine Frau tauchte einen schaumbedeckten Teller in die Schüssel mit heißem Wasser, die neben dem Waschbecken stand.

»Angestellt?«

Hansen deutete mit dem Kopf nach draußen.

»Ich dachte, du hättest ihn dazu verdonnert. Als Wiedergutmachung, weil er heimlich von der roten Grütze genascht hat. Oder weil seine schmutzige Wäsche wieder überall herumliegt.«

Marlies Hansen trocknete sich die Hände an einem Geschirrtuch ab und stemmte sie in die Hüften. Sie verzog empört den Mund, aber ihre Augen blitzten.

»Was du immer denkst«, sagte sie. »Natürlich nicht.«

★★★

Katharina Berg setzte sich auf die Fensterbank und betrachtete Peer Ruppert, der still vor sich hin weinte. Ein freundlicher, gutartiger Junge, der aus Liebeskummer eine große Dummheit begangen hatte. Einen Fehler, der womöglich sein ganzes Leben ruinieren würde.

Sie nahm ihr Handy aus dem Rucksack und wählte eine Nummer.

»Hallo, Wolfgang«, sagte sie, als sich der Gesprächspartner am anderen Ende meldete.

»Katharina«, erwiderte dieser, und Katharina konnte förmlich sehen, wie sich seine weichen Lippen zu einem erfreuten Lächeln formten. Sie waren mit Abstand der attraktivste Teil von Dr. Wolfgang Steinhaus' Gesicht. Der Mann hatte kein einziges Haar mehr auf dem Kopf und dazu eine gewaltige Hakennase. Davon abgesehen war er der engagierteste und scharfsichtigste Rechtsmediziner, den Katharina kannte.

»Du willst sicher wissen, ob ich mir deine Leiche schon angesehen habe«, sagte Steinhaus. »Und du hast Glück. Ich bin eben mit der Dame fertig geworden. Schade um den schönen Pelz im Übrigen. Auch wenn ich grundsätzlich dagegen bin, solche Kleidungsstücke überhaupt zu produzieren. Aber dieser hier war von wirklich exzellenter Qualität. Perfektes Design und sehr sorgfältig gearbeitet.«

»Den hat die Tote selbst entworfen und genäht«, erläuterte Katharina. »Sie war Modedesignerin und Kürschnerin.«

»Ach so?« Steinhaus blätterte hörbar in seinen Unterlagen. »Dann haben wir ja schon einen Tatverdächtigen.«

Katharina nahm das Telefon in die andere Hand.

»Nämlich wen?«

»Die Nerze«, erwiderte Steinhaus trocken. »Kennst du nicht den Wahlspruch der Pelztiere? Nur ein toter Kürschner ist ein guter Kürschner.«

Katharina wandte Peer den Rücken zu und lachte leise.

»Prima«, sagte sie. »Dann werde ich gleich losfahren und die kleinen Racker verhaften.«

»Pass auf dich auf«, erwiderte Steinhaus. »Die sind verdammt bissig.« Es raschelte wieder, als der Rechtsmediziner seine Mappe zuschlug und auf den Tisch warf. »Aber im Ernst. Deine Tote ist ertrunken. Oder, um es pathologisch richtig zu sagen, erstickt. Aber das ist vermutlich keine Überraschung für dich.«

»Das nicht«, erwiderte Katharina. »Aber wichtig wäre, wie es dazu kam. Kannst du etwas über den Tathergang sagen?«

»Hm.« Am anderen Ende quietschte der Drehstuhl, mit dem sich Steinhaus zwischen seinen Schreibtischen hin- und herbewegte wie ein Musiker, der drei Keyboards gleichzeitig bediente.

»Das war eine echte Herausforderung«, erklärte er. »Auf den ersten Blick sieht es so aus, als sei sie mit ihrem brennenden Mantel ins Wasser gelaufen und in die Tiefe gezogen worden. Aber die Kollegen von der Kriminaltechnik haben es durchgerechnet. Du weißt schon. Von wo das Wasser sie zurück an Land gespült haben kann. Strömung, Tidenhub, Gezeitenstrom. Komplizierte Sache. Jedenfalls: Dort, wo sie ertrunken ist, kann das Wasser zu dem Zeitpunkt kaum höher als einen Meter gewesen sein.«

»Das heißt, sie hätte einfach aufstehen können. Auch mit einem durchnässten und schweren Mantel.«

»Davon gehe ich aus.« Der Rechtsmediziner rollte wieder mit seinem Stuhl durchs Büro. »Ich habe mir ihren Kopf sehr genau angesehen. Die Spuren sind nur schwach ausgeprägt, weil sie durch ihre Haare verdeckt werden und die Verletzungen erst wenige Sekunden vor ihrem Tod entstanden sind. Aber ich lege mich fest.

Das tödliche Element war nicht die Nordsee, sondern ein höchst menschlicher Vertreter. Sie ist nicht vom Meer in die Tiefe gezogen worden. Irgendjemand hat ihren Kopf gewaltsam unter Wasser gedrückt.« Es knarrte, als Steinhaus sich auf seinem Schreibtischstuhl zurücklehnte. »Ich hoffe, du kannst damit etwas anfangen.«

Katharina lächelte. »Ja, Wolfgang, danke. Das hilft mir sehr.«

Sie beendete das Gespräch und ging zu Peer Ruppert, der noch immer sein Gesicht in den Händen vergraben hatte.

»Herr Ruppert?«

Peer blickte auf. Seine Augen waren gerötet, und seine Nase lief. Katharina reichte ihm ein Taschentuch.

»Nachdem Sie die Leuchtpistole abgefeuert hatten, sind Sie also zur Wasserkante gegangen und haben Britta Buddenberg gesucht? Und als Sie sie nicht gefunden haben, sind Sie weggelaufen?«

Peer schnäuzte sich.

»Ja. Ich hab total die Panik gekriegt«, sagte er und schniefte. »Und damit hab ich alles nur noch schlimmer gemacht.« Er ließ den Kopf hängen. »Ich hätte dableiben müssen. Die Polizei rufen. Einen Krankenwagen. Oder die Seenotrettung. Vielleicht hätte man sie noch rechtzeitig gefunden. Dann wäre sie nicht ertrunken.«

»Herr Ruppert!« Katharina fasste den jungen Mann bei den Schultern und zwang ihn, sie anzusehen. »Sie haben einen Fehler begangen. Aber Sie haben Britta Buddenberg nicht ermordet.«

Peer lachte auf.

»Körperverletzung mit Todesfolge. Und unterlassene Hilfeleistung. Ist das besser?«, fragte er.

»Nein.« Katharina schaute ihn ernst an. »Aber daran ist Britta Buddenberg nicht gestorben. Sie ist gestorben, weil irgendjemand ihren Kopf festgehalten und sie mit Gewalt unter Wasser gedrückt hat. Und das waren nicht Sie.«

Peers Blick flackerte. Er suchte in Katharinas Gesicht nach einem Hinweis, dass sie ihn belog. Als er keinen fand, erschien ein vorsichtiges Lächeln auf seinen Lippen.

»Ist das wahr?«, flüsterte er.

»Ja.« Katharina klopfte Peer sacht auf die Arme und ließ ihn dann los. »Sie haben sich nicht gerade mit Ruhm bekleckert. Aber Sie haben niemanden getötet.«

Peer Ruppert schloss die Augen und atmete tief durch. Er sah aus, als wäre er aus einem schweren Alptraum erwacht, der ihn nur ganz langsam aus seinen Fängen ließ.

33

Nils Hansen ließ die Axt auf ein Stück Holz niedersausen. Es krachte laut, als das Material barst. Holzsplitter flogen durch die Luft. Die beiden Hälften segelten vom Hackklotz zu Boden.

Hansen nahm sich das nächste Holzscheit und legte es auf den Klotz.

In seinem Kopf wirbelten die Gedanken durcheinander. Sein Schädel dröhnte, und in seiner Speiseröhre brannte die Magensäure. Er war so unglaublich wütend. Und er wusste nicht, wohin mit seiner Wut.

Die Tür des Bauernhauses öffnete sich, und sein Vater trat in den Hof. In der Hand hielt er zwei Bierflaschen mit Bügelverschlüssen.

»Mach mal Pause«, sagte er.

Nils schüttelte den Kopf. Er schlug das Holzstück in der Mitte durch und nahm sich ein neues. Er konnte jetzt nicht aufhören, sonst würde er platzen. Keuchend hob er die Axt über den Kopf und ließ sie erneut niederkrachen.

Sein Vater legte ihm eine Hand auf die Schulter.

»Nils«, sagte er. »Lass gut sein.«

Nils Hansens Arme sackten nach unten. Er fühlte sich plötzlich so schwach, als ob ihn jeder Windhauch einfach umpusten könnte. Seine Beine zitterten, als hätte er einen tonnenschweren Rucksack auf den Schultern.

Sein Vater ging zu der Bank hinter dem Haus und setzte sich. Er klopfte auffordernd mit der Hand auf die Sitzfläche.

Nils warf die Axt beiseite und nahm den Platz neben seinem Vater ein. Hartmut Hansen reichte ihm eine der Bierflaschen, und die beiden Männer ließen die Bügelverschlüsse aufploppen. Nils trank gierig und schaute über die Wiesen und Felder, die sich hinter dem Bauernhaus ausstreckten. Herrlich sattes Grün unter einem leuchtend blauen Himmel mit ein paar zarten Wolkenfäden darin. Aber Nils hatte an diesem Nachmittag keinen Blick für die Schönheit des Hofs seiner Eltern.

»Was ist passiert?«, fragte Hartmut Hansen.

Nils Hansen holte tief Luft.

»Wir waren heute Morgen auf der Nerzfarm von Ruppert«, stieß er hervor. »Ich hatte ja keine Ahnung.«

»Wovon?«

»Wie schrecklich es dort ist. Diese vielen Tiere in ihren engen Käfigen. Sie zerfleischen sich gegenseitig. Und dann das Geschrei. Und dieser Gestank.« Er trank noch einen Schluck Bier. »Am liebsten hätte ich die Türen aufgerissen und die Nerze befreit. Aber das geht ja nicht. Ich bin Polizist.«

Nils Hansen ließ den Kopf hängen. Es war nicht immer leicht, wenn man sich an das Gesetz halten musste. Und deshalb nicht das tun durfte, was gerecht wäre.

Hartmut Hansen schnippte gegen den Bügel seiner Bierflasche.

»Du hättest niemandem einen Gefallen damit getan.«

Nils Hansen sah seinen Vater aufgebracht an.

»Und das sagst ausgerechnet du? Du regst dich doch über jede Tierquälerei auf. Damals, die Kühe auf dem Hartmann-Hof, da wärst du fast ausgerastet. Und die Nerze sind dir egal?«

Hartmut Hansen wedelte mit dem Zeigefinger.

»Nein. Sie sind mir nicht egal. Und ich bin der Erste, der dafür stimmt, wenn jemand ein Gesetz entwirft, das die Nerzzucht verbietet. So wie es in Österreich und Großbritannien bereits geschehen ist. Aber man kann sie auch nicht einfach freilassen.«

»Warum denn nicht?«

Nils Hansen begriff nicht, weshalb sein Vater seine Empörung nicht teilte. In seiner Phantasie war Hartmut Hansen aufgesprungen und hatte seine Leute gesammelt, um die Nerzfarm zu stürmen und die unschuldigen Tiere zu befreien. Stattdessen saß er hier und schaute über das weite Land zu einem weißen Fleck. Es waren Schafe, die dicht gedrängt beieinanderstanden.

»Diese Tiere auf den Pelzfarmen sind keine Nerze«, erläuterte sein Vater. »Es sind Minks. Amerikanische Nerze, die mit unseren europäischen Nerzen nur entfernt verwandt sind. Die Minks sind größer und haben ein dichteres Fell. Mittlerweile laufen jede Menge von ihnen bei uns herum, freigelassen von wohlmeinenden Tierschützern. Sie haben den europäischen Nerz verdrängt. Der zählt inzwischen zu den bedrohtesten Säugetierarten in Europa. Es gibt sogar Projekte, ihn zu züchten und wieder auszusiedeln. Aber das geht nur noch auf Inseln, auf denen es keine Minks gibt.« Er zwinkerte seinem Sohn zu. »Weißt du, was das Problem ist?«

Nils Hansen schüttelte den Kopf. Natürlich hatte er keinen Schimmer. Er hatte sich ja auch bis vor wenigen Stunden noch nie mit dem Thema beschäftigt.

»Die Nerz-Mädchen«, sagte sein Vater. »Die finden nämlich den großen und schön behaarten Mink-Mann viel attraktiver als den kleineren und unscheinbareren europäischen Nerz-Mann.«

Nils Hansen kniff die Augen zusammen. Wollte sein Vater ihn auf den Arm nehmen? Aber eigentlich war das die Domäne seiner Mutter. Sein Vater neigte nicht zu Frotzeleien.

»Und was ist daran so schlimm?«, erkundigte er sich.

Sein Vater trank den letzten Schluck Bier aus der Flasche.

»Wie gesagt. In Wirklichkeit sind es verschiedene Arten. Mink-Männer und Nerz-Mädchen können keinen Nachwuchs zeugen. Das ist ein Grund, weshalb der europäische Nerz ausstirbt.«

Nils Hansen kratzte sich am Kopf.

»Das heißt, man muss den europäischen Nerz vor dem amerikanischen Mink schützen? Und deswegen darf man die Minks von den Farmen nicht freilassen?«

Hartmut Hansen winkte ab.

»Dafür ist es längst zu spät. Aber was ich sagen will, ist: Wenn man Hunderte oder Tausende von Zuchttieren in die freie Wildbahn entlässt, bringt man das ökologische Gleichgewicht durcheinander. Nicht nur, dass es die Käfigtiere schwer haben, sich in der Natur zurechtzufinden. Sie können auch eine Menge Schaden anrichten. Nimm zum Beispiel unsere Deiche. Nerze und Minks graben ausgedehnte Höhlensysteme. Ein paar Hundertschaften von ihnen können ein komplettes Naturschutzgebiet zerstören.«

Nils Hansen starrte auf die Bierflasche in seiner Hand. Es war schon schlimm genug gewesen, das Leid der Nerze – die, wie er nun wusste, gar keine waren – mit eigenen Augen zu sehen. Aber jetzt wusste er überhaupt nicht mehr, was er denken und tun sollte.

★★★

Lina Moll trat ungeduldig von einem Fuß auf den anderen. Sie stand im Deichgrafenweg vor der Polizeistation St. Peter-Ording. Gerade als sie hatte hineingehen wollen, war diese Kommissarin aufgetaucht. Zusammen mit Peer.

Lina hatte sich schnell hinter ein parkendes Auto geduckt und zugesehen, wie die beiden im Revier verschwunden waren.

Vielleicht war es doch besser, mit Peer zu reden und ihm zu sagen, dass sie nicht länger für ihn lügen würde. Womöglich würde er dann lieber selbst zu Protokoll geben, was passiert war.

Aber jetzt wartete sie bereits seit über einer Stunde vergeblich.

Sie hatte gerade beschlossen, die ganze Sache auf morgen zu verschieben, als sich die Tür der Polizeistation öffnete und Peer heraustrat.

Er war bleich und schaute rechts und links die Straße hinunter, als wüsste er nicht, wo er hingehen sollte. Dann entdeckte er Lina.

Mit schleppenden Schritten kam er auf sie zu.

»Lina? Was machst du hier?«

Lina spielte mit ihren langen Haaren. Sie war sich plötzlich gar nicht mehr sicher, ob es eine gute Idee war, Peer zu sagen, dass sie ihn hinhängen wollte.

»Ich … ich weiß nicht. Ich habe gesehen, wie du mit der Kommissarin nach drinnen gegangen bist.«

»Und da hast du die ganze Zeit gewartet?« Peer blinzelte ungläubig.

»Na ja. Ich dachte … Ich wollte wissen … Was hast du ihr denn gesagt?«

»Die Wahrheit«, entgegnete Peer düster.

»So.« Lina legte den Kopf schief. »Und was ist die Wahrheit?«

»Dass ich es war. Ich habe auf Britta Buddenberg geschossen.«

Lina klappte der Mund auf.

»Du?«

»Nicht mit Absicht.« Peer ruderte mit den Armen. »Ich dachte, sie wäre längst wieder weg. Ich wollte nur auf die doofen Scheinwerfer schießen.«

»Woher hattest du denn die Pistole?«

»Aus der ›Segeltruhe‹. Ich wollte ein kleines Feuerwerk aus Leuchtkugeln für dich machen.«

»Die haben sie dir verkauft? Braucht man da nicht einen Schein oder so?«

Peer druckste herum.

»Ja. Nee. Ich hab sie nicht gekauft. Ich hab sie geklaut.« Er streckte die Finger aus und berührte Linas seidig weiche Haare. »Weil ich dir eine Freude machen wollte.«

Lina schlug seine Hand weg.

»Du bist so bescheuert, Peer«, erklärte sie. »Glaubst du wirklich, ich will einen Freund, der kriminell ist?«

34

Nils Hansen kratzte sich am Kopf.

»Das heißt, Peer Ruppert war es nicht?«

»Nein.« Katharina Berg löffelte den Milchschaum von ihrem Latte macchiato. Sie hatte sich mit Hansen in der »Sandperle« verabredet, wo man so herrlich behaglich im Strandkorb auf der Terrasse sitzen konnte, auch wenn es dafür heute eigentlich zu kalt war. Der Sommer zeigte sich bisher ausgesprochen wechselhaft. Nach Temperaturen von über dreißig Grad war es jetzt wieder abgekühlt, und das Thermometer erreichte kaum noch die Zwanzig-Grad-Marke. Die Eiderstedt-Touristen störte das nicht. Sie tummelten sich trotzdem auf der Promenade und am Strand, und viele gingen auch ins Meer. Vermutlich war das Wasser mittlerweile wärmer als die Luft.

»Peer Ruppert hat aus Frust mit der Leuchtpistole auf die Scheinwerfer von Britta Buddenberg geschossen«, erläuterte Katharina. »Dabei hat er versehentlich die Boutiquebesitzerin getroffen und ihren Mantel in Brand gesetzt. Sie ist ins Wasser gelaufen, um die Flammen zu löschen. Aber gestorben ist sie, weil jemand ihre hilflose Situation ausgenutzt und ihren Kopf unter Wasser gedrückt hat.«

Nils Hansen starrte angestrengt auf das Stück Butterkuchen, das vor ihm stand. Er hatte extra etwas gewählt, das nicht tropfen oder zermatschen konnte, um das Risiko, sich vor seiner Chefin zu blamieren, auf ein Minimum zu reduzieren.

»Trotzdem könnte er es getan haben«, wandte er ein. Das hatte er schließlich auf der Polizeischule gelernt. Motiv. Mittel. Gelegenheit. Das waren die Faktoren, die zum Täter führten. Und Peer Ruppert hatte alles gehabt. Hansen zählte es an den Fingern ab. »Er ist wütend auf die Buddenberg, weil sie ihm seine Chancen bei Lina zerstört. Er ist stark genug, um sie unterzutauchen. Und er war am Tatort.«

Er biss ein Stück von seinem Butterkuchen ab. Er war saftig und außerordentlich lecker.

»Ich meine: Es ist doch total unwahrscheinlich, dass genau in dem Moment eine weitere Person am Strand war.«

Katharina verrührte Milch und Kaffee in ihrem Glas und nippte daran. Sie zwinkerte Hansen zu.

»Aber wir wissen, dass noch jemand dort war.«

Nils Hansen kaute und sah sie verständnislos an. Sie konnte sehen, wie es in seinem Kopf arbeitete. Dann schlug er sich mit der Hand vor die Stirn.

»Natürlich!«, rief er und verschluckte sich prompt an seinem Kuchen. Er hustete, und Katharina klopfte ihm auf den Rücken. Hansen schluckte und rang nach Luft. Schließlich hatte er es geschafft.

»Gert Stöver«, keuchte er.

Katharina nickte wie ein Dompteur, dessen dressierter Löwe endlich die richtige Pose einnahm.

»Bravo«, sagte sie.

Dass Nils Hansen daraufhin wieder einmal rot anlief, war nun wirklich keine Überraschung.

★★★

Das weiße Segel knatterte im Wind. Die Wellen schwappten gegen den Bug, und Gischt spritzte auf. Das Sonnenlicht funkelte auf dem Wasser.

Die orangefarbene Boje tauchte direkt vor ihm auf, und er riss im richtigen Moment das Ruder herum und zog das Großsegel auf die Backbordseite. Das schnittige Boot vollführte eine perfekte Wende.

Gert Stöver wandte den Kopf und sah, dass sich sein Vorsprung vergrößert hatte. Er zog die Großschot noch etwas enger und ging hart an den Wind. Das Boot neigte sich weit zur Seite und nahm Geschwindigkeit auf.

Es war, als würde er über die Wellen fliegen. Und bis ins Ziel war es nur noch eine halbe Seemeile. Gut neunhundert Meter, dann gehörte der Pokal ihm.

Er lehnte sich weit über die Reling und holte das Letzte aus der Jolle heraus.

Eine Bö fiel ins Segel und drückte das Boot auf die Seite. Er wollte den Griff um die Großschot lockern, aber das Tau hatte sich irgendwo verhakt. Und dann verlor er den Halt und stürzte in die Bilge.

Im selben Moment kenterte das Boot.

Gert Stöver streckte die Hände nach irgendetwas aus, woran er sich festhalten konnte, aber er fand nichts. Das Boot kippte auf die Seite, und Stöver fiel.

Das Wasser durchnässte seinen Troyer und seine Hose und zog ihn in die Tiefe. Wellen schlugen über seinem Kopf zusammen.

Stöver paddelte hektisch, um wieder an die Oberfläche zu kommen. Er wischte sich mit einer Hand über die Augen, in denen das Salzwasser brannte. Er wollte sich am Rumpf der Yacht festklammern, doch Wind und Wellen hatten das Boot schon so weit von ihm fortgetragen, dass er es nicht erreichen konnte. Er begann zu schwimmen, aber die Yacht trieb schneller ab, als er hinterherkam. Er spürte, wie das kalte Wasser an ihm zerrte und ihm die Kräfte raubte.

Wenn er doch wenigstens seine Schwimmweste angezogen hätte. Aber die lag natürlich unter Deck, weil er auf dem Siegerfoto nicht wie ein ängstlicher Amateur hatte aussehen wollen. Dabei unterschied genau das den Profi vom Anfänger: dass er wusste, wie wichtig in solchen Gewässern die Rettungsweste war.

Stöver begann zu hyperventilieren und mahnte sich zur Besonnenheit.

Er war nicht allein auf hoher See. Er war Teil einer Regatta. Und auch, wenn er bereits ein gutes Stück abgetrieben war, würde man das gekenterte Boot entdecken und ihn finden. Er musste nur eine Weile ruhige und gleichmäßige Schwimmzüge machen, um an der Oberfläche zu bleiben.

Stöver spürte, wie sich sein Puls wieder normalisierte. Er blinzelte das Salzwasser aus den Augen und spähte über die Wellenkämme. Dort hinten, in einiger Entfernung, meinte er, den hellgrünen Rumpf einer anderen Yacht zu sehen. Und ganz in seiner Nähe gab es auch Bewegung.

Es war eine dreieckige Flosse, die wie ein schnittiges Schiff das Wasser durchschnitt und sich geradewegs auf ihn zubewegte.

Stöver stellte vor Schreck die Schwimmbewegungen ein und sank unter die Oberfläche.

Im glasklaren Wasser sah er den gewaltigen Körper des Hais und die spitzen Zähne in seinem leicht geöffneten Maul.

Er paddelte hektisch und stieß wieder durch die Oberfläche. Im selben Moment packte etwas sein Bein.

»Nein!« Gert Stöver fuhr mit einem Schrei auf.

Er lag nicht im Wasser, sondern in seinem Bett. Und Gesine sah ihn mit diesem Blick an, den er so hasste.

Würde dieser Alptraum denn nie aufhören?

35

Katharina Berg betrachtete zufrieden ihr Spiegelbild in der Schaufensterscheibe des Buchcafés »Free Nature«. Sie fand, dass sie gut aussah, mit ihrer sonnengelben Bluse, die einen schönen Kontrast zu ihren langen dunklen Haaren bildete. Und die Falten in ihrem Gesicht waren zum Glück wieder verschwunden. Sie hatte wunderbar geschlafen und ausgiebig gefrühstückt. Von den Nachwirkungen der Substanz, die Klinke ihr am Montag in den Tee gemischt haben musste, war nichts mehr zu spüren. Sie fühlte sich gerüstet für den neuen Tag.

Sie lächelte in sich hinein, als sie an die morgendliche Besprechung mit Polizeimeister Nils Hansen dachte. Zwei Verdächtige gab es zu vernehmen: den Pelzfarmer Kai Ruppert, der Schulden bei Britta Buddenberg gehabt hatte, die er womöglich nicht zurückzahlen konnte. Und den Besitzer der »Segeltruhe«, Gert Stöver, der ungefähr zum Zeitpunkt des Mordes an Britta Buddenberg am Böhler Strand gewesen war. Vielleicht auch exakt zur Tatzeit.

Katharina hatte beschlossen, die Arbeit aufzuteilen. Sie hatte Hansen angeboten zu wählen, aber er hatte sich nicht entscheiden können. Er wollte sich weder mit dem Pelztierfarmer noch mit dem mutmaßlichen Regenkleidungsfetischisten auseinandersetzen. Ein ausgewachsener Aversions-Aversions-Konflikt, bei dem es darum ging, das kleinere zweier Übel zu wählen. Doch Hansen hatte sich nicht in der Lage gesehen zu bestimmen, welches von beiden denn nun geringer war.

Am Ende hatten sie Streichhölzer gezogen, und Hansen hatte das kürzere erwischt. Was in diesem Fall bedeutete, dass er sich den säumigen Schuldner auf der Nerzfarm vorknöpfen musste, sobald sein morgendliches Fotoshooting mit Vanessa Schultheis und Dorothea Nissen beendet war. Sie selbst hatte das Vergnügen mit Gert Stöver, und insgeheim freute sie sich darauf. Er würde mächtig ins Schwitzen geraten, wenn sie ihn so weit in die Ecke drängte, dass ihm nichts anderes übrig blieb, als das wahre Ziel seines nächtlichen Strandspaziergangs einzugestehen. Sie konnte nur hoffen, dass er dabei nicht allzu sehr in Erregung geriet. Für Männer wie Stöver schienen solche Situationen ja ein echtes Aphrodisiakum zu sein.

Aber bevor sie sich den Besitzer der »Segeltruhe« vorknöpfte, gab es noch ein anderes Hühnchen zu rupfen.

Katharina wollte gerade die Tür des Buchcafés öffnen, als das Handy in ihrem Rucksack zu klingeln begann. Sie zog es eilig hervor und nahm das Gespräch an, ohne einen Blick auf das Display zu werfen.

»Hallo, Katharina«, meldete sich eine sonore Bassstimme. Max

Meier vom K6 der BKI Flensburg. Katharina ließ die Türklinke des Buchcafés wieder los und trat ein paar Schritte beiseite.

»Hallo, Max«, sagte sie. »Schön, von dir zu hören.«

Max Meier lachte.

»Das will ich doch hoffen. Schließlich haben die Kollegen von der IT-Beweissicherung Überstunden geschoben, als das Paket endlich da war. Du weißt ja. Selbst die Kurierdienste sind überlastet. Dieser Poststreik hat alles durcheinandergebracht. Überall gibt es Staus und Wartezeiten bei den Briefen und Päckchen.«

Katharina schnippte mit den Fingern. Daran hätte sie denken sollen, ehe sie das Netbook von Britta Buddenberg per Kurier zu den Technikspezialisten nach Flensburg geschickt hatte. Wenn sie es per »Polizeipost« auf den Weg gebracht und einen der St.-Peter-Ordinger Kollegen mit der Lieferung beauftragt hätte, wäre das Netbook vermutlich eher auf dem Labortisch gelandet.

»Das Passwort war ein Kinderspiel«, erläuterte Meier. »Du hättest auch selbst darauf kommen können.«

»Ach ja?«

»Venus«, sagte Max Meier. »Genau wie die Boutique.«

»M-hm.« Katharina betrachtete ein Plakat im Schaufenster des Buchcafés von Thorsten Klinke. Darauf rammte ein gewaltiger Stier seine Hörner in die Kuppel eines blutroten Atomkraftwerks. Im Hintergrund ragte ein grünes Windrad auf. Eine schlichte und doch überaus eindrückliche Symbolik.

»Und die Festplatte?«, erkundigte sie sich.

»Tja.« Meier klang verstimmt. »Das war die totale Enttäuschung. Keine Musik, keine Bilder, keine Filme. Nur ein Programm, mit dem man Schnittmuster entwerfen kann.«

»Die Tote war Kürschnerin«, erklärte Katharina.

»Ach so? Na ja. Sehr erfolgreich kann sie aber nicht gewesen sein.«

Katharina runzelte die Stirn. Auf dem Poster neben dem mit dem Atomkraftwerk hängte ein grinsender Nerz einen Mann in einem blauen Overall an einem Ast auf. Das Bild war künstlerisch nicht besonders wertvoll und eindeutig von einem Laien gemalt.

»Weshalb denn das?«, erkundigte sie sich.

»Nun ja.« Der Mann von der Kriminaltechnik schnaubte.

»Ein paar von den Mustern waren Jacken und Mäntel. Aber das meiste war vollkommen unnützes Zeug. Viel zu große Mützen mit sinnlosen Löchern darin. Handschuhe, die wie Waschlappen geformt sind. Und ein paar Dinger, die aussehen wie Unterhosen aus Pelz.«

Katharina strich ihre dunklen Haare nach hinten.

»Das ist nicht unnütz, Max«, erläuterte sie. »Das sind die Produkte aus der Spezialabteilung der ›Venus‹. Erotische Accessoires.«

»Tatsächlich?«, fragte Max Meier. »Und was genau tut man damit?«

Katharina lachte.

»Das lässt du dir am besten von Polizeimeister Hansen erklären«, erwiderte sie. »Der kennt sich damit aus.«

★★★

Nils Hansen ließ den Blick über das Wasser in die Ferne schweifen. Er stand am Ruder der »Aegir«, einem betagten Kutter im historischen Tönninger Hafen mit schwarzem Rumpf und einem Totenkopf auf dem Ruderhaus. Am Heck des Schiffes wehte die Piratenflagge.

Der Polizeimeister trug einen schweren, dunklen Regenmantel, der ihm fast bis zu den Knöcheln reichte, dazu einen schwarzen Piratenhut. Sie hatten ihm einen verwegenen Seeräuberbart aufgeklebt, aber dank der roten Strähnen, die unter der Kopfbedeckung hervorsahen, konnte man ihn trotzdem erkennen.

Hansen hatte eine Hand lässig auf das Steuerrad gelegt. Sein Fuß ruhte auf einem Käfig aus Metallstangen. Seine ganze Haltung strahlte Stolz aus.

Die Beute, die geduckt hinter den Gittern kauerte, hatte den Kopf eines Löwen und gelbe Tatzen aus Fell. Darüber hinaus hatte sie nur wenig Ähnlichkeit mit einem Raubtier. Der Rumpf des Zwitterwesens war nackt und zeigte ein wohlgerundetes Hinterteil und hübsche Brüste.

Dorothea Nissen, heute mit lila gefärbter Stachelfrisur und einer Ledermontur, die für motorradfahrende Edelpunker gedacht sein mochte, betätigte enthusiastisch den Auslöser der Kamera.

»Perfekt!«, rief sie und griff in die große Metallkiste, die hinter ihr stand. Sie holte einen länglichen Gegenstand hervor und drückte ihn Hansen in die Hand.

»Jetzt öffnen Sie den Käfig und lassen die Bestie heraus«, befahl sie. »Und sorgen Sie dafür, dass sie gehorcht.«

Nils Hansen nahm das Objekt entgegen, das sie ihm reichte. Es war eine Dressurpeitsche mit einem langen Lederriemen. Hansen ließ sie einige Male probehalber durch die Luft sirren. Es knallte, und die Löwin hinter den Metallstäben zuckte zusammen.

Hansen öffnete die Gittertür, und die Löwin schlüpfte aus dem engen Käfig. Sie sprang auf Hansen zu, der schnell bis zur Reling zurückwich.

»Na los!«, rief Dorothea Nissen. »Sie müssen die Wildkatze bändigen.«

Nils Hansen schluckte. Er konnte doch keine Frau schlagen. Auch wenn es nur Theater war und die als Löwin verkleidete Frau ihn angriff.

»Jetzt machen Sie schon!«, verlangte Dorothea Nissen ungeduldig. »Bevor mir die Wolke dahinten das Licht zunichtemacht.«

Hansen blickte unschlüssig zwischen der Fotografin und der Löwin hin und her. Das Raubtier knurrte. Hansen hob die Peitsche und schlug zu.

»Au!« Die Löwin sprang auf, und ihre Tatze landete in Hansens Gesicht. »Spinnst du?«

Nils Hansen rieb sich die Wange. Die Löwenpranke war nur auf der Außenseite mit weichem Fell bezogen. Die Innenfläche dagegen bestand aus festem, rauem Leder. Und die Ohrfeige hatte gesessen.

»Sie hat doch gesagt, ich soll zuschlagen«, beschwerte er sich.

Die Löwin stemmte die Tatzen in die Hüften. »Du solltest so tun, als ob«, fauchte sie.

Hansen zog die Schultern nach oben. »Entschuldige«, stammelte er. »Ich wusste ja nicht …«

Die Fotografin, die den Streit aufs Bild gebannt hatte, ließ die Kamera sinken.

»Wir machen keine Dokumentation«, erläuterte sie. »Wir erschaffen nur Illusionen.«

Hansen spürte, wie er rot anlief. Zum Glück sah man das unter dem dichten Theaterbart kaum.

»Wirklich«, beteuerte er. »Ich wollte das nicht.«

»Halb so schlimm«, verkündete die Fotografin. »Es ist ja nichts passiert.«

Die Löwin deutete auf ihre Flanke, auf der sich ein leuchtend roter Striemen abzeichnete.

»Nichts passiert?«, fauchte sie. »Und das hier? Das …«

Dorothea Nissen schnitt ihr das Wort ab.

»Stell dich nicht so an. Spätestens morgen sieht man nichts mehr davon. Und die Bilder sind toll geworden.« Sie schob die Stacheln auf ihrem Kopf in Form, die sich im Wind geneigt hatten und nun ein wenig an kleine violette Zipfelmützen erinnerten.

»Sie machen das prima«, sagte sie und lächelte Nils Hansen an. »Fast wie ein Profi.«

Hansens Mund verzog sich zu einem dümmlichen Grinsen. Er wollte es abstellen, aber es gelang ihm nicht. Es kam schließlich nicht besonders oft vor, dass ihn jemand lobte. Die Löwin schnaubte verächtlich.

Dorothea Nissen winkte sie zu sich.

»Nächste Szene«, befahl sie. »Der Seeräuberhauptmann überreicht der Prinzessin das Haupt der erlegten Bestie.«

Die Löwin nahm ihren Kopf ab. Darunter kam das erhitzte Gesicht von Vanessa Schultheis zum Vorschein. Nils Hansen hatte erwartet, dass sie ihn mit wütenden Blicken befeuern würde. Stattdessen sah er, dass ihre Augen glänzten.

Sie reichte ihm den Löwenkopf und nahm einen weißen Nerzmantel aus der Kiste, die hinter der Fotografin stand. Dazu setzte sie eine helle Pelzmütze auf. Dann zog sie die Kiste an die Reling und ließ sich mit überschlagenen Beinen darauf nieder.

Dorothea Nissen schob Nils Hansen zu ihr.

»So. Sie knien sich vor die Prinzessin und überreichen ihr die Trophäe.«

Hansen ließ sich folgsam auf die Knie nieder. Die Fotografin stöhnte.

»Auf ein Knie, Herr Hansen, nicht auf beide«, monierte sie. »Sie sind schließlich ein Held und kein Bittsteller.«

Nils Hansen korrigierte eilig seine Position. Vanessa kicherte. »Und Action.«

Hansen hielt dem Model den Löwenkopf hin. Vanessa neigte sich zu ihm. Sie lächelte Nils Hansen an und leckte sich verheißungsvoll über die Lippen. Hansen spürte, wie ihm das Blut in die Lenden schoss.

Er bemerkte plötzlich, dass die Sonne das schwarze Gummi des Mantels erhitzte, der wie ein enges Zelt um ihn lag. Nur sein hochroter Kopf schaute heraus. Und unter dem Seeräuberhut perlte der Schweiß hervor.

Er konnte nur hoffen, dass Dorothea Nissen die Aufnahmen schnell im Kasten hatte und er aus dieser Sauna im Miniaturformat herauskam. Ansonsten konnte er für nichts mehr garantieren.

In Vanessas Augen blitzte es. Sie schob den Nerzmantel ein Stück nach hinten und entblößte ihre weißen Schultern. Der Mantel klaffte auf und zeigte ihre aufgerichteten Brustwarzen. Und dann öffnete sie die Beine.

Nils Hansen starrte auf das Dreieck brünetter Löckchen zwischen ihren Schenkeln und stöhnte. Das war einfach zu viel für ihn.

36

Thorsten Klinke blätterte in einem dicken, alten Wälzer, den er auf seinem überschlagenen Bein abgelegt hatte. Er kaute auf einem Kugelschreiber und machte sich Notizen auf einem Blatt Papier, das er mit einem Klemmbrett auf der Armlehne des giftgrünen Sessels balancierte. In seiner anderen Hand glomm vergessen eine Zigarette.

Er blickte auf, als die Türglocke ihr misstönendes Klingeln von sich gab. Katharina fragte sich, ob er absichtlich einen möglichst unangenehmen Ton gewählt hatte. So konnte er zumindest sicher sein, dass er das Eintreffen eines Kunden nicht überhörte.

Klinke legte Buch und Notizen auf den Beistelltisch und zog

einen Aschenbecher zu sich heran. Gierig nahm er einen letzten Zug aus seiner fast heruntergebrannten Zigarette. Dann drückte er sie aus und musterte Katharina. Seine Mundwinkel unter dem dichten Bart zuckten.

»Hallo«, sagte er. »Ich hoffe, bei Ihnen ist alles in Ordnung?«

Katharina setzte sich ihm gegenüber und legte die Arme auf die Sessellehnen.

»Ja«, erwiderte sie. »Jetzt schon. Aber vorgestern ging es mir nicht besonders gut. Und ich wüsste gerne, was in dem Tee war, den Sie mir angeboten haben.«

»In Ihrem Tee?« Klinke zog die Stirn in Falten. »Sie glauben, ich hätte Ihnen etwas in den Tee getan?«

Katharina kniff die Augen zusammen. Wollte der Mann sie für dumm verkaufen?

»Mir war schwindelig. Ich hatte schrille bunte Träume. Und als ich aufgewacht bin, hat sich alles um mich gedreht.«

»M-hm«, machte Klinke. Er wirkte interessiert, aber keinesfalls schuldbewusst.

»Das sind typische Symptome einer Vergiftung«, erläuterte Katharina. »Und das Einzige, was ich zu mir genommen habe, war der Tee bei Ihnen.«

Klinke fuhr sich durch die wirren Haare.

»Ich hoffe, Sie sind bei Ihren Ermittlungen sorgfältiger«, frotzelte er. »In diesem Fall haben Sie jedenfalls etwas Grundlegendes übersehen.«

Katharina blinzelte. Sie hatte das Gefühl, noch immer unter den Nachwirkungen von was auch immer zu leiden. Zumindest funktionierte ihr Verstand bei Weitem nicht so reibungslos wie gewöhnlich.

Klinke grinste.

»Sie erinnern sich nicht?«, fragte er. »Sie hatten nicht nur den Tee.«

Katharina ließ in Gedanken den Vormittag im Buchcafé Revue passieren. Im selben Moment fiel es ihr wie Schuppen von den Augen. Bei dem geschmacklich zweifelhaften Inhaltsstoff von Klinkes Keksen hatte es sich ganz offensichtlich nicht um Fugenmörtel gehandelt.

»Die Kekse«, sagte sie. »Die waren gar nicht missraten.«

Klinke hob entschuldigend die Hände.

»Ich wollte nicht, dass Sie davon essen. Aber was sollte ich tun? Ich konnte Ihnen ja schlecht sagen, dass ich Haschkekse gebacken habe.«

★★★

Nils Hansen schaute beschämt auf den weißen Fleck in seiner Unterhose.

Wie peinlich war das denn?

Er blickte sich in dem winzigen Bad der »Aegir« um, aber es gab weder Seife noch Duschgel. Hansen nahm eines der Handtücher vom bereitliegenden Stapel und schlang es sich um die Hüften. Vielleicht fand er ja in der Schiffsküche irgendein Reinigungsmittel.

Die Tür zur Pantry stand einen Spalt offen. Nils Hansen sah Vanessa Schultheis, die auf der winzigen Bank hockte. Sie trug noch immer den weißen Pelz und die zugehörige Mütze. Der Kopf und die Pfoten des Löwen lagen neben ihr auf dem Tisch.

Dorothea Nissen tauchte auf und warf dem Model einen schwarzen Nerzmantel zu.

»Zieh dich um«, sagte sie. »Ich will die Sequenz im Kasten haben, bevor das Licht zu grell wird.«

Vanessa griff nach dem Mantel und strich über den dichten Pelz.

»Das ist der Letzte, den sie gemacht hat«, sagte sie. »Ein ganz neuer Stil. Die Eleganz eines Königinnenmantels und der Schnitt einer modischen Jacke.«

»Ich weiß.« Die Fotografin tippte ungeduldig mit dem Fuß. »Deshalb soll er ja aufs Bild. Das ist eine Hommage an Britta.«

Vanessa knetete den schwarzen Nerzmantel.

»Sie war so begnadet«, seufzte sie und sah die Fotografin an. »Ich weiß noch genau, wie sie ihn hergestellt hat. Sie stand über ihre Schnittmuster gebeugt und hat gelacht. Da war sie so glücklich. Und jetzt …« Ihre Augen füllten sich mit Tränen.

Dorothea Nissen schaute ungeduldig auf das Model. Von hinten sahen ihre stacheligen Haare aus wie ein violetter Igelball.

»Hör auf zu heulen«, forderte sie. »Wir müssen weitermachen.«

Vanessa Schultheis blickte sie mit tränennassen Augen an.

»Du trauerst natürlich nicht«, versetzte sie. »Dabei war sie *deine* Schwester.«

Dorothea Nissen hob das Kinn.

»Du meinst, ich bin herzlos?« Sie schüttelte den Kopf. Die Stacheln bewegten sich nicht. »Ich vermisse sie auch. Aber wir haben einen Job zu erledigen. Ich verhalte mich einfach nur professionell.«

Vanessa kniff die Augen zusammen.

»Professionell, ja? Vielleicht bist du ja auch froh, dass sie tot ist.«

Die Fotografin stach mit dem Zeigefinger nach dem Model.

»Du! Überleg dir gut, was du sagst.«

»Ist doch wahr«, entgegnete Vanessa patzig. »Wenn ich daran denke, wie sie dich behandelt hat … Sie hat dich doch keinen Moment vergessen lassen, dass du schuld an der Pleite von ›Hot Cast‹ warst.«

»Und du meinst, deswegen bringe ich sie um? Meine eigene Schwester?«

»Halbschwester«, korrigierte Vanessa. »Und ihr wart ja weiß Gott nicht ein Herz und eine Seele.«

»Wir waren ein gutes Team. Und wir haben uns einiges von der ›Venus‹ versprochen. Britta hatte das Händchen fürs Geschäft. Und ihre Pelzkreationen waren großartige Hingucker für meine Bilder.«

»Aber allein bist du noch besser dran. Du hast den Laden und die Fotos. Und niemanden, der dir ständig dein Versagen aufs Butterbrot schmiert.«

»Du spinnst ja.« Die Fotografin schenkte sich ein Glas Wasser ein und trank in großen Schlucken. »Und wenn du deinen Job behalten willst, rate ich dir, solchen Unsinn nicht weiterzuverbreiten.«

»Pah!« Vanessa Schultheis lachte abfällig. »Gib dir keine Mühe, Dorothea. Britta, die konnte die Leute wie Marionetten tanzen lassen. Du … du warst immer nur eine Figur am Fädchen, und das bleibst du auch, egal, wie du dich abstrampelst.«

»Du Biest!« Dorothea Nissen riss die Dressurpeitsche aus ihrem Gürtel und schlug damit nach dem Model.

Vanessa quietschte empört. Sie sprang auf, griff nach den Löwenpfoten und warf sie der Fotografin vor die Füße.

»Sieh doch zu, wie du allein zurechtkommst«, rief sie und ging zur Tür.

Nils Hansen trat eilig zurück in den Niedergang. Er blieb irgendwo hängen, und das Handtuch, das er sich um die Hüften geschlungen hatte, segelte zu Boden.

Vanessa Schultheis hielt überrascht inne und musterte seinen nackten Körper.

»Nils! Was tust du hier?«

Nils Hansen bückte sich eilig, hob das Handtuch auf und hielt es sich vor den Schritt.

»Ich … äh … suche ein Reinigungsmittel«, stotterte er.

Vanessa entdeckte den Schlüpfer in seiner Hand. Ein schelmisches Funkeln trat in ihre Augen. Sie griff nach der Unterhose.

»Ach so«, sagte sie. »Gib her. Ich mach das für dich.«

Nils Hansen hielt den Slip fest, sah dann jedoch ein, dass es albern war.

»Aber … was soll ich denn jetzt anziehen?«

Vanessa zwinkerte ihm zu.

»Keine Sorge«, flötete sie. »Ich hab da was für dich.«

37

In der »Segeltruhe« herrschte Flaute. Vermutlich lag das am Wetter. Der Himmel war aufgerissen, und die Sonne tauchte ganz St. Peter-Ording in ein verlockendes Licht. Familien mit Kindern marschierten mit großen Taschen und Sonnenschirmen bewaffnet über die Seebrücke zum Strand. Bei »Gosch« drängten sich die Mittagsgäste.

Katharina hatte überlegt, auch etwas zu essen. Aber dann hatte sie entschieden, sich zunächst Gert Stöver vorzuknöpfen.

Sie betrachtete die Glasvitrine, in der die Seenotrettungsmittel ausgestellt waren.

»Verblüffend«, bemerkte sie.

Gert Stöver, akkurat bekleidet mit einer hellen Stoffhose und einem dunkelblauen Jackett, schüttelte verständnislos den Kopf. Seine Frau, heute im edlen grauen Twinset mit Perlenkette, schaute sie mit zusammengekniffenen Augen an.

»Bitte? Was meinen Sie?«

»Ich finde es erstaunlich, dass Sie nicht gemerkt haben, dass eine fehlt«, erläuterte Katharina. »So eine Signalpistole, das fällt doch auf.«

»Ich weiß nicht, wie Sie darauf kommen«, entgegnete Gesine Stöver spitz.

»Eine Heckler & Koch P2A1«, präzisierte Katharina. »Die führen Sie doch?«

»Nein.« Gert Stöver deutete auf die Vitrine. »Sie sehen ja. Das ist alles, was wir im Angebot haben.«

Katharina spürte, wie ihr linkes Auge zu zucken begann. Es gab ein paar Dinge, die sie auf die Palme brachten. Der Versuch, sie für dumm zu verkaufen, gehörte eindeutig dazu.

»Die Herstellerfirma hat mir bestätigt, dass Sie ihr Kunde sind.«

Stöver machte ein erschrockenes Gesicht. Seine Frau sah aus, als müsste sie sich ein schadenfrohes Grinsen verkneifen.

»Also gut.« Stöver hob kapitulierend die Hände. »Wir hatten eine Heckler & Koch P2A1. Und am Sonntag haben wir festgestellt, dass sie weg ist.«

»Und Sie sind nicht auf die Idee gekommen, uns das mitzuteilen? Immerhin wussten Sie, dass Frau Buddenberg mit einer Leuchtpistole beschossen wurde.«

Stöver sah aus, als hätte er Zahnschmerzen.

»Deshalb ja. Ich wollte nicht, dass Sie falsche Schlüsse ziehen.« Katharina lächelte süß.

»Und sie glauben, es macht Sie weniger verdächtig, wenn wir es später selbst herausfinden?«

Stövers Augen irrten durch den Raum. Vermutlich hätte er sich am liebsten in einem der Windschutzpavillons versteckt, die in der »Segeltruhe« ausgestellt waren.

Seine Frau warf ihm einen bedeutungsvollen Blick zu.

»Ich hab's dir gesagt, Gert Stöver«, erklärte sie. »Lügen haben kurze Beine.«

Stöver versuchte, sich größer zu machen, als er war.

»Ja, ja. Und eine lange Nase«, moserte er. »Du hast leicht reden, Gesine. Du bist nicht am Strand über eine Leiche gestolpert.«

»Weil ich nicht die Angewohnheit habe, nächtens Strandspaziergänge in Regenkleidung zu machen.«

Katharina hätte am liebsten gekichert. Die beiden erinnerten sie an ein Ehepaar bei Loriot. Nach außen hin brav und bieder, aber unter dem Tisch wurde zugetreten. Und über der faden Suppe wurde mit rhetorischen Giftpfeilen geschossen.

»Mea culpa.« Gert Stöver hob die Hände. »Ich bin nur ein Mensch. Ich bin fehlbar.«

»Allerdings«, bemerkte seine Frau, und Katharina musste sich schon wieder zusammenreißen.

»Sie haben Glück«, erklärte sie. »Wir wissen, wer die Leuchtpistole gestohlen hat. Wir haben sie sichergestellt. Und anhand der Registriernummer eruiert, dass sie aus Ihrem Laden stammt.«

Gert und Gesine Stöver lösten ihre Blicke voneinander und sahen Katharina an.

»Ach so?«

»Ja, dann …«

»Wer war es denn?«

»Peer Ruppert«, sagte Katharina.

»Ha!« Gert Stövers Zeigefinger schoss auf sie zu. »Hab ich's mir doch gedacht. Der hat sich letzten Freitag hier herumgedrückt. Ich hab mich schon gewundert. Die haben ja wenig Geld. Und was wir hier anbieten, ist gehobene Qualität.«

Katharina nickte. Das war ihr schon aufgefallen.

»Ich wollte ihn im Blick behalten, aber dann waren da ein paar Kunden, die Beratung brauchten. Und als ich mich das nächste Mal umgesehen habe, war er weg.«

Seine Frau schaute ihn ungläubig an.

»Und du hast nicht bemerkt, dass er den Schlüssel aus der Schublade unter der Kasse genommen hat, damit zur Vitrine gegangen ist und eine Leuchtpistole herausgeholt hat? Und den Schlüssel anschließend wieder zurückgelegt hat?«

Stöver schüttelte den Kopf. Seine Frau warf Katharina einen mitleidheischenden Blick zu.

»Männer!«, sagte sie. »Man kann sie nicht für einen Moment aus den Augen lassen.«

★★★

Nils Hansen öffnete den Knopf seines Pistolenholsters. Nur für den Fall, dass die Dobermänner frei herumliefen. Sein Bedarf an unliebsamen Überraschungen für diesen Tag war mehr als gedeckt.

Er legte den Finger auf den Klingelknopf und lauschte. Im Inneren des Hauses ertönte unmelodiöses Geläute. Gleich darauf wurde die Tür aufgerissen.

Kai Ruppert starrte Hansen verärgert an. Wie immer trug er sein Army-Outfit samt Kappe. Nils Hansen fragte sich, ob er die Mütze zumindest zum Schlafen abnahm.

»Sie schon wieder?«, polterte Ruppert. »Was denn jetzt noch? Sie haben doch alles gesehen.«

Nils Hansen nickte. Gesehen hatte er in der Tat mehr als genug. Ihm war immer noch übel von seinem Besuch in Rupperts Nerz-ställen.

»Es gibt neue Erkenntnisse«, erläuterte er. »Wir wissen jetzt, dass Ihr Sohn Peer auf Britta Buddenberg geschossen hat.«

Ruppert verzog keine Miene. Wenn ihn das Handeln seines Sohns verstörte, so ließ er es sich zumindest nicht anmerken.

»Aber er hat sie nicht umgebracht«, fuhr Hansen fort. »Das war jemand anders. Jemand, der ihre hilflose Lage ausgenutzt und sie unter Wasser gedrückt hat.«

Kai Ruppert entblößte seine gelben Zähne.

»Sie meinen, irgendwer hat sie ersäuft wie eine Katze?«

Hansen nickte. Er fand nicht, dass das besonders witzig war.

»Sie hatten ein Motiv«, bemerkte er.

Ruppert hob einen Mundwinkel. »Ach ja?«

»Frau Buddenberg hat Ihnen Geld geliehen. Achtzigtausend Euro. Und vorgestern wäre die erste Rate fällig gewesen. Zehntausend Euro. Womöglich konnten Sie nicht zahlen.«

»Nee«, sagte Ruppert. »Hätte ich nicht gekonnt. Aber jetzt fragt ja keiner mehr danach.«

»Ich schon«, konterte Hansen. »Schließlich wäre es ja möglich, dass Sie Frau Buddenberg deshalb getötet haben.«

Kai Ruppert öffnete und schloss die Fäuste. Er sah aus, als wollte er seinem Filmhelden Rocky Balboa nacheifern und dem lästigen Gegner einen Kinnhaken verpassen. Nils Hansen legte eine Hand auf den Griff seiner Dienstwaffe.

Ruppert hob theatralisch die Hände.

»Oh! Mann! Nicht schießen.« Er grinste. »Ich bin unbewaffnet.«

Hansen ließ seine Hand dort, wo sie war. Die Fäuste des Mannes konnten durchaus als Waffen durchgehen.

»Sie haben die Wahl«, erklärte er. »Entweder Sie reden mit mir, oder ich muss Sie mit auf die Polizeistation nehmen.«

Ruppert schlug mit der Faust gegen den Türrahmen.

»Herrgott noch mal! Was glauben Sie denn? Die Buddenberg hätte mir die Rate garantiert gestundet. Sie hat mir den Kredit doch geradezu aufgedrängt.«

Er wies zu den Stallgebäuden hinüber, in denen sich die Nerze befanden.

»Bis vor drei Monaten hatte ich Hühner. Hat sich aber nicht mehr rentiert. Das ging alles den Bach runter. Und dann taucht eines Tages die Buddenberg hier auf und schlägt mir vor, ich soll auf Nerze umstellen. Sie suchte jemanden, der die Felle direkt an ihren Zurichter in Hamburg liefert.« Er zuckte mit den Schultern. »Ist wohl nicht mehr so einfach, auf kurzem Weg an Pelze heranzukommen. Die meisten Nerzfarmen hier bei uns haben längst dichtgemacht.« Er spuckte aus, und Hansen trat schnell einen Schritt beiseite, um nicht getroffen zu werden.

»Ich hätte mich gar nicht darauf einlassen sollen. Wenn man die Tierschutzhaltungsverordnung erfüllt, kann man nicht rentabel arbeiten. Was stellen die sich vor? Ein Quadratmeter Grundfläche für jedes Tier. Wasser und Sand zum Toben. Und ›verhaltensgerechtes Beschäftigungsmaterial‹. Wer soll denn das bezahlen?« Er schüttelte den Kopf. »Also hält man die Viecher so wie eh und je. Aber dafür hat man dann die Tierschützer im Nacken. Und das verdammte Elend dadrinnen.« Er zog die Schultern hoch. »Glauben Sie, mir macht das Spaß? Wenn ich sehe, wie die kleinen

Kerle in ihren Drahtkäfigen durchdrehen, kommt mir die Galle hoch. Ich könnte kotzen.«

Nils Hansen sah den Farmer verständnislos an.

»Warum tun Sie es dann?«

Ruppert zog einen Flachmann aus einer der zahlreichen Seitentaschen seiner Armeehose und setzte ihn an die Lippen.

»Weil ich keine Wahl habe«, fuhr er schließlich fort. »Wenn ich den Laden hier dichtmache, bin ich pleite. Dann kann ich zum Amt gehen und Hartz IV beantragen. Und der Hof kommt unter den Hammer.«

Nils Hansen atmete tief durch. Er mochte es, wenn die Dinge fein säuberlich geordnet waren. Schwarz und weiß, wie in den Wildwestfilmen, die er als Junge so gerne gesehen hatte. Aber in diesem Fall war überhaupt nichts schwarz und weiß, sondern alles irgendwie grau. Ein Nerzfarmer, der es hasste, Tiere zu quälen. Und Nerze, die keine waren und die man nicht befreien durfte, weil sie die echten Nerze verdrängten oder Löcher in den Deich gruben.

»Tut mir leid«, sagte er. »Ich weiß, wie schwer das ist. Meine Eltern haben auch einen Hof.«

Kai Ruppert sah ihn überrascht an. Dann trat er beiseite und winkte Nils Hansen herein.

»Kommen Sie«, sagte er. »Wir trinken ein Bier. Und ich erzähle Ihnen, was ich in der Nacht gemacht habe, als jemand die Buddenberg ersäuft hat.«

★★★

Gert Stöver starrte Katharina mit großen Augen an.

»Das war kein Unfall? Sie ist nicht ins Wasser gelaufen, weil der Mantel gebrannt hat?«

»Doch. Aber sie ist nicht in Panik ertrunken. Jemand hat absichtlich ihren Kopf unter Wasser gedrückt.«

Stöver ließ sich auf den Hocker neben der Kasse sinken.

»Mein Gott. Wie schrecklich.«

»Das ist es allerdings«, sagte Katharina. »Und es bedeutet, dass Sie wieder zum Kreis der Verdächtigen zählen.«

Stöver fuhr auf.

»Ich?«, fragte er gedehnt. Wie ein Kind, das noch mit der Hand im Bonbonglas seine Unschuld beteuerte.

Gesine Stöver strich ihre graue Strickjacke zurecht.

»Du warst am Böhler Strand, als sie ermordet wurde«, erinnerte sie ihren Mann. »Am Tatort.«

»Ich war spazieren!«, rief Gert Stöver. »Und dann bin ich über ihre Leiche gestolpert.«

»Ja«, bemerkte seine Frau. »Das würde ich an deiner Stelle auch sagen.«

Sie sah aus, als würde ihr die Situation Spaß machen.

Gert Stöver rann eine Schweißperle von der Stirn.

»Gesine! Bitte! Du denkst doch nicht, dass ich jemanden ermorden könnte!«

Seine Frau verschränkte die Arme vor der Brust.

»Ich weiß nur, dass du nicht die Wahrheit sagst. Diese Geschichte mit deiner Schlaflosigkeit und der neuen Kollektion aus Rellingen, die du ausprobieren wolltest, ist doch erstunken und erlogen.«

Gert Stöver schlug die Hände vors Gesicht. Dann ließ er sie wieder sinken und sprang auf.

»Also gut!«, brüllte er. »Du willst es ja nicht anders.«

Er holte tief Luft.

»Ja. Ich finde diese Regenmäntel erotisch. Ich träume davon, mit einer Frau Sex zu haben, während ich diese Sachen trage. Dieses warme, enge Gefühl. Das ist eine Geborgenheit, in die man sich fallen lassen kann. Und zugleich ist der Reiz auf der Haut einfach unglaublich intensiv.«

Seine Frau hob das Kinn.

»Das hast du mir nie gesagt.«

Stöver wirkte für einen Moment irritiert.

»Nein. Natürlich nicht.« Er deutete auf die Kult-Ecke, in der die Friesennerze auf den Ständern hingen. »Du findest diese Dinger doch schrecklich.«

»Allerdings«, konterte seine Frau. »Aber ich hätte gern gewusst, was in deinem Kopf vorgeht.«

Stöver schnaubte.

»Damit du dann ständig darauf herumreiten kannst? Na, vielen Dank.«

Katharina lachte leise. Ein Paartherapeut hätte sicher seinen Spaß an den Stövers. Aber sie war leider nicht zu ihrem Vergnügen hier.

»Britta Buddenberg hat Ihre geheime Leidenschaft entdeckt«, sagte sie, an Gert Stöver gewandt. »Und sie hat versprochen, Ihnen Ihren Traum zu erfüllen.«

Stöver nickte müde. Er hatte wohl eingesehen, dass es keinen Sinn mehr hatte zu leugnen.

»Sie hat mich erwischt. Ich habe diese Regensachen in einem Schrank in der Garage. Gesine war nicht zu Hause, und ich habe die Mittagspause genutzt, um mich ein wenig zu … äh …«

»Entspannen.«

»Ja.« Stöver nickte. »Die Buddenberg erschien, weil Sie gerade die Klageschrift vom Amtsgericht erhalten hatte.« Er warf seiner Frau einen Blick zu. »Gesine hat das so gewollt. Damit die Erotikabteilung in der ›Venus‹ wegkommt. Weil das ein schlechtes Licht auf unsere Einkaufsstraße wirft.«

Gesine Stöver sah ihren Mann schmallippig an.

»Vielleicht täuscht mich mein Gedächtnis«, versetzte sie. »Aber ich meine, mich zu erinnern, dass du dich ebenfalls über diese ›Schmuddelecke‹ empört hast.«

Stöver seufzte.

»Ja. Aber nur, damit du nicht denkst, mir würde das gefallen.«

Seine Frau kniff die Augen zusammen.

»Du bist ein ausgemachter Dummkopf, Gert Stöver.«

»Frau Buddenberg hat Sie also in Ihrem Friesennerz-Outfit gesehen«, lenkte Katharina das Gespräch zurück in die Spur, ehe die beiden wieder aufeinander losgehen konnten.

Stöver nickte.

»Sie hat sofort gewusst, was ich da tue. Und sie hat gesagt, zu zweit würde es noch viel mehr Spaß machen. Sie wollte sich mit mir am Strand treffen. Sie im Nerz und ich im Regenmantel. Ohne irgendwas darunter.«

»Und was hast du geglaubt, weshalb sie dir so ein Angebot macht?«, erkundigte sich seine Frau bissig.

»Damit wir die Klage zurückziehen«, erwiderte Stöver. »Das hat sie mir gesagt.«

»Und trotzdem hast du dich darauf eingelassen?«

Stöver hob hilflos die Schultern, und Katharina dachte, wie quälend sein Wunsch gewesen sein musste, wenn er dafür all seine moralischen Prinzipien über Bord warf.

»Dir muss doch klar gewesen sein, dass du die Klage nicht zurücknehmen kannst«, bohrte seine Frau weiter. »Wie hättest du mir das denn erklären wollen?«

Was genau der Punkt war. Britta Buddenberg hatte Stövers größte Schwachstelle entdeckt. Und Stöver war – nachdem die Erregung abgeklungen war – vermutlich bewusst geworden, wie gefährlich ihm diese Frau werden konnte, wenn er seinen Teil der Verabredung nicht einhielt. Katharina erinnerte sich an das absurde Bild, das er schwitzend bei seiner ersten Vernehmung abgegeben hatte. So erotisch die Demütigung während des Spiels sein mochte, hinterher war sie ihm vermutlich einfach nur peinlich. Und dass seine Frau oder womöglich der halbe Ort von seiner Leidenschaft für Sex im Friesennerz erfuhr, war sicherlich das Letzte, was er wollte.

»Sie waren am Tatort«, stellte Katharina fest. »Und Sie hatten ein Motiv. Britta Buddenberg hätte alles zerstört. Ihren guten Ruf. Ihre Ehe. Und womöglich sogar Ihr Geschäft.«

Stöver schluckte schwer.

»Aber ich war das nicht«, beteuerte er. »Als ich zum Treffpunkt kam, war sie schon tot.«

Katharina betrachtete den Inhaber der »Segeltruhe«. Sein Gesicht war bleich, und in seinen Augen stand die nackte Angst.

»Tut mir leid«, sagte sie. »Aber es sieht nicht gut aus für Sie.«

Gert Stöver wandte sich hilfesuchend an seine Frau.

»Gesine. Ich … Ich … Was soll ich denn jetzt tun?«

Seine Frau lächelte. Seltsamerweise schien ihr die Situation noch immer Vergnügen zu bereiten.

»Tja, Gert Stöver«, sagte sie. »Da hast du dich ganz schön in die Zwickmühle gebracht.« Sie legte den Kopf schief. »Du kannst von Glück sagen, dass du ein Alibi hast.«

Nicht nur Katharina, auch Gert Stöver schaute seine Frau verblüfft an.

»Ich … Wieso habe ich ein Alibi?«

Gesine Stöver wandte sich an Katharina Berg.

»Er hat eine SMS bekommen in der Nacht«, erläuterte sie. »Von Britta Buddenberg. Dass er sich um Mitternacht mit seinem Friesennerz am Böhler Strand einfinden soll. Er war so aufgeregt, dass er sein Handy liegen gelassen hat. Ich habe die Nachricht gelesen. Und dann bin ich dort hingefahren.«

Sie betrachtete ihren Mann kopfschüttelnd.

»Ich habe auf dem Parkplatz am Kurwärterhäuschen gehalten und bin den Weg bis zur ›Seekiste‹ gelaufen, damit er unseren Wagen nicht sieht. Trotzdem war ich vor ihm da, weil er die ganze Strecke zu Fuß gegangen ist. Das hat sie so verlangt. Damit er ordentlich ins Schwitzen gerät.«

Sie hob die Augenbrauen so weit, dass sie fast ihren Haaransatz berührten.

»Das gehört wohl dazu. Die Erniedrigung. Das gibt ihm erst den richtigen Kick.«

Stöver reagierte nicht. Demütigender als jetzt konnte eine Situation kaum sein. Aber Katharina bezweifelte, dass er sie auch nur im Entferntesten erotisch fand.

»Nun ja.« Gesine Stöver griff nach einer der singenden Möwen aus dem Andenkenregal und knetete sie.

»Ich habe auf ihn gewartet und bin ihm kurz darauf nachgegangen. Ich habe gehört, wie er gestolpert ist und eine Weile hilflos im nassen Sand herumgetastet hat. Und dann ging seine Taschenlampe an, und ich habe sie gesehen. Die tote Britta Buddenberg in ihrem schwarzen Pelz.«

Gert Stöver starrte seine Frau fassungslos an.

»Du schaust tatenlos zu, wie mich die Polizei als Mordverdächtigen behandelt, obwohl du weißt, dass ich es nicht war?«

Seine Frau lächelte. »Dir gefällt es doch, wenn du ein bisschen ins Schwitzen gerätst.«

»Aber doch nicht so!«

Gesine Stöver zuckte mit den Schultern. »Ich fand, dass du eine kleine Lektion verdient hast.«

Ihr Gesicht zeigte keine Regung, die verriet, dass sie nicht ganz so entspannt war, wie sie sich gab. Ihre Hände dagegen hatte sie nicht unter Kontrolle. Sie würgten die Möwe zu fest. Und mitten in die drückende Stille hinein erklang plötzlich, blechern verzerrt: »An der Nordseeküste … am plattdeutschen Strand …«

★★★

Die Verschlüsse der Bügelflaschen sprangen mit einem lauten Ploppen auf, und weißer Schaum quoll aus den Flaschenhälsen. Er tropfte auf den abgewetzten Küchentisch, aber Kai Ruppert kümmerte sich nicht darum. Er stieß seine Flasche gegen die von Nils Hansen und leerte sie in einem Zug.

»Also«, sagte er und beugte sich vertraulich zu Hansen. »In der Nacht, als die Buddenberg ermordet wurde, da war ich in Husum.« Er kam noch etwas näher und blinzelte Hansen zu. »Im Puff.«

Nils Hansen zuckte zurück. Bier schwappte aus seiner Flasche und kleckerte auf seine Hose. Es sah aus, als hätte er sich eingenässt.

»Die Frau war eine Rakete«, erläuterte Ruppert, der Hansens Irritation ignorierte. »Schwarze Haare bis zum Po. Pumps mit gigantischen Absätzen. Und Dessous wie von einer Spielzeugpuppe. Ich hab selten so eine scharfe Braut gesehen.«

Ruppert lehnte sich zurück und schloss genüsslich die Lider. Ganz offensichtlich lief die Szene vor seinem inneren Auge noch einmal ab.

»Die hat an meinen Brustwarzen gesaugt wie ein Baby und mich mit ihren zarten Fingern massiert. Ich dachte schon, ich platze, als sie sich endlich vor mich hingekniet hat. Und dann hat sie gelutscht und gelutscht …«

Er grinste und öffnete die Augen wieder.

»Das war der beste Orgasmus aller Zeiten.«

Ruppert griff in seine Hemdtasche und zog eine Visitenkarte hervor, die er Hansen über den Tisch zuschob.

»Hier. Falls Sie mal Druck haben. Die macht alles. Oral. Anal. Wenn Sie drauf stehen, dürfen Sie ihr sogar den Hintern versohlen.«

Nils Hansen spürte, wie er rot anlief. Zwischen seinen Beinen entfaltete sich ein Feuerwerk prickelnder Gefühle.

»Danke«, sagte er und steckte das Kärtchen ein.

So genau hatte er es gar nicht wissen wollen.

38

Dunkle Wolken jagten über den Himmel, und ein scharfer Wind pfiff vom Meer herüber. Es war nur eine Frage der Zeit, bis es anfangen würde zu regnen.

Katharina Berg schaute über die Straße zum Eingang des Friedhofs in St. Peter-Dorf. Dort hatte sich eine Traube von Menschen mit Plakaten und Transparenten versammelt. Katharina las sinnige Sprüche wie »Wer den Nerz nicht ehrt, ist unserer Trauer nicht wert« und »Der Gott der Nerze lacht. Er hat sein Werk vollbracht.«

Neben ihr hielt ein dunkler Wagen am Straßenrand.

»Ein bisschen mehr Pietät wäre doch angebracht«, bemerkte der schwarz gekleidete Mann, der aus dem Auto stieg. Katharina drehte sich zu ihm um.

»Paps! Was machst du denn hier?«

Konstantin Berg deutete zum Friedhof mit der roten Backsteinkirche. »Ich vertrete einen alten Freund, der gern dabei gewesen wäre.«

Katharina hängte sich bei ihm ein und schritt mit ihm gemeinsam über die Dorfstraße zum Friedhofstor. Susanne Moll, wieder einmal in ihrem hautengen rosafarbenen Strampler mit künstlichem Fell darüber, starrte die beiden an.

»Oh, mein Gott!« Sie riss sich die Nerzmaske vom Gesicht. »Das ist Konstantin Berg!« Sie durchsuchte verzweifelt ihren zerfransten Fellmantel nach Stift und Papier, fand aber nichts. Eilig wandte sie sich an Thorsten Klinke.

»Thorsten! Schnell! Du hast doch sicher was zu schreiben dabei.«

Klinke kramte in seiner Jackentasche und reichte ihr einen Notizblock und einen Bleistiftstummel. Susanne Moll stürzte auf Katharina und ihren Vater zu und streckte ihm die Sachen entgegen.

»Herr Berg! Bitte! Ein Autogramm!«

Konstantin Berg schüttelte den Kopf.

»Tut mir leid. Ich bin hier, um einer Toten die letzte Ehre zu erweisen. Sie mag nicht immer richtig gehandelt haben. Aber sie war ein Mensch. Und dass Sie im Angesicht eines Mordes Ihre Parolen skandieren, kann ich nicht gutheißen.«

Er hob das Kinn und senkte die Lider. Beides nur eine Nuance. Aber der Effekt war gewaltig. Er war der König, der auf eine in Ungnade gefallene Untertanin herabblickte. Mit einer nachlässigen Handbewegung scheuchte er sie aus dem Weg.

Susanne Moll blieb getroffen zurück. Katharina und ihr Vater betraten das Friedhofsgelände, das von einer niedrigen weißen Mauer und einer dichten, hohen Hecke umfriedet war. Wege aus roten und schwarzen Steinen führten zwischen den Gräberreihen hindurch. Hinter der Kirche ragte ein Glockenturm aus grau verwittertem Holz mit einem pyramidenförmigen Dach auf.

»War ich zu pathetisch?«, erkundigte sich Konstantin Berg, als sie außer Hörweite der Demonstranten waren.

Katharina betrachtete ihn von der Seite. Wie immer, wenn sie ihn sah, wurde ihr Herz von Zärtlichkeit überschwemmt. Sein Haar war längst grau meliert, sein Gesicht von Falten durchzogen und der Dreitagebart stachelig, aber in ihren Augen sah er mit jedem Jahr, das er älter wurde, attraktiver aus.

»Nein. Du warst großartig.«

Sie blieb stehen, weil das offene Grab in Sicht kam, und warf einen Blick auf die Uhr im alten Glockenturm mit seiner Patina aus grün oxidiertem Kupfer. Die Trauerfeier musste eben zu Ende gegangen sein. Der Pastor und die Sargträger kamen über den Weg auf sie zu. Hinter ihnen liefen nur zwei Personen: Vanessa Schultheis und Dorothea Nissen, beide in langen schwarzen Nerzmänteln.

»Ich kann die Leute da draußen verstehen«, bemerkte Konstantin Berg und deutete zu den Demonstranten am Friedhofstor, während er seine Augen auf die Pelzkleider der beiden Frauen heftete. »Wenn die Gegenseite so eifrig Öl ins Feuer gießt.«

Katharina nickte. Statt für die Trauerarbeit wurde diese Beisetzung als Schaukampfarena benutzt.

»Was ist das für ein Freund, für den du das tust?«, erkundigte sie sich und schaute über das großzügig angelegte Friedhofsgelände. Auf den Grabstellen blühten bunte Blumen, zwischen den Gräbern wuchsen üppige Bäume und Büsche, die akkurat beschnitten waren.

Konstantin Berg lehnte sich an einen Baum.

»Vielleicht erinnerst du dich noch«, sagte er. »Du musst damals elf oder zwölf gewesen sein. Wir haben in den Sommerferien diesen Thriller gedreht. Geiseldrama auf dem Hamburger Flughafen.«

Katharina nickte. Sie hatte bei den Aufnahmen am Set sein dürfen und fasziniert zugesehen, wie ein Film entstand.

»Da war auch ein Kostümbildner dabei«, fuhr Konstantin Berg fort.

»Onkel Walter!« Plötzlich hatte Katharina den Mann wieder vor Augen. Er hatte sich viel Zeit für sie genommen, obwohl er ständig im Stress war, weil irgendwelche Kostüme geflickt oder angepasst werden mussten. Und er hatte immer ein Lächeln auf dem Gesicht gehabt.

Konstantin Berg vollführte eine knappe Handbewegung, mit der er die Vergangenheit zurückholte.

»Wir waren gute Freunde damals, Walter und ich. Ich hätte mir gewünscht, dass er zu uns ans Theater kommt. Aber er wollte sich lieber selbstständig machen. Er war Schneidermeister.«

Der Schauspieler blickte versonnen in die Ferne.

»Er hatte eine nette Frau. Jutta. Die beiden waren ein wunderbares Paar.« Er schaute Katharina an. »Sehr glücklich. Doch dann«, ein Schatten legte sich über sein Gesicht, »ist Jutta bei einem Autounfall ums Leben gekommen.«

Katharina sah ihren Vater abwartend an. Das war zweifellos eine traurige Geschichte. Aber sie konnte nicht erkennen, was sie mit der Beisetzung zu tun hatte, der sie gerade beiwohnten.

»Danach ist bei ihm alles schiefgelaufen. Ein uneheliches Kind mit einer anderen Frau, die ihn ausgenommen hat wie eine Weihnachtsgans. Die Fusion seiner kleinen Schneiderei mit einem großen Modekonzern. Und eine Tochter, die den Tod der Mutter einfach nicht verwinden konnte.«

Konstantin Berg blickte zu den dunklen Wolken empor.

»Vor ein paar Jahren hat er Parkinson bekommen. Er saß die letzte Zeit im Rollstuhl. Im Frühjahr ist er gestorben.«

Katharina zog unwillkürlich die Schultern hoch. Das Schicksal des freundlichen Mannes ging ihr nahe.

Ihr Vater schaute sie an.

»Ich nehme an, du hast dir damals seinen Nachnamen nicht gemerkt«, sagte er. »Für dich war er Onkel Walter.«

Katharina nickte. Sie kannte den Familiennamen des Schneidermeisters nicht. Aber er war auch nicht schwer zu erraten.

»Buddenberg«, bestätigte Konstantin Berg ihre Vermutung. »Sein Name war Walter Buddenberg.« Er deutete mit dem Kopf zum Grab. »Britta war ein fröhliches Kind. Aber nach dem Tod ihrer Mutter hat sie einen Panzer um sich errichtet.«

»Und die andere Frau?«

»Frauke Nissen. Eine seiner Schneiderinnen. Nach Juttas Tod hat Walter Trost bei ihr gesucht. Und dann war sie eines Tages schwanger und hat sich bei ihm eingenistet. Die kleine Dorothea ist von ihr verwöhnt worden wie eine Prinzessin. Britta dagegen hat sie immer spüren lassen, dass sie nur ihre Stieftochter war.«

Katharina sah zu den beiden Frauen hinüber, die an Britta Buddenbergs Grab standen. Das alles war natürlich lange her. Und die Traumata der Kindheit waren nur einer von vielen Faktoren, die das Leben eines Menschen prägten. Aber die Geschichte ihres Vaters warf doch ein interessantes Licht auf die Beziehung zwischen Britta Buddenberg und ihrer Halbschwester Dorothea Nissen.

39

Nils Hansen goss eine Kanne Wasser in den Topf mit dem abgestorbenen Pflanzenstängel auf seiner Fensterbank. Dann schaute er Katharina Berg frustriert an.

»Gert Stöver scheidet also aus«, resümierte er. »Und Kai Ruppert kommt ebenfalls nicht als Täter in Frage. Ich habe in dem … äh …«

»Etablissement?«, schlug Katharina vor.

»Genau! Ich habe dort angerufen. Kai Ruppert war tatsächlich die ganze Nacht dort. Hat ihn eine schöne Stange Geld gekostet, wenn ich die … äh … Dame richtig verstanden habe.« Er stellte die Kanne mit einem Knall auf dem Emaillebecken in der Ecke des Raums ab und ließ sich auf seinen Stuhl fallen. »Möchte wissen, woher er das hat, wenn er doch angeblich so pleite ist.«

»Vermutlich setzt er Prioritäten«, bemerkte Katharina. Zu einem Typen wie Ruppert passte das ja. Statt seinen Kredit in die Nerzfarm zu investieren, trug er das Geld ins Bordell.

Sie sah, dass Hansen unruhig auf seinem Stuhl herumrutschte. Womöglich steckte ihm das Fotoshooting vom Morgen ja noch in den Gliedern. Oder jedenfalls in einem.

»Gesine Stöver war zur Tatzeit am Tatort«, sagte sie. »Und sie hatte ein Motiv. Immerhin hat sich Britta Buddenberg mit ihrem Ehemann zu erotischen Aktivitäten am Strand verabredet.«

Nils Hansen hob die Augenbrauen. »Sie glauben, dass sie es war?«

Katharina schüttelte den Kopf.

»Sie hat von sich aus zugegeben, dass sie am Strand war. Das hätte sie nicht tun müssen. Wir hätten es vermutlich nie herausgefunden.«

Hansen nickte.

»Es würde auch nicht zu ihr passen«, bemerkte er, »dass sie sich die Hände schmutzig macht. Bei ihrem Sauberkeitsfimmel.«

Katharina sah ihn überrascht an. Dass Hansen psychologisch argumentierte, war neu. Aber es war ein gutes Zeichen. Weniger erfreulich war, dass ihnen die Verdächtigen ausgingen.

»Wer profitiert von dem Mord?«, überlegte sie laut. »Wer erbt die Boutique?«

»Dorothea Nissen«, erwiderte Nils Hansen, der sich an das Gespräch erinnerte, das er am Morgen auf der »Aegir« belauscht hatte. »Oder nicht?«

Katharina zupfte an Hansens vertrockneter Topfpflanze herum.

»Sie war nur die Halbschwester«, bemerkte sie. »Vielleicht gibt es noch andere Verwandte, die in der Erbfolge vor ihr stehen.«

Nils Hansen nickte bedeutungsschwer. Dann schreckte er auf. Offenbar war ihm bewusst geworden, dass Katharina nicht nur laut nachdachte, sondern ihm eine Handlungsanweisung erteilt hatte.

Er ruckelte an der Maus, um seinen Computermonitor zum Leben zu erwecken. Eilig formulierte er eine Anfrage an das Standesamt in Husum. Dann loggte er sich in das Einwohnermeldeinformationssystem ein und fragte die Daten für die Familien Buddenberg und Nissen ab. Nachdem das erledigt war, kratzte er sich ausgiebig am Kinn. Die Haut an Oberlippe, Kinn und Wangen war gerötet und von kleinen Pusteln übersät.

»Dieser verdammte Theaterkleber«, schimpfte er. »Von dem Piratenbart, den sie mir angehängt haben.«

Katharina drehte sich zu ihm um.

»Ja, Hansen«, sagte sie. »So ist das. Der Zuschauer sieht nur Glanz und Gloria. Aber für den Darsteller ist der heroische Auftritt oft eine Qual.« Sie zwinkerte ihm zu. »Auch wenn es natürlich Spaß macht.«

»Hm.«

Es schien, als könne Nils Hansen dieser Einschätzung nur bedingt zustimmen.

Katharina bedauerte, dass sie bei den Aufnahmen nicht dabei gewesen war. Sie hätte zu gern gesehen, wie sich der junge Polizeimeister im Regenoutfit vor der Kamera machte.

Ein leises »Pling« kündigte an, dass das Ergebnis der EIS-Abfrage eingegangen war.

»Ah!«, sagte Hansen, offensichtlich froh, das Thema nicht weiter vertiefen zu müssen. »Das ging ja fix.«

Er öffnete das Dokument auf seinem Bildschirm und tippte den Druckerbutton an. Der Drucker auf dem Tisch neben ihm begann zu rattern, aber es kam nichts heraus.

»Ach, verdammt«, sagte Hansen. »Kein Papier.«

Er stand auf und lehnte die Trittleiter an das Aktenregal. Obenauf lagen mehrere Pakete mit Druckerpapier.

Hansen wollte die Leiter erklimmen, hielt aber sofort wieder inne. Irgendetwas behinderte ihn anscheinend. Er fummelte am Gürtel seiner Hose herum und stellte ihn weiter, wirkte aber immer noch unzufrieden. Er warf Katharina einen schnellen Seitenblick zu und öffnete Knopf und Reißverschluss seiner Uniformhose. Nun endlich schien er mit der Bewegungsfreiheit einverstanden.

Er kletterte behände die Leiter hinauf und streckte die Hand nach einem der Packen mit Druckerpapier aus. Im selben Augenblick entwich ihm ein Laut der Verblüffung. Seine Hose geriet in Bewegung und rutschte ihm über die Hüften. Einen Moment lang hing sie auf Halbmast. Dann fiel sie ihm auf die Schuhe.

Katharina kniff die Augen zusammen. Offenbar litt sie immer noch unter den Nachwirkungen von Klinkes Haschkeksen. Das, was sie sah, konnte nur eine Halluzination sein.

Sie schloss die Augen, wartete drei Sekunden und öffnete sie wieder. Aber es nützte nichts. Das Bild war noch immer dasselbe.

Nils Hansen trug einen Slip aus schwarzem Nerzpelz.

Katharina begann zu prusten.

»Ich hätte nicht gedacht, dass Ihnen so etwas zusagt«, versetzte sie.

Der Polizeimeister lief knallrot an.

»Das gefällt mir doch nicht!«, protestierte er. »Ich musste nur die Hose wechseln, weil …« Nils Hansen verstummte abrupt. Gerade noch rechtzeitig war ihm eingefallen, dass die Situation nicht weniger peinlich wurde, wenn er Katharina erklärte, warum ihm Vanessa seinen Slip abgenommen und ihm stattdessen dieses zweifelhafte Stück aufgedrängt hatte. »Wegen des Shootings«, schloss er lahm.

»M-hm.« Katharina Berg betrachtete neugierig die Unterhose. »Was mich interessiert: Ist die Innenseite auch mit Pelz gefüttert?«

Nils Hansen sah an sich herunter. Er konnte sich kaum eine Situation vorstellen, die noch beschämender war.

»Ja«, erwiderte er so lässig, wie er nur konnte. »Das ist eine Sonderanfertigung. Eines der Modelle von Britta Buddenberg. Schließlich wollten Sie ja wissen, was dort so verkauft wird.«

»Faszinierend«, sagte Katharina. »Wirklich. Ich bin sehr froh, dass Sie so gründlich arbeiten.«

Nils Hansen vernahm ihre Ironie, versuchte aber, sie zu ignorieren. Gerade im Moment hatte er auch ganz andere Sorgen. Er umklammerte die Sprossen der Leiter und fragte sich, wie er es schaffen sollte, seine Uniformhose wieder nach oben zu ziehen, ohne dabei herunterzufallen. Schließlich konnte er ja nicht mit heruntergelassener Hose nach unten klettern. Er warf einen Blick zu Katharina, doch die machte nicht den Eindruck, als wollte sie ihn aus seiner Notlage befreien. Vielmehr betrachtete sie ihn mit spöttisch gekräuselten Lippen, ganz offensichtlich gespannt, wie er sein Dilemma lösen würde.

Nils Hansen seufzte ergeben. Dann schleuderte er die Uniformhose von den Füßen und stieg, nur mit dem Pelzslip bekleidet, die Leiter herunter.

★★★

Katharina schaute zu, wie der junge Polizeimeister seine Hose wieder aufhob und hineinschlüpfte. Er zog den Gürtel so eng, dass er vermutlich kaum noch atmen konnte. Schließlich stieg er erneut auf die Leiter und holte das Druckerpapier herunter. Er atmete auf, als er Katharina endlich das Blatt mit den Daten aus dem Einwohnermeldeinformationssystem reichen konnte.

Sie überflog die Seiten und nickte.

»Sie hatten recht, Hansen. Dorothea Nissen ist die einzige lebende Angehörige von Britta Buddenberg. Andere Geschwister gab es nicht, und die Eltern und Großeltern sind schon lange tot.« Sie dachte an das Gespräch mit ihrem Vater auf dem Friedhof. »Ihr Vater, Walter Buddenberg, war der Letzte. Er ist im Frühjahr gestorben.«

»Hm.« Nils Hansen stellte den Gürtel weiter und entspannte sich. Vermutlich war er froh, endlich nicht mehr im Fokus zu stehen. »Und was bedeutet das jetzt?«

Katharina erhob sich und lief in Hansens winzigem Büro auf und ab. Sechs Schritte nach Osten, sechs Schritte nach Westen. Dann hatte man jeweils die Wand erreicht.

»Das Verhältnis zwischen Britta Buddenberg und ihrer Stiefschwester war angespannt«, überlegte sie. »Britta Buddenberg hat Dorothea Nissen die Schuld am Konkurs ihrer Modelagentur ›Hot Cast‹ gegeben. Vermutlich zu Recht. Dorothea Nissen hat einen sehr mondänen Lebensstil gepflegt. Und Drogen waren wohl auch im Spiel.«

»Ach was.« Nils Hansen schaute überrascht. »Woher wissen Sie das?«

»Das hat mir meine Mutter erzählt.«

An Hansens Gesicht konnte sie ablesen, was in seinem Kopf vorging. Wenn seine Eltern keine Poppenrader Biobauern, sondern Insider der Hamburger Promiszene wären, wäre er vielleicht auch Kriminalhauptkommissar und nicht nur ein kleiner Polizeimeister in Garding. Ein Gedanke, der womöglich einen wahren Kern hatte. Aber er ließ natürlich außer Acht, dass sich Katharina durch ein Studium für ihren Job qualifiziert hatte, während er selbst nur mit einem mittelmäßigen Schulabschluss die Polizeischule besucht hatte.

»Das heißt, die Buddenberg war sauer auf ihre Halbschwester«, sagte Hansen. »Warum hat sie dann trotzdem mit ihr zusammengearbeitet?«

»Sie brauchte eine Fotografin. Und ihre Mittel waren begrenzt. Sie war vermutlich nicht in der Lage, wählerisch zu sein.«

Nils Hansen legte die Stirn in Falten.

»Ich an ihrer Stelle«, sagte er, »hätte nicht gewollt, dass meine Halbschwester alles erbt.«

Katharina Berg hob die Augenbrauen. Das war ein Gedanke, der ihr noch gar nicht gekommen war. Dabei war er mehr als naheliegend.

»Wir sollten das überprüfen«, stimmte sie zu. »Schreiben Sie doch mal eine Anfrage an das Nachlassgericht in Husum.«

Nils Hansens Mundwinkel wanderten nach oben. Er senkte eilig den Kopf und tippte auf seiner Tastatur. Sein Gesicht konnte er auf diese Weise verstecken. Aber seine roten Ohren sah Katharina trotzdem.

★★★

Keine fünf Minuten später klingelte das Handy in Katharinas Rucksack. Sie nahm es heraus und meldete sich.

»Berg?«

»Frau Berg?«, ertönte eine beschwingte Frauenstimme. »Kriminalkommissarin Katharina Berg?«

»Kriminalhauptkommissarin.«

»Oh. Ja. Natürlich. Verzeihung.« Die Frau am anderen Ende lachte übertrieben.

»Und wer ist da?«

»Sonnenschein«, flötete die Frau. »Ich rufe an wegen der Frau Buddenberg. Das war doch Mord, nicht wahr? Und Sie untersuchen die Sache?«

Katharina runzelte die Stirn. Wäre sie der deutschen Sprache nicht mächtig, sie würde angesichts des verzückten Trällerns ihrer Gesprächspartnerin annehmen, Britta Buddenberg habe eine halbe Million im Lotto gewonnen. Mindestens.

»Sind Sie von der Presse?«

»Um Gottes willen, nein.« Die Frau gackerte. »Ich bearbeite die Sache. Und ich habe zufällig gehört, dass Sie die Ermittlungen leiten.«

»Wo, bitte, erfährt man so etwas zufällig?«, erkundigte sich Katharina.

»Oh.« Die Frau gluckste. »Von Wolfgang. Er sagt, er hatte die Frau auf dem Tisch.«

Katharina kniff die Augen zusammen.

»Wolfgang? Sie meinen Dr. Wolfgang Steinhaus?« Sie konnte sich kaum vorstellen, dass der Rechtsmediziner dieser sonderbaren Person etwas über die Ermittlungen im Fall Buddenberg erzählt hatte.

»Ja, ich glaube, so heißt er.« Die Frau kicherte. »Bei dem, was wir tun, sind Nachnamen nicht so wichtig.«

Katharina schüttelte den Kopf, als hätte sie Wasser in den Ohren. Sie hatte das deutliche Gefühl, dass ihr ein Puzzlestück fehlte.

»Wir tanzen zusammen«, erklärte die Dame am anderen Ende fröhlich.

»Sie … tanzen?« Wolfgang Steinhaus, der Mann mit dem scharfen Blick und dem noch schärferen Verstand und diese … Plaudertasche?

»Ungarische Volkstänze«, erläuterte die Frau beschwingt.

Das Bild, das vor Katharinas Augen entstand, wurde immer grotesker. Der hagere, glatzköpfige Steinhaus und dieses Singvögelchen bei osteuropäischer Folklore?

Vermutlich erlag sie gerade einer Sinnestäuschung. Der Schaden, den Thorsten Klinkes Haschkekse angerichtet hatten, schien doch nachhaltiger zu sein.

»Er hat es Ihnen nicht verraten«, gluckste die Frau. »Das habe ich mir gedacht.«

Katharina räusperte sich.

»Entschuldigung. Ich glaube, ich habe Ihren Namen nicht verstanden.«

»Sonnenschein«, flötete die Frau. »Juliane Sonnenschein. Ich arbeite beim Nachlassgericht in Husum.« Was ein ausgesprochen anregender Job sein musste. »Sagte ich das nicht?«

»Nein.« Katharina Berg schnaubte. Diese Information war neu. Aber die Dame hatte ja auch so viele andere wichtige Dinge mitzuteilen.

»Ah. Na ja.« Juliane Sonnenschein lachte. »Jedenfalls haben wir hier ein Testament von Frau Buddenberg vorliegen. Und jetzt habe ich gerade die Nachricht von einem Polizeimeister Hansen bekommen, der sich danach erkundigt.«

»Ja«, bemerkte Katharina. »Das ist der Kollege vor Ort, der mich bei den Ermittlungen unterstützt.«

»Vielleicht sollten Sie ihm auch ein bisschen unter die Arme greifen«, kicherte die Frau. »Seine Formulierungen waren … wie soll ich sagen? Ein wenig unbeholfen.« Sie räusperte sich. »Nun ja. Wenn ich ihn richtig verstanden habe, würden Sie gern einen Blick auf das Testament werfen, ehe wir es verkünden?«

Ihrem Singsang nach zu urteilen, handelte es sich bei diesem Vorgang um etwas Ähnliches wie die Bekanntgabe der Oscar-Preisträger. Davon abgesehen, wurden Testamente wohl eher verlesen und nicht verkündet wie Gerichtsurteile. Aber diese komplexe Diskussion wollte sie mit der Frau lieber nicht führen.

»Ja. Das würde ich gern.«

»Sehr schön!«, freute sich Juliane Sonnenschein. »Ich habe die im Testament Benannten für morgen Nachmittag einbestellt. Wenn Sie also vorher vorbeikommen wollen … Sie müssten sich nur einen richterlichen Beschluss zur Einsichtnahme oder zumindest ein staatsanwaltschaftliches Auskunftsersuchen besorgen —«

»Ich bin in einer Stunde da«, unterbrach Katharina, um einem weiteren Monolog vorzubeugen.

»Theodor-Storm-Straße 5«, flötete die Dame vom Nachlassgericht. »Wenn Sie aus der Innenstadt kommen, einfach am Schlossgarten vorbei und dann —«

»Danke. Ich finde Sie«, sagte Katharina und drückte das Gespräch weg.

Nils Hansen sah sie überrascht an. Er war es nicht gewohnt, dass Katharina die Contenance verlor. Es kam ja auch nicht oft vor.

»Wer war das denn?«, erkundigte er sich.

Katharina holte tief Luft.

»Das«, sagte sie, »war ein echter Sonnenschein.«

40

Nils Hansen stand vor der »Venus« und zupfte an seiner Uniformjacke herum. In der anderen Hand hielt er einen Strauß Rosen. Ihm war ein wenig unbehaglich zumute. Es war sicher nicht richtig, dass er sich mit einer Frau verabredet hatte, die in einen Mordfall verwickelt war. Wenn auch nur am Rande. Aber trotzdem.

Zugleich war er fürchterlich aufgeregt. Vanessa hatte ihn gefragt, ob er sich mit ihr treffen wollte. Bei der Gelegenheit wollte sie ihm auch seine mittlerweile gewaschene Unterhose zurückgeben.

Eigentlich sollte er jetzt gar nicht hier stehen. Schließlich hatte sie ihn mit dem dummen Pelzslip in eine extrem peinliche Situation gebracht. Katharina Berg würde ihm sein Malheur sicher bei passender Gelegenheit wieder unter die Nase reiben.

Aber Vanessa war eine tolle Frau. Nicht so toll wie Katharina Berg natürlich. Aber die war ja auch unerreichbar. Vanessa dagegen war eine Frau zum Anfassen. Wenn er nur daran dachte, wie sie ihn geküsst hatte. Ihre Berührungen gingen ihm durch Mark und Bein. Und sie schien ihn zu mögen. Dabei war er nur ein kleiner Dorfpolizist, und sie war ein Model. Er konnte noch immer nicht glauben, dass sie sich wirklich für ihn interessierte.

Die Tür der Boutique öffnete sich, und Vanessa trat heraus. Sie trug wieder ihre Hotpants aus Leder und eine leuchtend grüne

Bluse, die mindestens eine Nummer zu eng war. Als sie den Rosenstrauß entdeckte, klatschte sie in die Hände.

»Oh, Nils! Wie lieb! Die sind ja wunderschön.« Sie griff nach seinem Ärmel und zog ihn mit sich in die Boutique. »Die muss ich gleich ins Wasser stellen.«

Nils Hansen sah zu, wie sie eine Vase füllte und die Blumen kunstvoll arrangierte. Dann drehte sie sich zu ihm um und lächelte kokett.

»Und?«, fragte sie. »Was machen wir jetzt?«

»Wir könnten etwas essen gehen«, schlug Hansen vor. »Eine Pizza. Oder einen Hamburger.«

Vanessa zog eine Schnute.

»Essen?«

Nils Hansen schluckte. Ja. Essen war vermutlich keine gute Idee. Vanessa war schließlich ein Model. Und die aßen ja nicht. Oder nur einzelne Salatblätter. Auf der anderen Seite sah Vanessa überhaupt nicht so aus, wie man sich ein Model vorstellte. Nicht wie die langbeinigen Gerippe, die er aus den Zeitschriften seiner Mutter kannte. Vanessa war eher klein und hatte gefällige Rundungen, dazu ein hübsches Gesicht und wundervolle, seidig glänzende Haare.

»Bist du wirklich ein Model?«, fragte er und hätte sich im nächsten Moment am liebsten den Mund zugehalten.

Doch Vanessa war nicht beleidigt.

»Es gibt auch Kunden, die kurvige Frauen für ihre Fotos wollen«, erläuterte sie. »Vielleicht nicht in der obersten Klasse. Aber ich hatte immer genügend Aufträge.«

»Du hattest?«

»Ich habe für die Agentur von Britta Buddenberg und Dorothea Nissen gearbeitet. ›Hot Cast‹. Und die ist, wie du in den Geschäftsbüchern gesehen hast, pleite.«

Nils Hansen nickte. Es gab einen ganzen Ordner über die Insolvenz der Agentur. Aber natürlich war er nicht auf die Idee gekommen, die Sache mit Vanessa in Verbindung zu bringen. Er sollte wirklich darüber nachdenken, ob er für die Karriere bei der Kriminalpolizei, von der er träumte, überhaupt geeignet war.

»Die anderen Models waren alle schnell weg«, fuhr Vanessa fort. »Aber ich habe immer gern mit Britta und Dorothea gearbeitet.

Und als sie beschlossen haben, hier in St. Peter-Ording mit ihrer Boutique noch einmal neu durchzustarten, bin ich mitgegangen.«

Hansen nickte wieder. Er fühlte sich wie ein Wackeldackel auf der Hutablage einer Rentnerkutsche. Er hätte gern irgendetwas Geistreiches von sich gegeben. Aber ihm fiel nichts ein.

Vanessa streckte die Hand nach ihm aus.

»Entschuldige«, sagte sie und verschloss seinen Mund mit einem Kuss. »Ich rede zu viel.«

Hansen legte vorsichtig seine Arme um das Model. Sein ganzer Körper kribbelte, und sein Kopf fühlte sich an, als hätte er eine halbe Flasche Sekt auf ex getrunken. Als sich Vanessa wieder von ihm löste, war ihm, als hätte sie ein Stück von seinem Herzen mitgenommen.

Sie strich ihm zärtlich über die Lippen.

»Komm«, sagte sie und deutete mit dem Kopf zu dem schwarzen Vorhang, hinter dem sich die Spezialabteilung verbarg. »Lass uns etwas Verruchtes ausprobieren.« Sie zwinkerte ihm zu. »Du bist doch ein Abenteurer?«

Nils Hansen hob hilflos die Schultern. Woher sollte er wissen, was für ein Typ er war? Er hatte ja noch nie …

Vanessa zog ihn hinter den Vorhang.

»Ich habe da ein paar ganz wunderbare Ideen«, versprach sie. »Das wird dir gefallen.«

★★★

Katharina Berg lehnte sich in ihrem gemütlichen Korbstuhl auf der Hafenterrasse der »Osteria bei Peci« zurück und legte den Kopf in den Nacken. Weiße aufgebauschte Wolken zogen über einen strahlend blauen Himmel. Katharina atmete tief durch.

Diese Juliane Sonnenschein war selbst für einen geduldigen Menschen nur schwer zu ertragen. Und für einen Job beim Nachlassgericht war ihre schon fast hysterisch gute Laune eigentlich ein Ausschlusskriterium. Aber trotzdem hatte sich der Besuch bei ihr gelohnt.

Der Kellner kam und brachte einen Latte macchiato. Katharina gab ihm ein großzügiges Trinkgeld. Sie löffelte den Milchschaum von ihrem Getränk und ließ ihren Blick von der imposanten Klappbrücke für die Autos und Züge zu der schmalen Fußgängerbrücke vor dem »Husumer Speicher« schweifen.

Unter ihr dümpelte die »Möwe Willi« vorbei, die stündlich zu einer Rundfahrt durch den Husumer Hafen aufbrach.

Das Wasser im Hafenbecken glitzerte in der Sonne. So hässlich es aussah, wenn bei Ebbe der Schlamm auf dem Grund des Beckens freigelegt wurde, so schön war es, wenn bei Flut sanfte Wellen gegen die Kaimauern rollten und das halbe Dutzend Segelboote auf der gegenüberliegenden Seite auf dem Wasser schaukelte.

Katharina beobachtete eine Möwe, die sich auf einem der Bootspfähle niedergelassen hatte. Ein hübsches Tier mit hellgrauen Federn, einer weißen Halskrause und einem dunkelgrauen Kopf, das sich neugierig umsah. Als die Möwe davonflog, legte Katharina den Kaffeelöffel beiseite und studierte noch einmal die Kopie des Testaments, die vor ihr auf dem Tisch des italienischen Restaurants lag.

Britta Buddenberg hatte tatsächlich nicht gewollt, dass ihre Halbschwester Dorothea auch nur einen einzigen Nerz von ihr erbte. Was, wenn man die gemeinsame Geschichte der beiden Frauen bedachte, keine große Überraschung war.

Die bestand vielmehr darin, wem die Modedesignerin stattdessen die Boutique samt aller sich darin befindenden Pelzmäntel vermacht hatte.

***

Nils Hansen hing in den Seilen. Und zwar im wahrsten Sinne des Wortes.

Vanessa Schultheis hatte seine ausgestreckten Arme mit einem Paar pelzbesetzter Handschellen gefesselt und mit einer schweren Kette an dem Haken befestigt, an dem zwei Tage zuvor eine der beiden Schaufensterpuppen gehangen hatte. Die andere kniete noch immer in derselben Position wie beim letzten Mal. Ihr Mund befand sich genau auf Höhe von Hansens sensibelster Zone. Um ihren Kopf lag ein Geschirr, das eine Art Halbschale aus Gummi hielt, die unter ihrem Kinn befestigt war. Hansen wurde nervös bei dem Gedanken daran, was diese Schale auffangen sollte.

Er blickte an sich herunter. Als ob es nicht reichte, dass er an die Decke gekettet war und sich kaum rühren konnte, hatte Vanessa ihn auch noch ausgezogen und seinen nackten Körper mit Frischhaltefolie umwickelt. Das durchsichtige Material schlang sich eng um seine Beine und presste seine Füße so dicht aneinander, dass er Mühe hatte, stillzustehen. Sein gesamter Oberkörper war mit so vielen Schichten Folie bedeckt, dass es sich anfühlte wie ein Panzer. Nicht einmal sein Kopf war verschont geblieben. Das Foliengefängnis hatte nur drei Öffnungen: zwei für Mund und Nase – und eine zwischen seinen Beinen. Dort konnte er sehen, dass er seine Lage nicht ganz so unerotisch fand, wie er es sich gern einreden wollte.

Er spürte eine Bewegung, und dann trat Vanessa vor ihn. Auch sie war nackt unter ihrem weißen Pelzmantel. Ihre Lippen waren blutrot geschminkt, und ihr Lächeln hatte etwas Diabolisches. Sie ging zu der Wand mit den Pelzmasken und wählte eine aus, die wie ein Helm den halben Kopf umschloss. Sie grinste und stülpte Nils Hansen die Maske über. Jetzt war er nicht nur bewegungsunfähig, sondern auch noch blind.

Er spürte, wie Vanessas Finger über seinen Körper wanderten und ihn streichelten. Überraschenderweise wurde das Erlebnis durch die dicke Folienschicht nicht gedämpft, sondern eher noch intensiviert. Warme Schauer liefen durch seinen Körper, und das Blut schoss ihm in die Lenden. Ganz langsam näherte sich Vanessas Hand seinem Schritt.

Nils Hansen stöhnte auf. Er spürte, wie sich die Spannung steigerte und ihrem Höhepunkt entgegenstrebte. Nur noch ein, zwei Sekunden, dann würde ihn Vanessa direkt in den Himmel katapultieren.

Doch plötzlich waren ihre Finger verschwunden.

Im nächsten Moment zerrte sie ihm die Maske vom Kopf. Sie schnitt ein Loch in die Folie und hielt ihm etwas ans Ohr.

»Telefon für dich«, sagte sie.

Nils Hansen keuchte. Er hatte längst die Orientierung verloren, und der ganze Raum schien sich um ihn zu drehen.

»Hansen?«, fragte eine weibliche Stimme.

»Ja?«

»Alles in Ordnung bei Ihnen?«

»Ja. Natürlich.« Nils Hansen versuchte, sich zusammenzureißen. Die Frau am anderen Ende war Katharina Berg.

»Wo stecken Sie denn?«, fragte die Kriminalhauptkommissarin.

»Ich … äh … wollte hier in der ›Venus‹ noch etwas überprüfen.«

»Schön. Aber wir haben neue Hinweise, denen wir nachgehen müssen«, erklärte Katharina. »Da brauche ich Sie.«

Nils Hansen sah erst an sich herunter und dann hinauf zu seinen angeketteten Armen.

»Das geht aber nicht so schnell«, wandte er ein. »Ich … äh … hänge hier noch fest.«

»Machen Sie sich los«, ordnete Katharina an. »In was auch immer Sie da gerade verwickelt sind, es muss bis später warten.«

Sie beendete das Gespräch, und Vanessa, die die Mithörfunktion des Telefons aktiviert hatte, sah anzüglich auf Hansens Schritt.

»Tja«, sagte sie. »Da sorge ich wohl besser für eine Abkühlung. Ich glaube … im Frostfach sind noch ein paar Eiswürfel.«

Sie trat an den schwarzen Vorhang, der die Spezialabteilung vom Laden trennte. Nils Hansen zerrte an seinen Fesseln.

»Nein! Vanessa! Das tust du nicht!«, rief er.

Vanessa drehte sich um. Sie legte den Kopf schief und zwinkerte ihm zu.

»Du kannst ja versuchen, mich daran zu hindern«, schlug sie vor.

41

Dorothea Nissen hatte im Hof vor dem Husumer Schloss eine malerische Kulisse gezaubert. Auf dem Kopfsteinpflaster vor dem imposanten Gebäude mit dem Glockenturm und den beiden Seitenflügeln stand eine weiße Kutsche. Eine Gruppe von Schulmädchen in knielangen, spitzenbesetzten Kleidern hielt Stangen mit bunten Blumengirlanden, die einen Bogengang von der Mitte des Hofs bis zur Kutsche bildeten. Rechts und links des Gefährts hatte sich eine illustre Hochzeitsgesellschaft versammelt, dargestellt von Schaufensterpuppen, die mit eleganten Pelzmänteln bekleidet waren. Nur die Braut und der Bräutigam fehlten.

Die Fotografin sah sich suchend um. Sie hatte Vanessa Schultheis und Nils Hansen für den frühen Abend herbestellt. Wenn die Sonne sich langsam wieder der Erde entgegenneigte und die Wipfel der Bäume berührte, war das Licht besonders weich. Für ein paar Minuten würde alles mit einem goldenen Schimmer überzogen sein. Aber wenn die beiden nicht bald kamen, war der Moment vorüber, ehe sie ihre Kostüme angezogen hatten. Und die Schulmädchen wurden schon jetzt ungeduldig.

★★★

Katharina Berg lief über den gepflasterten Weg auf den Schlossgraben zu, vorbei an den beiden steinernen Löwen, die den Eingang bewachten. Aufrecht stehend, mit den Pranken auf ein Schild gestützt, sahen sie jedem Besucher entgegen. Nicht unfreundlich, aber wachsam.

Katharina zwinkerte ihnen zu und überquerte den Graben. Zwischen den weißen Torpfosten blieb sie stehen und betrachtete das Bild, das Dorothea Nissen geschaffen hatte.

Fast konnte man glauben, in die Dreharbeiten für einen Historienfilm geraten zu sein. Das Husumer Schloss mit seinen roten Backsteinwänden, den hohen weißen Sprossenfenstern und dem quadratischen Turm war ein großartiger Hintergrund. Die Hochzeitskutsche mit den beiden weißen Pferden fügte sich nahtlos in das Ensemble, und die jungen Mädchen mit den Blumengirlanden strahlten etwas rührend Schlichtes aus. Sollte sie jemals heiraten, wollte sie ein solches Bühnenbild. Wenn sie den passenden Mann dazu fand. Die Rebellen, die sie faszinierten, passten nicht in dieses Romantik-Klischee.

Katharina schüttelte belustigt den Kopf. Dies war weiß Gott nicht der richtige Moment für Kleinmädchenphantasien. Erst musste ein ganz und gar unromantischer Kriminalfall gelöst werden. Es reichte ja, wenn Polizeimeister Hansen von anderen Dingen abgelenkt war.

Sie drehte sich zu Nils Hansen und Vanessa Schultheis um, die ihr mit einigem Abstand folgten. Optisch waren die beiden ein hübsches Paar, das Model mit den weichen braunen Locken und der junge Polizeimeister mit seiner gut sitzenden Uniform. Doch die Welten, in denen sie lebten, hätten unterschiedlicher kaum sein können.

Katharina winkte Nils Hansen, sich ein wenig zu beeilen. Dann ging sie zu Dorothea Nissen, die ungeduldig mit dem Riemen ihrer Kamera spielte. Passend zum aufgebauten Szenario trug sie einen weißen Leinenanzug, dazu ein blutrotes Halstuch. Die schwarzen Haare waren gescheitelt und hingen glatt gekämmt über ihr linkes Ohr.

Die Fotografin sah an ihr vorbei und klatschte in die Hände.

»Da seid ihr ja endlich!«, rief sie Nils Hansen und Vanessa Schultheis entgegen. »Jetzt aber schnell in die Kostüme!«

Sie deutete auf einen weißen Pelzmantel und eine schwarz glänzende Uniform, die auf dem Kutschbock der Hochzeitskutsche bereitlagen.

Katharina schob sich zwischen Dorothea Nissen und ihre Darsteller.

»Tut mir leid«, sagte sie. »Aber daraus wird nichts. Wir müssen mit Ihnen reden.«

Die Fotografin riss die Augen auf.

»Nein.« Sie stampfte mit dem Fuß auf wie ein Kind, dem man sein liebstes Spielzeug wegnehmen wollte. »Das kommt überhaupt nicht in Frage. Es ist alles perfekt. Die Szenerie. Die Darsteller. Das Licht.« Sie funkelte Katharina an. »Das lasse ich mir nicht kaputt machen.«

Katharina lächelte süß. Sie hatte durchaus Verständnis für die Leidenschaft, mit der jemand seine künstlerischen Visionen verfolgte. Doch Dorothea Nissens Desinteresse an der Aufklärung des Mordes an ihrer Halbschwester stieß ihr sauer auf. Aber vielleicht gab es für das Verhalten der Fotografin ja auch ganz andere Gründe.

»Ich fürchte, Ihnen bleibt nichts anderes übrig«, erklärte Katharina. »Polizeimeister Hansen ist im Dienst und steht für Aufnahmen derzeit nicht zur Verfügung. Und Sie …«, sie schaute die Fotografin bedeutungsvoll an, »… stehen im Verdacht, Ihre Halbschwester Britta Buddenberg getötet zu haben.«

»Wie bitte?« Dorothea Nissen schnappte so hektisch nach Luft, dass Katharina befürchtete, sie könnte hyperventilieren und ohnmächtig werden. »Sind Sie jetzt von allen guten Geistern verlassen? Ich weiß doch gar nicht, was ich ohne Britta machen soll. Meinen Sie im Ernst, ich hätte sie ermordet? Nur, weil wir uns manchmal gestritten haben?« Sie kniff die Augen zusammen. »Oder glauben Sie vielleicht, ich war scharf auf die Boutique?«

Katharina sah die Fotografin durchdringend an. War sie wirklich so ahnungslos, wie sie tat? Oder hatte sie sich einfach nur gut im Griff?

»Lassen wir doch das Theater«, schlug sie vor. »Ich denke, Sie haben herausgefunden, dass Ihre Halbschwester Sie hintergangen hat.«

Die Fotografin legte den Kopf schief. »Ich habe keine Ahnung, was Sie damit meinen.«

»Aber Ihnen ist bekannt, dass Ihre Schwester ein Testament gemacht hat?«

Dorothea Nissen nickte. »Ja. Gleich, nachdem wir die Boutique eröffnet hatten. Sie meinte, für eine gute Geschäftsfrau gehört sich das so.«

»Und Sie wissen auch, wen sie in ihrem Testament bedacht hat?«

Die Fotografin sah Katharina an, als sei sie nicht ganz gescheit.

»Mich natürlich. Deshalb hat sie es ja gemacht. Sie wollte nicht, dass unser Vater mehr als den Pflichtteil erbt. Sie hat ihm nie verziehen, dass er sich damals auf meine Mutter eingelassen hat. Für sie war das ein Verrat. An ihrer toten Mutter. Und an ihr.« Sie hob die Schultern. »Britta war sehr egozentrisch. Das war für niemanden leicht.« Sie lachte aufgesetzt. »Nun ja. Sie hätte sich die Mühe und das Geld für den Notar sparen können. Zwei Wochen, nachdem sie das Testament aufgesetzt hatte, ist unser Vater gestorben.«

Katharina nickte. Sie tat so, als müsse sie Dorothea Nissens Worte bedenken. Dann schoss sie den Pfeil ab.

»Tja«, sagte sie. »Vielleicht waren die Notargebühren aber auch keine überflüssige Ausgabe. Schließlich erben nicht Sie die Boutique.«

Die Fotografin lachte abfällig. »Wer denn sonst?«

Katharina deutete auf Vanessa Schultheis, die zusammen mit Polizeimeister Hansen die Szene beobachtete.

»Sie.«

Dorothea Nissen blickte ebenfalls zu dem Model.

»Sie?«, fragte sie baff. Im nächsten Moment stürzte sie sich auf Vanessa.

»Du Schlange!«, keifte sie. »Wie hast du das gemacht? Wie hast du sie dazu gebracht, dir alles zu hinterlassen?«

Nils Hansen griff nach dem Arm der Fotografin. Er hatte Mühe, die tobende Frau von Vanessa wegzuziehen.

Katharina trat zwischen die beiden.

»So«, sagte sie. »Jetzt beruhigen wir uns alle mal wieder.« Sie winkte den Schulmädchen, die noch immer ihre Girlanden hochhielten und dem unerwarteten Schauspiel mit offenen Mündern zusahen. »Ihr könnt nach Hause gehen. Hier wird heute nicht mehr fotografiert.«

Die Mädchen legten enttäuscht ihren Blumenschmuck nieder. Es war nicht zu übersehen, dass es ihnen nicht gefiel, im spannendsten Moment des Stücks weggeschickt zu werden. Aber nachdem die Darsteller allesamt zu Eis erstarrt waren und eine Fortsetzung somit nicht zu erwarten war, trollten sie sich ins Schloss, um ihre Blumenkindkleider abzulegen und wieder in ihre Alltagskluft zu schlüpfen.

Vanessa Schultheis warf ihre braunen Locken nach hinten.

»Das war doch nur eine Übergangslösung«, erklärte sie. »Weil sie mir am Anfang nicht viel zahlen konnte. Damit ich abgesichert bin.«

Dorothea Nissen stieß wütend die Luft aus.

»Und das soll ich glauben, ja? Dann sag mir doch mal, warum es ihr wichtiger war, dich abzusichern als mich.«

Vanessa warf die Hände nach oben.

»Das war es doch nicht. Aber dir musste sie nichts bieten, damit du bei ihr bleibst. Du bist ihre Schwester. Und außerdem hattest du etwas wiedergutzumachen. Ich dagegen … ich hätte mir genauso gut irgendwo sonst einen Job suchen können. So wie eure anderen Models auch.«

Dorothea Nissen ballte die Fäuste. Sie sah aus, als wollte sie Vanessa Schultheis mit Blicken erdolchen.

Katharina wandte sich an das Model.

»Wenn Ihnen der Inhalt des Testaments bekannt war«, fragte sie, »warum haben Sie dann nichts davon gesagt?«

Vanessa Schultheis hob abwehrend die Hände.

»So war es ja nicht. Britta hat mal davon gesprochen. Aber ich habe ihr nicht geglaubt. Ich dachte, sie wollte mich nur ködern. Dabei wäre ich sowieso mitgegangen. Diese wunderbaren Pelzmoden …« Ihre Augen füllten sich mit Tränen. »Dass sie es wirklich getan hat. Dass sie mir das alles vermacht hat. Vielleicht war sie doch nicht so hart, wie ich immer dachte.«

Dorothea Nissen schnaubte verächtlich.

»Hör doch auf mit diesem Schmierentheater!«, rief sie. »Als ob ihr Freundinnen gewesen wärt. Für sie warst du doch nur ein kleines Flittchen. Und du bist hinter ihr hergedackelt, weil du immer noch geglaubt hast, sie bringt dich irgendwann ganz groß raus. Dabei fehlt dir einfach das Talent!«

Katharina hob die Hand, um der aufgebrachten Frau Einhalt zu gebieten.

»Bitte. Reißen Sie sich ein bisschen zusammen. Es geht immerhin um Ihre tote Schwester.«

Dorothea Nissen kniff die Lippen zusammen, als müsste sie einen plötzlich aufwallenden Schmerz zurückdrängen. Doch Katharina fand, dass sie eher aussah wie ein Schulmädchen, das sich zu Unrecht getadelt fühlte.

»Sie wussten also nichts von diesem Testament?«, erkundigte sie sich.

Die Fotografin machte ein verächtliches Geräusch.

»Nein. Sie hat mir nichts davon gesagt. Dass sie alles dieser kleinen Schnepfe in den Rachen werfen will.«

Was vermutlich sogar der Wahrheit entsprach.

»Aber dann haben Sie es herausgefunden«, mutmaßte Katharina. »Und in der Nacht, als Ihre Schwester gestorben ist, sind Sie ihr zum Strand gefolgt, um sie zur Rede zu stellen. Sie haben gesehen, wie Peer Ruppert mit der Leuchtpistole auf sie geschossen hat. Und dann haben Sie ihre hilflose Lage ausgenutzt. Sie waren wütend. Deshalb haben Sie sie mit dem Kopf unter Wasser gedrückt. Wahrscheinlich wollten Sie sie gar nicht töten. Sie konnten nur nicht aufhören. Und irgendwann war es zu spät.«

Vanessa Schultheis starrte die Fotografin an.

»Du? Du warst das? Du hast sie umgebracht?«

Dorothea Nissen schüttelte den Kopf, und in ihren Augen brach plötzlich etwas.

»Nein«, sagte sie leise. »Das ist nicht wahr. Ich habe das nicht getan. Egal was war. Sie war doch meine Schwester. Ich habe sie geliebt.«

Katharina betrachtete die Fotografin. Ihre Frisur hatte sich aufgelöst, und die Haare hingen ihr wie mattes Schilfgras ins Gesicht. Sie sah nicht so aus, als würde sie schauspielern. Trotzdem war Katharina nicht überzeugt.

»Tut mir leid«, erklärte sie. »Im Moment sind Sie unsere Hauptverdächtige.«

Die Fotografin schnaubte, und die Tür zu ihren weichen Gefühlen schloss sich so schnell, wie sie sich geöffnet hatte.

»Glauben Sie mir«, sagte sie und brachte ihre Haare wieder in Form. »Wenn ich von dem Testament gewusst hätte, ich hätte ihr die Augen ausgekratzt. Aber ich hätte sie sicher nicht getötet, ehe sie diese vermaledeite Verfügung wieder geändert hätte.«

42

Katharina Berg lehnte sich in dem giftgrünen Polstersessel zurück und hob ergeben die Hände.

»Genug«, sagte sie. »Ich kann nicht mehr.«

Vor ihr auf dem Tisch standen Schalen mit Tapas: marinierte und gegrillte Hähnchenschenkel, gebratener Lachs mit einer Kruste aus schwarzem Pfeffer, getrocknete Tomaten, in Olivenöl eingelegte Auberginen, gebackener Ziegenkäse und kleine, verschrumpelte Kartoffeln mit Salzkruste, wie man sie auf den Kanarischen Inseln serviert bekam, mit einer teuflisch scharfen Soße aus Paprika,

Knoblauch und Öl. *Papas arrugadas con mojo rojo picante.* Auch der Wein, den Thorsten Klinke dazu kredenzt hatte, stammte von dort, von einer der Bodegas, auf denen die Pflanzen hinter niedrigen, kreisrunden Mauern auf schwarzem Vulkangestein aufgezogen wurden.

Klinke hielt die Flasche hoch.

»Aber einen Schluck Wein trinken Sie noch?«

Katharina nickte. Bier und Schnaps in der Nacht von Sonntag auf Montag, Haschkekse am Montagnachmittag und jede Menge Wein am Mittwochabend – da kam es auf ein Gläschen mehr oder weniger auch nicht mehr an.

»Ihr ›bescheidener‹ Imbiss«, sagte sie und betonte das Adjektiv, »war ausgezeichnet.«

Klinke schenkte lächelnd ein.

»Eine kleine Wiedergutmachung«, erklärte er. »Wegen der Kekse. Das tut mir wirklich leid.«

Katharina winkte ab.

»Schon vergessen«, sagte sie. »Es war zumindest eine interessante Erfahrung.«

»Tatsächlich?« Klinke musterte sie überrascht. »Sie hatten noch nie einen Joint?«

»Doch, natürlich.« Katharina schmunzelte. »In Künstlerkreisen kommt man schnell mit solchen Dingen in Berührung. Aber wenn man Marihuana geraucht hat, weiß man das. Man rechnet mit dem, was passiert. In diesem Fall war es, als wäre ich unvermittelt von einem Zug gestreift worden.«

Klinke lachte und fuhr sich durch die wirren dunklen Haare.

»Künstlerkreise?«, fragte er dann.

»Mein Vater ist Schauspieler«, erläuterte Katharina. »Und meine Mutter Inspizientin.«

Thorsten Klinke kniff die Lider zusammen.

»Die Augen. Und die Nase.« Er deutete auf ein Filmplakat, das halb verdeckt hinter dem Tresen des Buchcafés hing. Es zeigte Konstantin Berg in »Der letzte Tag«. Dem Film, für den er beinahe einen Oscar bekommen hätte. »Konstantin Berg ist Ihr Vater, nicht wahr?«

Katharina lächelte.

»Ja. Der beste, den man kriegen kann.«

Klinke nickte ernst. Dann löste er seinen Blick von dem Plakat und hielt Katharina sein Glas hin.

»Ich würde Ihnen ja gerne das Du anbieten. Aber ich fürchte, Sie dürfen das nicht. Zu viel Nähe zu einem der Hauptverdächtigen Ihres Mordfalls.«

Katharina stieß ihr Weinglas gegen Klinkes.

»Ich muss Sie enttäuschen«, sagte sie. »Aber von dieser Spitzenposition sind Sie weit entfernt. Momentan belegen Sie nur einen der unteren Tabellenplätze. Wenn Sie die Meisterschale wollen, müssen Sie sich mehr ins Zeug legen.«

Klinke machte ein betrübtes Gesicht.

»Sie meinen, es reicht nicht, dass ich die Buddenberg gehasst habe?«, erkundigte er sich. »Schade. Ich hatte mich so darauf gefreut, von Ihnen in Handschellen abgeführt zu werden.«

»Das können wir ja nachholen«, ging Katharina auf sein Geplänkel ein. »Wenn der Mörder hinter Schloss und Riegel ist.«

Klinke stand auf und setzte sich auf ihre Sessellehne. Ganz behutsam strich er ihr eine Strähne ihrer dunklen Haare aus der Stirn.

»Würden Sie mich denn besuchen? Im Knast?«, fragte er rau.

Katharina spürte, wie ihr Mund trocken wurde. Thorsten Klinke war ein attraktiver Mann. Sie mochte das Verwegene, Rebellische. Und er hatte alles, was sie sich bei einem Partner wünschte: Intellekt, Einfühlungsvermögen und Witz. Aber er war und blieb zumindest ein Zeuge im Mordfall Buddenberg. Und damit war er tabu.

Klinke beugte sich vor, und ihre Lippen berührten sich. Er schmeckte herb, nach Wein und Zigaretten, aber nicht unangenehm. Katharina ließ sich eine Weile dahintreiben und genoss die Berührung. Dann schob sie ihn weg.

»So«, sagte sie betont munter. »Ich schlage vor, wir belassen es zunächst dabei. Sonst haben wir am Ende noch einen Bestechungsskandal.«

Klinke sank theatralisch vor ihr auf die Knie.

»Katharina! Bitte! Tun Sie mir das nicht an!«, rief er.

Katharina Berg erhob sich lachend aus dem Sessel.

»Tut mir leid«, sagte sie. »Ich bin nicht betrunken genug, um meine Prinzipien über Bord zu werfen.« Sie ging zur Ladentür und bemerkte, dass sie nicht mehr ganz sicher auf den Beinen war. Viel hätte wohl nicht gefehlt …

Bevor sie das Buchcafé verließ, drehte sie sich noch einmal um.

»Ach ja«, sagte sie. »Wenn Sie noch ein wenig Schauspielunterricht brauchen, geben Sie mir Bescheid, dann schicke ich Ihnen meinen Vater.« Sie lächelte. »Sie übertreiben nämlich maßlos.«

★★★

Nils Hansen warf sich unruhig in seinem Bett hin und her. Die Entwicklung, die der Fall genommen hatte, gefiel ihm überhaupt nicht. Weil es nämlich noch eine andere Möglichkeit gab als die, die Katharina Berg anscheinend favorisierte.

Natürlich war es denkbar, dass Dorothea Nissen ihre Halbschwester aus Wut über das Testament getötet hatte. Weil sie herausgefunden hatte, dass Britta Buddenberg nicht sie, sondern Vanessa Schultheis als Erbin eingesetzt hatte. Aber was, wenn nicht Dorothea Nissen, sondern Vanessa Schultheis diese Entdeckung gemacht hatte? Oder wenn sie von vornherein davon gewusst hatte, auch wenn sie selbstverständlich das Gegenteil behauptete? Dann war es doch viel wahrscheinlicher, dass nicht Dorothea, sondern Vanessa die Boutiquebesitzerin ermordet hatte. Immerhin war sie es, die die »Venus« bekam. Und wenn das fragliche Testament tatsächlich eine Übergangslösung darstellte, bis die Boutique schwarze Zahlen schrieb und Britta Buddenberg dem Model ein angemessenes Gehalt zahlen konnte, hatte Vanessa allen Grund, die anstehende Neufassung zugunsten von Dorothea Nissen zu verhindern.

Was, wenn nicht die Fotografin, sondern Vanessa in der Nacht am Böhler Strand gewesen war und gesehen hatte, wie Peer Ruppert die Boutiquebesitzerin beschossen hatte? Britta Buddenberg hatte vermutlich schwer angeschlagen oder sogar bewusstlos im Wasser gelegen. Und es war nur ein kleiner Schritt gewesen, den letzten Rest Leben aus ihr herauszupressen. Ein Schritt, der Vanessa Schultheis mit einem Schlag reich gemacht hatte.

Das Problem war nur, dass er sich nicht vorstellen konnte, dass ausgerechnet Vanessa so etwas getan haben sollte. Oder, besser gesagt: Er mochte es sich nicht vorstellen. Aber wenn er wieder ruhig schlafen wollte, musste er die Wahrheit herausfinden. Er konnte schließlich keine Beziehung mit einer Frau eingehen, von der er glaubte, dass sie eine Mörderin war.

43

Nils Hansen atmete schwer. Sie hatten ihm die Kapuze bis zum Kinn gezogen und hinter dem Kopf verschnürt. Sein Oberkörper steckte in einem dicken Friesennerz, seine nackten Beine in einer durchsichtigen Regenhose aus Gummi. Seine Füße ruhten auf dem kühlen Glas der Wanne, in die er sich auf Geheiß der Fotografin gelegt hatte. Mit den Fingern betastete er das glatte Material, während er sich fragte, was sie dieses Mal mit ihm vorhatten.

»Eine Überraschung«, hatte Dorothea Nissen verkündet, und Vanessa hatte gekichert und ihn mit glänzenden Augen angesehen. Die besten Aufnahmen ihrer Fotoserie sollten es werden. Aber Nils konnte sich nicht vorstellen, dass irgendjemand an den Bildern eines Mannes in gelber Regenjacke und durchsichtiger Hose in einer gläsernen Badewanne Vergnügen finden würde.

Er vernahm die Schritte der beiden Frauen und das Geräusch einer Flüssigkeit, die in einem offenen Gefäß transportiert wurde. Sie wollten doch nicht etwa Wasser in die Wanne füllen?

Die Schritte verklangen, und Hansen hörte, wie Dorothea Nissen an ihrer Kamera hantierte.

»So«, sagte sie, und Hansen bemerkte die freudige Erregung in ihrer Stimme. »Es geht los.«

Im nächsten Moment klatschte etwas Kaltes und Nasses auf Hansens Füße. Unwillkürlich zog er sie zurück.

Das Wasser breitete sich unter ihm aus, aber es war anscheinend nur eine kleine Menge gewesen. Sie kroch in Rinnsalen unter den Regenmantel und die Gummihose. Das war ein wenig unangenehm, aber nicht besonders schlimm.

Nils Hansen entspannte sich.

»Strecken Sie die Beine aus«, befahl die Fotografin, und Hansen kam der Aufforderung nach.

Einen Moment lang passierte überhaupt nichts. Dann spürte er, wie etwas über seinen rechten Fuß krabbelte. Sofort zog er die Beine wieder an.

»Igitt!«, sagte er. »Was ist das?«

Seine Stimme wurde durch die dicke Kapuze gedämpft, aber die beiden Frauen verstanden ihn offenbar trotzdem. Allerdings antworteten sie nicht, sondern brachen in Gekicher aus.

»Das«, keuchte Vanessa lachend, »ist die Überraschung.«

Nils Hansen streckte die Beine wieder aus und versuchte, das Kitzeln zu ignorieren. Das fehlte noch, dass sich die Frauen über ihn lustig machten, weil er so schreckhaft war.

Allerdings krabbelte es jetzt nicht nur an einem, sondern an beiden Füßen. Was immer es war, es kroch von unten in seine Hosenbeine und von dort weiter nach oben. Von den Unterschenkeln zu den Knien und von dort über die Oberschenkel bis …

Nils Hansen sprang auf und zerrte die schwere Kapuze vom Kopf. Aus den Beinen seiner durchsichtigen Regenhose fielen Dutzende kleiner Krebse auf den Boden der gläsernen Badewanne. Nils Hansen starrte entsetzt auf die Scherentiere. Nicht auszudenken, was passiert wäre, wenn die sich bis zu seiner empfindlichsten Stelle vorgearbeitet hätten.

Hansen schüttelte sich. Dann stieg er entschlossen aus der Wanne.

»Tut mir leid«, sagte er zu Dorothea Nissen, die ihre Hand noch am Auslöser der Kamera hatte. »Ich kann das nicht. Ich bin einfach nicht der Richtige dafür.«

Die Fotografin ließ ihre Hand sinken.

»Schade«, erwiderte sie. »Ich finde, Sie machen das wirklich gut.«

Vanessa strich über seinen gelben Regenmantel. Ihre Finger wanderten von seiner Brust zwischen seine Beine.

»Ja«, bemerkte sie anzüglich. »Und es bereitet dir doch Spaß.«

Hansen schob ihre Hand weg.

»Ich dachte, es sollten Modeaufnahmen werden. Keine …«

»Ja?«

»Keine Pornobildchen.«

Die Fotografin schnalzte mit der Zunge.

»Herr Hansen! Ich bitte Sie. Wir arbeiten doch nicht für ein Schmuddelheft. Die Aufnahmen erscheinen in einem anspruchsvollen Magazin. Wir wollen einfach nur die Phantasie anregen.«

»Trotzdem geht es um Sex.«

»Nein.« Dorothea Nissen hob verstimmt das Kinn. »Es handelt sich um Kunst. Kunst und Erotik.«

Hansen zerrte den Friesennerz von den Schultern. »Nennen Sie es, wie Sie wollen. Aber ich mache da nicht mit.«

Dorothea Nissen hob gleichmütig die Hände. »Wie Sie möchten.«

Nils Hansen schlüpfte aus der durchsichtigen Regenhose und zog seine Polizeiuniform über. Sofort fühlte er sich deutlich wohler. Wie war er nur auf die Idee gekommen, als Model zu arbeiten? Er war Polizeibeamter. Und er hatte einen Mordfall zu lösen. Davon, dass er hier in friesischer Fetischkleidung posierte, fanden sie den Täter nicht, undercover hin oder her. Und er konnte sich den dritten hellblauen Stern auf seinen Schulterklappen abschminken.

Er schnürte seine Schuhe zu und setzte seine Dienstmütze auf den Kopf.

»Ich wünsche Ihnen trotzdem viel Glück«, sagte er und tippte an seinen Mützenschirm. Dann wandte er sich zum Gehen.

Dorothea Nissen hielt ihn auf.

»Einen Moment noch, Herr Hansen.«

Nils Hansen drehte sich wieder zu ihr um. Dorothea Nissen betrachtete ihn mit einem spöttischen Lächeln.

»Zahlen Sie sofort oder in Raten?«

»Zahlen?« Nils Hansen runzelte die Stirn. Die Fotografin hatte ihm für seine Beteiligung ein Honorar versprochen. Das konnte sie gern behalten, aber ganz sicher hatte er nicht die Absicht, für die entstandenen Fotos zu bezahlen.

»Den Schadensersatz«, erklärte Dorothea Nissen.

Nils Hansen schluckte. »Schadensersatz?«

Die Fotografin seufzte.

»Sie sind doch Polizist. Haben Sie den Vertrag nicht gelesen?« Sie ging zu dem Schreibtisch in der anderen Ecke des Raums, öffnete eine Schublade und zog eine Kopie des Modelvertrags hervor.

»Hier.« Sie blätterte und deutete mit dem Finger auf eine klein gedruckte Passage direkt über seiner Unterschrift. »Im Falle eines Vertragsbruchs verpflichten Sie sich zu einer Entschädigungszahlung.«

Nils Hansen kniff die Augen zusammen und beugte sich über das Papier.

Tatsächlich. Da stand es. Wenn er sein Engagement nicht wunschgemäß zu Ende führte, musste er der Fotografin eine Entschädigung zahlen von …

»Fünftausend Euro?« Nils Hansen schnappte nach Luft.

Dorothea Nissen zuckte gleichmütig mit den Schultern.

»Das ist ein sensibler Auftrag, an dem wir arbeiten. Wenn wir nicht rechtzeitig liefern, haben wir selbst mit einer hohen Konventionalstrafe zu rechnen. Wir sichern uns nur ab.«

In Nils Hansens Kopf ratterte es. Er besaß ein Sparbuch, auf dem sich ungefähr zweitausend Euro befanden. Geld, von dem er sich einen gebrauchten Kleinwagen kaufen wollte. Sein erstes eigenes Auto. Natürlich würden ihm seine Eltern etwas leihen. Bei seinem schmalen Einkommen als Polizeimeister würde es allerdings sehr lange dauern, bis er den Kredit abgestottert hatte. Und das Auto würde er sich frühestens mit dreißig kaufen können. Wenn überhaupt.

Dorothea Nissen lächelte ihn an.

»Also«, sagte sie. »Können wir jetzt weitermachen?«

Nils Hansen wäre vor Scham am liebsten im Boden versunken. Aber was blieb ihm denn übrig? Er nahm seine Mütze ab und zog seine Uniform aus. Dann schlüpfte er wieder in die durchsichtige Gummihose und den Friesennerz und legte sich in die gläserne Wanne.

Die Krebse stürzten sich erfreut auf ihr so unverhofft zurückgekehrtes Opfer.

44

Katharina Berg saß auf einer Bank auf der Erlebnispromenade in St. Peter-Ording und sah zu, wie sich eine Gruppe von Schulkindern mit physikalischen Experimenten auf dem Spielplatz beschäftigte. Ein Mädchen drehte wie verrückt an der Kurbel, die an einer wassergefüllten Plexiglassäule angebracht war. Im Inneren der Säule entstand ein Wirbel, eine Spirale aus Luftbläschen, die immer schneller rotierte. Das Mädchen klatschte begeistert in die Hände.

Das Handy in Katharinas Rucksack klingelte. Sie warf einen Blick auf das Display, dann nahm sie das Gespräch an.

»Hallo, Rainer«, begrüßte sie den Mann am anderen Ende. »Hast du dir ein Bild gemacht?«

Der Kapitaldezernent bei der Staatsanwaltschaft am Flensburger Landgericht brummte.

»Besonders überzeugend ist die Beweislage nicht«, erklärte er. »Immerhin gibt es noch eine Reihe anderer Verdächtiger. Den Jungen, Peer Ruppert. Den Tierschützer Thorsten Klinke. Und natürlich das Model. Diese Vanessa Schultheis.« Er holte tief Luft. »Aber wenn du willst, beantrage ich einen Haftbefehl für Dorothea Nissen. Vielleicht hilft es dir ja, die Wahrheit ans Licht zu bringen.«

Katharina betrachtete einen Jungen, der ein Papierschiffchen durch heftiges Pumpen des Wassers in einer metallenen Halbröhre vorantrieb.

»Ja«, sagte sie. »Irgendwie muss wieder Schwung in die Sache kommen. Ich habe das Gefühl, ich stecke fest.«

Der Staatsanwalt lachte.

»Wenn du Bewegung brauchst, geh ein bisschen spazieren. Bei mir hilft das immer.«

Katharina schloss die Augen und sog die salzige Luft ein, die vom Meer herüberwehte.

»Danke. Genau das werde ich tun«, entgegnete sie. »Und wenn ich zurück bin, nehme ich mir Dorothea Nissen vor.«

★★★

Nils Hansen schrubbte seinen Körper wie verrückt mit der Duschbürste ab. Natürlich war da nichts mehr. Aber er hatte immer noch das Gefühl, dass diese winzig kleinen Krebse überall an ihm festhingen.

Diese ganze Undercovermission war ein Fehler gewesen. Er war einfach der falsche Mann dafür. Für nichts und wieder nichts hatte er sich zum Affen gemacht. Und Vanessa hatte sich beinahe schiefgelacht, anstatt ihm zu Hilfe zu eilen, als er in seinem Gummigefängnis herumgezappelt hatte, weil die Krebstiere ihn überall zwickten. Sogar an Stellen, an denen schon weitaus zartere Berührungen verheerende Folgen hatten.

Das Einzige, was bei der ganzen Geschichte herausgesprungen war, war der Verdacht, dass ausgerechnet Vanessa ihre ehemalige Chefin ermordet hatte. Und statt jetzt händchenhaltend mit ihr am Strand entlangzuspazieren, dachte er darüber nach, wie er sie überführen konnte.

Zum Glück war zumindest die heutige Session die letzte gewesen. Die Aufnahmen für Dorothea Nissens Fotostrecke »Friesen-Nerze« waren im Kasten. Jetzt musste er nur noch dafür sorgen, dass er auf keinem der Bilder, die gedruckt wurden, zu erkennen war. Wenn ihn einer der Kollegen so sah, wäre er für alle Zeiten das Gespött auf der Polizeistation. Aber Katharina Berg hatte ja zugesichert, sich darum zu kümmern. Und wenn sie etwas versprach, dann hielt sie es auch. Oder etwa nicht?

Hansen stellte endlich den Wasserstrahl ab und rubbelte sich mit dem Handtuch trocken. So wichtig ihm die Sache mit den Fotos auch war – zuerst musste er sich um etwas anderes kümmern. Etwas, das ihm noch mehr unter den Nägeln brannte.

★★★

Dorothea Nissen starrte ungläubig auf den rosafarbenen Zettel in Katharinas Hand. Ihre dunklen Haare, die sie mittlerweile mit Festiger und Haarspray zementiert hatte, ragten wie der Bugspriet eines Segelschiffs nach vorn.

»Sie haben einen Haftbefehl?«, fragte sie entsetzt. »Aber … das können Sie mir nicht antun.« Sie deutete auf die Stellwände, auf denen sie Abzüge der Fotosessions der vergangenen Tage angepinnt hatte. Katharina sah Nils Hansen im Regenmantel, dem das Wasser von Vanessas Schirm in den Kragen lief. Nils Hansen als stolzen Seeräuber auf der »Aegir« im historischen Bootshafen in Tönning. Und Nils Hansen in durchsichtiger Regenhose in einer Badewanne. Sie kniff die Augen zusammen und identifizierte kleine Krebse, die sich in seinen Hosenbeinen nach oben arbeiteten. An Phantasie mangelte es Dorothea Nissen ganz offensichtlich nicht. Ob die Leser des Erotikmagazins, für das die Bilder bestimmt waren, ihren Geschmack teilten, stand allerdings auf einem anderen Blatt.

»Ich muss das hier fertig machen«, erklärte die Fotografin. »Die Redaktion braucht die Bilder bis heute Abend. Wenn ich nicht rechtzeitig liefere, muss ich eine hohe Konventionalstrafe zahlen. Dann bin ich endgültig am Ende.«

Katharina sah zwischen Dorothea Nissen und ihren Fotos hin und her. Der Verdacht, ihre Schwester ermordet zu haben, schien sie weniger zu quälen als der Gedanke, ihre Arbeit nicht fertigstellen zu können. Aber genau das war auch der Grund, warum Katharina nicht glauben konnte, dass sie schuldig war.

»Und wenn Ihre ›Friesen-Nerze‹-Reihe ein Erfolg wird?«, erkundigte sie sich.

Die Fotografin betrachtete versonnen ihre Bilder.

»Dann bin ich saniert. Mehr noch. Man hat mir etliche Folgeaufträge in Aussicht gestellt, wenn das hier einschlägt. Wer weiß«, sie sah Katharina mit glänzenden Augen an, »vielleicht kann ich anschließend noch einmal richtig durchstarten.«

»Und Sie wären nicht auf das Erbe angewiesen.«

»Pah.« Die Fotografin schnaubte. »Was soll ich mit einem Geschäft? Dafür habe ich kein Händchen. Vermutlich hätte ich den Laden innerhalb von zwei Monaten in den Ruin gewirtschaftet. Genau wie unsere Modelagentur.«

»Und Vanessa Schultheis?«

Dorothea Nissen lachte verächtlich. »Für die ist das ein Sechser im Lotto.«

»Ich dachte, sie würde auch als Model gut verdienen?«

Die Fotografin winkte ab. »Sie ist hübsch. Aber für die wirklich lukrativen Aufträge ist sie zu klein. Und zu dick.«

Katharina hob die Augenbrauen. Wenn Vanessa Schultheis zu dick war, litt sie selbst an lebensbedrohlichem Übergewicht.

»Für ein Topmodel«, schob Dorothea Nissen nach, die Katharinas Irritation bemerkte. »Aber das ist nicht einmal das Hauptproblem. Sie hat einfach kein Talent zum Posen. Es dauert ewig, bis sie so steht, wie man sie haben will. Und dann sieht es einfach nicht echt aus.«

»Ihre Chancen, als Model das große Geld zu machen, waren also nicht besonders groß?«, hakte Katharina nach.

»Nein. Sie war schon auf dem absteigenden Ast, als ›Hot Cast‹ Pleite gemacht hat.« Dorothea Nissen sah Katharina vielsagend an. »Im Ernst. Was denken Sie denn, weshalb sie nach dem Konkurs bei uns geblieben ist, um als Verkäuferin in der ›Venus‹ zu arbeiten? Dieser Erotik-Auftrag«, sie deutete auf die Pinnwände, »war damals jedenfalls noch nicht in Sicht.«

Katharina faltete den rosafarbenen Zettel wieder zusammen und schob ihn in ihre Hosentasche. Natürlich konnte sie nicht ausschließen, dass Dorothea Nissen die Täterin war. Aber die Wahrscheinlichkeiten hatten sich soeben erheblich verschoben.

45

Nils Hansen steckte den Schlüssel ins Schloss, den er heimlich aus Vanessas Handtasche entwendet hatte. Er wollte nicht glauben, dass sie Britta Buddenberg ermordet hatte. Doch die Aussicht auf das Erbe war natürlich ein Motiv.

Er öffnete die Wohnungstür, schlüpfte in den Flur und schob die Tür leise zu. Dann sah er sich neugierig um.

Die Wohnung war klein, aber gemütlich. Sonnengelbe Wände und blaue Möbel im Wohnzimmer, ein Bett mit geblümter Bettwäsche und zahllosen Kissen im Schlafzimmer. In einem Regal an der Wand wachte ein ganzes Bataillon von Kuscheltieren. Zottelige Bären, flauschige Katzen und Hunde und ein grasgrüner Frosch mit gelben Händen.

Vor dem Fenster stand ein Schreibtisch mit einem Computer. Den Ausmaßen nach zu urteilen, gehörte er nicht zur neuesten Generation.

Nils Hansen öffnete die oberste Schublade und pfiff leise durch die Zähne.

Das Fach war vollgestopft mit ausgedruckten Fotos. Hansen nahm den Papierstapel heraus und blätterte durch die Seiten.

Das letzte Blatt war ein Brief. Hansen überflog den kurzen Text. Seine Augen weiteten sich, und er las das Schreiben noch einmal in Ruhe.

Ein wildes Glücksgefühl durchströmte ihn.

Das war das Indiz, nach dem er gesucht hatte. Der Beweis, mit dem er den Mord an Britta Buddenberg aufklären würde. Er. Polizeimeister Nils Hansen.

Der dritte hellblaue Stern auf seinen Schulterstücken war nur noch Formsache. Und womöglich war sogar noch mehr zu erwarten.

Hansen ballte die Faust und stieß ein lautes Triumphgeheul aus. Deshalb hörte er auch das Knacken an der Wohnungstür nicht.

Er faltete die Papiere und steckte sie in die Innentasche seiner Uniformjacke. Dann zog er sein Smartphone hervor und schrieb eine SMS an Katharina Berg: »Bin bei Vanessa Schultheis. Habe den Fall gelöst.«

Zufrieden las er noch einmal den Text, der seinen Erfolg dokumentierte, ohne ihm die Gelegenheit zu rauben, der Kriminalhauptkommissarin persönlich seine Erkenntnisse zu präsentieren. Er tippte auf das Display, schickte die Nachricht ab und verstaute das Handy wieder in seiner Jacke.

Im selben Moment bemerkte er aus dem Augenwinkel einen Schatten.

Etwas Hartes krachte auf seinen Schädel. Sein Kopf explodierte vor Schmerz.

Nils Hansen sackte mit einem verblüfften Laut zusammen.

46

Katharina Berg drückte auf den Klingelknopf von Vanessa Schultheis' Wohnung. Seit sie vor einer Stunde Hansens kryptische SMS erhalten hatte, versuchte sie vergeblich, den jungen Polizeimeister zu erreichen. Sie konnte nur hoffen, dass ihm nichts passiert war.

Wie war sie nur auf die Idee gekommen, ihn auf diese Undercovermission zu schicken? Das war nichts, was man auf der Polizeischule lernte. Für solche Fälle gab es eigens ausgebildete Spezialisten beim Landeskriminalamt in Kiel. Jemanden wie Hansen darauf anzusetzen, war viel zu riskant.

Dass sie ihn auch noch dazu ermuntert hatte, konnte nur daran liegen, dass ihr Hirn von Thorsten Klinkes Haschkeks vernebelt gewesen war.

Hinter der Wohnungstür regte sich nichts. Katharina zog ihr Handy aus der Tasche und wählte Hansens Nummer. Der Ruf ging raus, aber er nahm nicht ab. Schließlich schaltete sich die Mailbox ein.

»Hansen! Katharina Berg hier. Wenn Sie das hören, melden Sie sich! Dringend. Ich mache mir Sorgen um Sie.«

Sie steckte das Telefon wieder in ihren Rucksack und betrachtete die Wohnungstür. Um das Schloss herum waren Kratzer zu sehen. Katharina drückte gegen das Holz, und die Tür schwang auf.

Die Wohnung des Models bot ein Bild der Verwüstung. Alle Schranktüren waren geöffnet, sämtliche Schubladen herausgezogen worden. Der Inhalt der Schränke war überall verstreut. Im Schlafzimmer lagen Kuscheltiere und Kissen auf dem Boden wie Verwundete nach einer Schlacht.

Hatte Nils Hansen dieses Chaos angerichtet? Oder hatte er die Person, die dafür verantwortlich war, auf frischer Tat ertappt?

Worin bestand die Entdeckung, die ihn hatte glauben lassen, den Mordfall Buddenberg gelöst zu haben?

Katharina kramte in ihrem Rucksack und fand ein paar Einweghandschuhe. Kurz dachte sie darüber nach, die Spurensicherung zu informieren. Aber bis die Kollegen des K6 der Bezirkskriminalinspektion Flensburg hier waren und in dem Durcheinander ein Haar oder irgendetwas anderes fanden, das sie auf die Spur des Einbrechers führte, würde kostbare Zeit verstreichen. Zeit, in der Nils Hansen weitere Dummheiten anstellen konnte. Oder sich womöglich sogar in Gefahr begab.

Katharina schüttelte den Kopf und zog die Handschuhe über. Jetzt war nicht der Moment, um sich an vorschriftsmäßige Abläufe zu halten. Sie kniete sich auf den Teppich und wühlte in den Papieren, die auf dem Fußboden im Wohnzimmer verteilt lagen. Sie entdeckte alte Schulzeugnisse mit guten Noten in Kunst und Musik und weniger guten in den Naturwissenschaften. Dazwischen fanden sich Steuerunterlagen und Rechnungen, Kontoauszüge und Modelverträge. Für eine Frau Mitte zwanzig ohne abgeschlossene Berufsausbildung hatte Vanessa Schultheis nicht schlecht verdient, aber von den Gagen eines Topmodels war sie weit entfernt. Was dafür sprach, dass ihr das Buddenberg'sche Erbe in der Tat gelegen kam. Die Lebensspanne, in der man als Model arbeiten konnte, war schließlich mehr als begrenzt.

Doch das waren wohl kaum die Indizien, die Nils Hansen gefunden hatte.

Katharina stöberte weiter zwischen CDs und DVDs, Zeitschriften und Büchern, Fotoalben und Briefen. Sie erfuhr, dass Vanessa Schultheis eine Vorliebe für schwülstige Liebesfilme und seichte Popmusik hatte. Und einen Exfreund, der nicht verstehen konnte, dass sie sich von ihm getrennt hatte, nachdem sie ihn mit ihrer einstmals besten Freundin unter der Dusche erwischt hatte.

Faszinierende Einblicke in das Leben der jungen Frau, aber nichts, was sie in irgendeiner Weise weiterbrachte.

Katharina richtete sich stöhnend wieder auf. Sie durchforstete den Kleiderschrank des Models und sah sich schließlich auch noch im Bad und in der Küche um. Dann gab sie auf.

Sie hatte das Gefühl, dass sie die Stecknadel im Heuhaufen suchte. Ein Objekt, von dem sie nicht wusste, was es sein könnte. Und ob es sich überhaupt noch in der Wohnung befand.

Sie ging zurück ins Bad und zerrte die klebrigen Latexhandschuhe von den Fingern. Sie wollte sie schon in den kleinen Mülleimer unter dem Waschbecken werfen, besann sich im letzten Moment aber anders. Vielleicht würde sie doch noch die

Spurensicherung einschalten müssen, und dann war es besser, den Tatort nicht zu kontaminieren.

Sie stopfte die Handschuhe in ihre Hosentasche und sah nachdenklich in den Spiegel. Hatte Nils Hansen den Beweis dafür entdeckt, dass Vanessa Schultheis eine Mörderin war? Oder hatte Vanessa etwas besessen, mit dem sie den Täter erpresst hatte?

Wenn es sich bei dem Objekt, das der Einbrecher gesucht hatte, um einen Datenträger handelte, war es unter Umständen winzig klein. Es gab Speicherkarten, die nicht größer waren als ein Fingernagel.

Katharinas Blick fiel auf eine Schale, die auf der Ablage unter dem Spiegel stand. Zehn blutrote künstliche Fingernägel lagen darin. Und eine schwarze Micro-SD-Karte.

Katharina zog die zerknüllten Latexhandschuhe wieder über. Dann entfernte sie die Speicherkarte aus ihrem Smartphone und schob die Karte aus der Schale in den Slot. Sie enthielt nur einen Ordner. Katharina öffnete ihn und fand ein gutes Dutzend Fotodateien.

Ungläubig blätterte sie durch die Bilder und zog sie mit zwei Fingern auf dem Touchscreen groß.

Die Fotos zeigten Thorsten Klinke und Britta Buddenberg in den Salzwiesen vor dem Leuchtturm Westerheversand. In allen nur erdenklichen Positionen.

Britta Buddenberg trug einen schwarzen Nerzmantel. Thorsten Klinke war nackt.

47

Katharina Berg trommelte ungeduldig auf dem Lenkrad ihres roten Fiat Cabrios herum. Wie lange konnte so eine Handyortung denn dauern? Am liebsten hätte sie den Wagen angeworfen und den Motor aufheulen lassen. Doch solange sie nicht wusste, wo sie suchen sollte, konnte sie nichts tun.

Sie verfluchte Nils Hansens überschießenden Aktionismus.

Warum hatte er ihr nicht gesagt, was er vorhatte, damit sie sich gemeinsam in der Wohnung des Models hätten umsehen können? War er in Sorge gewesen, dass er wieder einen halben Tag lang auf den Durchsuchungsbeschluss würde warten müssen? Oder hatte er die Phantasie, sich mit einem aufsehenerregenden Ermittlungserfolg eine Beförderung zu verdienen? Aber vielleicht war es ihm ja auch gar nicht darum gegangen, den Dienstweg abzukürzen oder sich ein paar Lorbeeren zu verdienen. Womöglich hatte er einfach nur die Frau seiner Träume nicht unnötig in Verdacht bringen wollen. Sie konnte nur hoffen, dass ihm sein Alleingang nicht zum Verhängnis wurde.

Wenn sie wenigstens wüsste, was passiert war. Hatte Nils Hansen den Tierschützer Thorsten Klinke beim Durchsuchen der Wohnung überrascht und war ihm jetzt auf den Fersen? Oder hatte Klinke den jungen Polizeimeister überwältigt und verschleppt?

Daran, dass Klinke ihr die ganze Zeit Theater vorgespielt hatte, wollte sie lieber gar nicht erst denken. Dann hätte sie nämlich nicht nur auf dem Lenkrad getrommelt, sondern mit Schwung gegen die Karosserie des Wagens getreten. Und dass sie ihr geliebtes Cabrio beschädigte, war kein Mann wert. Nicht einmal einer, den sie sich in einer anderen Welt als Lebenspartner hätte vorstellen können.

Als ihr Smartphone zu klingeln begann, riss sie es eilig ans Ohr. »Ja?«

»Wir haben das Handy lokalisiert«, teilte ihr der Mann am anderen Ende mit. »Es befindet sich auf Eiderstedt.«

Katharina schnaubte. Dass Nils Hansen nicht zu einem Kurzurlaub in den Schwarzwald aufgebrochen war, hatte sie sich bereits gedacht.

»Geht das ein bisschen genauer?«, fragte sie scharf.

»Tja«, sagte der Mann am anderen Ende gedehnt. »Das ist nicht so einfach. In dieser Gegend stehen die Funkmasten relativ weit auseinander. Ich kann Ihnen nur sagen, dass sich der Teilnehmer auf dem Land befindet. Irgendwo zwischen Tating und Tümlauer-Koog.

»Danke«, sagte Katharina und drückte das Gespräch weg. Dann startete sie den Motor und gab Gas.

Eben noch hatte sie gedacht, dass der Fall klar war. Thorsten

Klinke war von Britta Buddenberg mit den erotischen Aufnahmen erpresst worden und hatte die Boutiquebesitzerin deshalb ermordet. Aber wenn das so war – wieso befand sich Nils Hansen dann auf der Nerzfarm von Kai Ruppert?

★★★

Katharina sauste mit überhöhter Geschwindigkeit durch St. Peter-Ording. Am Ortsausgang jagte sie den Motor weiter hoch. Sie lenkte das Cabrio über die Landstraße nach Tating und befestigte ihr Smartphone in der Halterung. Dann aktivierte sie die Freisprechanlage. Sie wählte die Nummer von Lutz Becker und wartete.

Als sich der Polizeioberkommissar endlich meldete, klang er weit weg und verrauscht.

»POK Becker, Polizeistation SPO?«

»Katharina Berg«, sagte Katharina. »Ich brauche dringend Verstärkung. Schicken Sie mir ein paar Männer zum Ruppert-Hof.«

Am anderen Ende knisterte es.

»Das ist jetzt schlecht«, erwiderte Becker.

Katharina schaltete noch einen Gang höher.

»Was meinen Sie damit: Es ist schlecht?«

»Wir sind alle unterwegs«, erläuterte Becker. »Meine Männer. Und die Jungs aus den umliegenden Polizeistationen.«

»So.« Katharinas linkes Auge zuckte. Das Letzte, was sie im Moment brauchte, war irgendein sinnloses Kompetenzgerangel. »Und was haben Ihre Männer so Dringendes zu tun?«

»Die Nerze«, erwiderte Becker. »Von der Ruppert-Farm. Irgendjemand hat sie freigelassen. Sie laufen im Naturschutzgebiet Tümlauer Bucht herum und graben Löcher in den Deich. Wir helfen der Feuerwehr, sie wieder einzufangen.«

Was bei ein paar hundert Tieren eine Weile dauern konnte.

»Dann sind Sie doch quasi vor Ort«, beharrte sie.

»Schon«, entgegnete Becker. »Aber die Jungs sind natürlich zu Fuß unterwegs. Bis die wieder bei ihren Streifenwagen sind …«

Katharina verdrehte die Augen. Kollegen wie Lutz Becker

waren in etwa so hilfreich wie ein Segelboot bei Flaute. Oder ein Fisch auf dem Fahrrad.

»Vergessen Sie's. Ich komme auch allein zurecht«, sagte sie und drückte das Gespräch weg.

Dann trat sie das Gaspedal bis zum Anschlag durch.

★★★

Am Horizont formierten sich die Wolken zu einer schwarzen Wand. Ein scharfer Wind pfiff über das flache Land und ließ die Äste der Bäume am Feldrand erzittern. Die ersten dicken Tropfen klatschten auf die Windschutzscheibe und das schwarze Stoffverdeck des roten Cabrios.

Katharina Berg umklammerte das Lenkrad mit beiden Händen. Eine Bö erfasste den Wagen und rüttelte ihn durch.

Zum Glück war die Straße leer.

Katharina hielt das Gaspedal gedrückt und raste über die schmale Landstraße von Tating nach Tümlauer-Koog. An der Zufahrt zum Ruppert-Hof riss sie das Steuer herum.

Der Wagen schlitterte mit quietschenden Reifen um die Kurve und holperte über den unebenen Feldweg. Als das Wohnhaus in Sicht war, bremste Katharina scharf, und das Cabrio kam rutschend auf dem Kiesbelag zum Stehen. Im selben Moment öffnete der Himmel seine Schleusen.

★★★

Katharina sprang aus dem Auto und war innerhalb von Sekunden bis auf die Haut durchnässt. Sie rannte zum Wohnhaus und zerrte an der Eingangstür. Zu ihrer Erleichterung war sie offen.

Katharina stürzte in den Flur und schaute sich suchend um. Sie sah die billigen Möbel und das schmuddelige Chaos des Männerhaushaltes, aber keine Spur von Nils Hansen, Thorsten Klinke oder Kai Ruppert.

Im Wohnzimmer lief der Fernseher, und auf dem Couchtisch vertrocknete eine angebissene Pizza neben einem überquellenden Aschenbecher. In der Küche lag eine halb gerauchte Zigarette mit durchweichtem Papier im Spülbecken. Offenbar war Kai Ruppert unverhofft in seiner Nachmittagsgestaltung gestört worden. Weil ihn Thorsten Klinke um Hilfe gebeten hatte? Oder weil doch alles ganz anders war, als sie dachte?

Katharina eilte in den ersten Stock und riss die Türen zu allen Räumen auf. Dann lief sie in den Keller. Doch das Haus war leer.

Sie spürte, wie ihr Mund trocken wurde. Was war passiert, seit Nils Hansen seine rätselhafte SMS geschrieben hatte? Und wo, um alles in der Welt, konnte der junge Polizeimeister sein, wenn er nicht hier auf Rupperts Nerzfarm war?

Sie hastete wieder nach oben in die Küche und goss sich ein Glas Wasser ein. Während sie trank, fiel ihr Blick aus dem Fenster.

Dort, hinter dem Wohnhaus, befand sich ein alter, halb verfallener Schuppen.

48

Nils Hansen starrte in den Lauf der Flinte, die auf ihn gerichtet war. Er zerrte an seinen Fesseln, aber sie gaben keinen Millimeter nach. Neben ihm kniete Vanessa auf dem staubigen Boden des Schuppens, genau wie er selbst mit auf den Rücken gebundenen Händen.

In der anderen Ecke balancierte Kai Ruppert auf einem wackeligen Stuhl, der nur noch drei Beine hatte. Seine Arme waren mit Spanngurten an seinem Oberkörper fixiert. Um seinen Hals lag eine Schlinge, von der ein Seil zu einem Haken in der Decke führte.

Thorsten Klinke hielt das Jagdgewehr lässig in der Armbeuge und schüttelte bedauernd den Kopf.

»Was für eine tragische Geschichte«, sagte er und deutete mit dem Kinn auf Kai Ruppert. »Erst ermordet er die Zeugin für seinen Mord an Britta Buddenberg und den Polizisten, der ihm auf die Spur gekommen ist. Und dann richtet er sich selbst.«

Vanessa Schultheis schnaubte.

»Was für ein Schwachsinn«, fauchte sie. »Weshalb sollte er uns töten, wenn er sich ohnehin umbringen will?«

Klinke sah sie an wie ein Lehrer eine begriffsstutzige Schülerin.

»Aus Rache natürlich«, erklärte er nachsichtig. »Warum soll er euch verschonen, wenn sein Leben zu Ende ist?«

Nils Hansen versuchte, den Kloß in seiner Kehle hinunterzuschlucken. Er hatte schon immer Respekt vor Schusswaffen gehabt. Doch er hatte nicht geahnt, wie es sich anfühlte, sich Auge in Auge mit einer Gewehrmündung zu befinden.

In seinem Kopf rasten die Gedanken. Die ausgedruckten Seiten mit den Fotos von Thorsten Klinke und Britta Buddenberg beim Sex in den Westerhevener Salzwiesen und Britta Buddenbergs Erpresserbrief, die er in Vanessas Wohnung sichergestellt hatte, hatte Klinke ihm natürlich abgenommen. Aber wenn Ausdrucke existierten, dann gab es auch die dazugehörigen Bilddateien auf irgendeinem Computer oder Datenträger. Und den hatte Klinke womöglich nicht gefunden. Er selbst hatte ihn schließlich auch nicht entdeckt.

»Damit kommen Sie nicht durch«, krächzte Hansen. »Früher oder später tauchen die Fotos wieder auf, und Ihre Affäre mit Britta Buddenberg kommt ans Licht.«

Klinke lächelte überheblich.

»Meinst du nicht, deine kleine Freundin hier wird mir verraten, wo sie die Bilder versteckt hat?«

Vanessa spuckte ihm vor die Füße.

»Warum sollte ich das wohl tun?«, schnaubte sie. »Wenn du mich am Ende sowieso umbringst?«

Klinke zwinkerte ihr zu.

»Weil du nichts davon hast, wenn mein Verhältnis mit deiner Chefin bekannt wird. Aber es nützt dir etwas, wenn du mir hilfst, die ganze Sache unter dem Deckel zu halten. Du hast die Wahl. Ein kurzer, schmerzloser Tod. Oder ein langes, qualvolles Sterben.«

Nils Hansen zerrte wütend an seinen Fesseln.

»Du verdammtes Schwein«, knurrte er.

Klinke sah ihn nachdenklich an.

»Ich könnte natürlich auch deinen Freund hier foltern«, schlug er vor. »Würde das deine Zunge lockern?«

Vanessa warf ihre langen Locken nach hinten.

»Mach mit ihm, was du willst«, erklärte sie. »Das ist mir egal.«

Nils Hansen riss die Augen auf.

»Vanessa! Ich dachte, du … wir …«

Vanessa funkelte ihn an.

»Du bist bei mir eingebrochen, weil du geglaubt hast, dass *ich* Britta ermordet habe. Als ob ich einer Fliege etwas zuleide tun könnte. Und ich dachte, du vertraust mir.«

Hansen schluckte.

»Ich wollte doch nur Gewissheit«, stammelte er. »Weil … weil du mir etwas bedeutest.«

Thorsten Klinke knallte das Gewehr auf ein Regalbrett über Hansens Kopf.

»Rührend, wirklich«, bemerkte er. »Aber jetzt ist Schluss mit dem sentimentalen Gequatsche.« Er zog ein Springmesser aus der Hosentasche und ließ die Klinge herausschnellen.

»Du sagst mir jetzt auf der Stelle, wo du die verdammten Foto-dateien versteckt hast«, forderte er Vanessa auf. »Oder«, er trat neben Hansen und packte ihn am Ohrläppchen, »ich schneide deinem Freund das Ohr ab.«

»Mach doch«, sagte Vanessa.

Nils Hansen quiekte, als die kalte Klinge seine Haut berührte.

49

Katharina Berg hastete über den Hof zum Schuppen. Unter ihren Füßen spritzte Schlamm auf. Von den Stallgebäuden her schallte das wütende Gekläffe der Dobermänner durch den trommelnden Regen.

Katharina trat in ein Loch und zuckte zusammen, als ein scharfer Schmerz von ihrem Knöchel aus durch ihren gesamten Körper direkt ins Gehirn schoss. Für ein paar Sekunden blieb sie stehen, um den Schmerz unter Kontrolle zu bringen.

Dann humpelte sie weiter und erreichte das Tor des windschiefen Schuppens. Eilig griff sie nach dem Knauf und drehte daran. Aber die Tür war verschlossen.

★★★

Thorsten Klinke warf das Messer beiseite und griff in Vanessas Mähne.

»Du bist ein verdammtes Luder«, fauchte er. »Würdest einfach zusehen, wie ich deinem Freund das Ohr abschneide. Du und deine Freundin Britta, ihr habt einfach keinen Respekt. Ihr verführt die Männer, und dann lasst ihr sie am Gängelband herumlaufen.«

Vanessa lachte verächtlich. »Du bist es doch, der seinen Schwanz nicht in der Hose lassen konnte.«

Klinke zerrte an ihren Haaren. Vanessas Gesicht verzog sich vor Schmerzen, aber sie gab keinen Ton von sich.

»Ich bin auch nur ein Mann«, tobte Klinke. »Ihr habt mich in die Falle gelockt. Und dann habt ihr gedroht, mir alles kaputt zu machen, wenn ich euren verdammten Pelzladen nicht in Ruhe lasse.«

»Ja, ja.« Vanessa schaffte es, trotz ihrer Pein ein gleichmütiges Gesicht aufzusetzen. »Natürlich. Immer sind die anderen schuld.«

Thorsten Klinke stieß sie von sich weg, und Vanessa fiel auf die Seite.

Klinke nahm sein Gewehr vom Regal und richtete es auf Nils Hansen.

»Mir reicht's. Ich blase jetzt dem netten Jungen hier das Gehirn aus dem Schädel. Mal sehen, ob du dann immer noch so große Töne spuckst.«

Nils Hansen schnappte nach Luft. In seinem Kopf breitete sich eine wattige Leere aus. Alles um ihn herum schien plötzlich in Zeitlupe abzulaufen. Kai Ruppert, der auf seinem wackligen Stuhl kippelte, mit panisch geweiteten Augen. Vanessa, die sich im Staub wälzte und versuchte, wieder auf die Knie zu kommen. Und Klinke, der langsam den Hahn des Jagdgewehrs spannte.

Dann blitzte es gleißend hell auf, und ein dumpfer Knall erschütterte den Schuppen.

Etwas Kleines, Pelziges schoss unter einem Bretterstapel hervor und raste über Klinkes Füße. Der Tierschützer verriss das Gewehr. Wieder ertönte ein Knall, lauter und erschütternder noch als der vorherige.

★★★

Katharina Berg fuhr zusammen, als sie den Schuss hörte. Hektisch blickte sie sich um. Sie musste irgendwie in den Schuppen gelangen.

Auf der Rückseite des Wohnhauses entdeckte sie einen Hauklotz mit einem Beil.

Eilig humpelte sie über den schlammigen Hof dorthin und zog es heraus. Den Schmerz, der bei jedem Schritt durch ihren verstauchten Fuß raste, verdrängte sie mit zusammengebissenen Zähnen.

Mit der Axt in der Hand trat sie den Rückweg an. Auf den letzten Metern wurde ihr schwarz vor Augen.

Für einen kurzen Moment blieb sie stehen und atmete tief durch, bis das Flimmern verschwand. Dann hob sie das Beil und schlug damit auf die Schuppentür ein.

Das morsche Holz flog splitternd zur Seite.

50

Von der Schuppendecke rieselte Staub vor seine Knie.

Nils Hansen hob den Kopf und entdeckte das Loch, das Klinkes Kugel in die Dachpappe gerissen hatte. Zwischen den schwarzen Wolken darüber zuckte ein Blitz.

Erst jetzt begriff er, dass der erste Knall kein Schuss gewesen war, sondern ein Donnerschlag. Es war das Gewitter, das sich genau über dem Ruppert-Hof entlud. Der Donner hatte den Nerz, der sich unter dem Bretterstapel versteckt hatte, aufgeschreckt. Und dessen unfreiwilliger Zusammenstoß mit dem Tierschützer hatte dafür gesorgt, dass Klinkes Kugel ihr Ziel verfehlt hatte.

Aber das war keine Rettung, sondern nur ein Aufschub. Klinke hatte sicher genug Munition. Und er würde nicht aufhören, ehe er Vanessa, Kai Ruppert und ihn getötet hatte.

Wieder hörte er laute Schläge. Ein sonderbares Krachen. Fast wie von einer Axt, die auf berstendes Holz traf.

Hansen wandte den Kopf zur Schuppentür. Er sah Holzsplitter fliegen, und dann brach die Tür auseinander. Sie fiel nach innen, und Hansen entdeckte im Türrahmen eine menschliche Gestalt. Hinter ihr erhellte ein Blitz den Himmel und zeichnete grell den Umriss der dunklen Silhouette.

Die Person warf das Beil beiseite und richtete eine Pistole auf Thorsten Klinke.

»Werfen Sie das Gewehr weg!«, befahl sie ruhig.

Es war Katharina Berg.

★★★

Thorsten Klinke wandte sich langsam zu ihr um.

»Waren wir nicht schon beim Du?«, fragte er und lächelte schief.

Katharina betrachtete das dramatische Tableau, das er angerichtet hatte. Nils Hansen auf den Knien im Staub. Vanessa neben ihm auf dem Boden. Und in der Ecke Kai Ruppert mit der Henkerschlinge um den Hals auf einem kippeligen Stuhl, dem das vierte Bein fehlte.

»Nein«, entgegnete sie. »Und selbst wenn. Angesichts der Umstände müsste ich meine Einwilligung wohl oder übel zurückziehen.«

»Schade«, sagte Klinke. »Ich hatte wirklich gehofft, das mit uns könnte etwas werden.« Er trat von Hansen und Vanessa weg und bewegte sich in die hintere Ecke des Schuppens.

»Das Gewehr«, erinnerte ihn Katharina, die ihre Waffe unbeirrt auf ihn gerichtet hielt.

Klinke legte die Jagdflinte auf den Boden und hob die Hände.

»Und was nun?«, fragte er.

»Jetzt werde ich Sie verhaften. Wegen des Verdachts des Mordes an Britta Buddenberg.« Sie legte den Kopf schief. »Woher haben Sie eigentlich gewusst, dass Britta Buddenberg in dieser Nacht am Strand sein würde?«

Thorsten Klinke lächelte schief.

»Ich wusste es nicht. Ich bin zu ihr gefahren, weil ich mit ihr reden wollte. Und dann habe ich gesehen, wie sie mit ihrer Pelzverkleidung in den Wagen gestiegen ist, und bin ihr gefolgt. Ich bin ihr nachgegangen, als sie ihren Strandspaziergang gemacht hat. Das war ein schönes Bild, diese kühle, attraktive Frau in ihrem schwarzen Nerz im grellen Licht der Scheinwerfer.«

Er lachte leise.

»Als das Licht wieder ausging, wollte ich mich anschleichen und sie zur Rede stellen. Aber dann flog plötzlich dieses rote Geschoss durch die Nacht, und der teure Pelz stand in Flammen. Ich wollte ihr zu Hilfe kommen, doch von der anderen Seite tauchte plötzlich eine Gestalt auf. Peer Ruppert, wie ich später erfahren habe. Er rannte hektisch an der Wasserkante entlang. Und auf einmal machte er auf dem Absatz kehrt und lief davon.«

Klinke breitete die Arme aus.

»Ich bin zu der Stelle gegangen, und da trieb sie im Wasser. Ich wollte sie herausziehen, doch dann hat mich plötzlich die Wut übermannt. Ich habe ihren Kopf unter Wasser gedrückt, und sie hat hektisch mit den Beinen gestrampelt. Aber ich habe nicht losgelassen.«

Er sah Katharina an.

»Ich hätte sie retten können. Doch als ich endlich wieder zur Besinnung kam, war es zu spät.«

Klinke machte eine vage Handbewegung.

»Ich bin zu meinem Wagen zurückgegangen. Fast wäre ich Gesine Stöver in die Arme gelaufen, aber sie war zum Glück zu sehr damit beschäftigt, ihren Mann zu beobachten, als dass sie mich bemerkt hätte.«

Er schnaubte verächtlich.

»Da war mächtig Betrieb am Böhler Strand in dieser Nacht. Und an all den seltsamen Dingen, die passiert sind, war Britta Buddenberg schuld. Auf die eine oder andere Weise.«

Katharina kniff die Augen zusammen.

»Das Plädoyer können Sie sich für den Richter sparen«, versetzte sie. »Bei mir zieht es nicht.«

Klinke nickte nachdenklich. Dann machte er einige Schritte

zur Seite und stand plötzlich neben dem dreibeinigen Stuhl, auf dem Kai Ruppert mühsam um sein Gleichgewicht rang. Rupperts Augen waren riesengroß, und seine Beine zitterten. Lange würde er sich nicht mehr halten können.

Klinke tippte mit dem Fuß gegen eines der Stuhlbeine.

»Erschieß mich«, sagte er zu Katharina. »Aber den Tierquäler hier nehme ich mit.«

Katharina schüttelte den Kopf.

»Das könnte dir so passen«, entgegnete sie. »Ein Heldentod. Gefallen im Kampf gegen den bösen Nerzfarmer. Dabei ging es doch nur darum, deine eigene Haut zu retten. Damit deine Anhänger nicht erfahren, dass es mit der hohen Moral ihres Anführers nicht mehr weit her ist, wenn ihn die Libido antreibt.«

»Sind wir jetzt doch wieder beim Du?« Klinke lächelte. »Ich finde, das wäre ein würdiges Ende. Wie im Film. Am Schluss sind alle Bösen tot. Die Pelzdesignerin. Der Tierquäler. Und der Mörder.«

»Hm.« Katharina tat so, als müsse sie nachdenken. Sie machte einige Schritte auf Klinke zu und zielte mit der Waffe auf seine Stirn.

»Ja. Warum eigentlich nicht?«, sagte sie. Dann ließ sie die Pistole fallen und sprang nach vorne. Durch ihren verstauchten Fuß zuckte ein greller Schmerz, aber Katharina kämpfte ihn nieder. Sie riss Klinke am Kragen zu sich heran und schleuderte ihn zu Boden. Mit einer schnellen Bewegung war sie über ihm und zog ihm die Arme auf den Rücken. Kai Ruppert auf seinem Stuhl geriet bedenklich ins Schwanken, konnte sich aber gerade noch halten.

Katharina legte Klinke Handschellen an.

»Tja«, sagte sie, während sie sich erhob und Kai Ruppert aus seiner misslichen Lage befreite. »Für einen Kinostreifen wäre das vielleicht ein gutes Ende gewesen. Aber das hier ist kein Film. Und du bist ein miserabler Schauspieler. Das habe ich dir schon einmal gesagt.«

Klinke wandte den Kopf ab und knirschte mit den Zähnen.

Katharina schaute sich um, weil sie einen dumpfen Laut gehört hatte. Es war Nils Hansen, der umgekippt war und nun mit geschlossenen Augen auf der Seite lag.

Katharina lachte leise. Ausgerechnet jetzt, wo alles vorbei war, fiel er in Ohnmacht.

51

Von einem Moment auf den anderen war es vollkommen still. Selbst die Dobermänner, die wie verrückt gebellt hatten, lagen in ihrem Zwinger auf dem Bauch und gaben keinen Laut mehr von sich. Katharina spürte plötzlich die Erschöpfung, die wie eine Welle über sie hinwegrollte. Müde sank sie auf den Hauklotz im Hof.

Die vergangene Stunde war von hektischer Betriebsamkeit geprägt gewesen. Kommissar Becker und seine Kollegen von der Polizeistation St. Peter-Ording waren schließlich doch aufgetaucht und hatten Thorsten Klinke abgeführt. Mehrere Krankenwagen waren vorgefahren und hatten Nils Hansen, Vanessa Schultheis und den völlig verstörten Kai Ruppert mitgenommen.

Jetzt waren sie alle fort.

Katharinas Blick wanderte über die grünen Wiesen mit den niedrigen Zäunen und den vereinzelten Bäumen am Wegesrand, auf denen in regelmäßigen Abständen die Heuräder standen. Vom Meer wehte eine frische Brise herüber, die den Gestank aus den Ställen vertrieb. Die Luft roch feucht und salzig, nach Aufbruch und Freiheit. In der Ferne war das Geschrei von Möwen zu hören. Irgendwo hinter dem Haus klappte eine Tür.

Katharina atmete tief durch.

Es war nicht das erste Mal, dass sie für eine Person im Rahmen einer Ermittlung Sympathien entwickelt hatte. Es gehörte zu ihrem Arbeitsstil, sich auf die Menschen einzulassen, um hinter die Fassaden zu sehen. Doch sie hatte sich noch nie derart täuschen lassen.

Sie sah zu ein paar schwarzbunten Kühen, die gemächlich über die Weide trotteten. Die Rinder blieben stehen und starrten zu ihr herüber.

Sie hatte Thorsten Klinke als aufrechten, engagierten und geradlinigen Mann eingeschätzt. Was ja nicht falsch war. Aber das war eben nur die eine Seite der Medaille gewesen.

★★★

Das Ei krachte gegen den Rand der Schüssel, und die braune Schale zerbarst mit einem Knacken. Susanne Moll brach die beiden Hälften auseinander und schleuderte den Inhalt in das Rührgefäß. Die zarte Hülle um das Eigelb zerplatzte, und Dotter und Eiklar verliefen.

Die Pensionswirtin schlug die restlichen Eier auf, gab Butter, Zucker, Mehl und gemahlene Mandeln dazu und verrührte die Zutaten mit dem Mixer, bis das Gerät nicht mehr weiterkam. Dann griff sie mit beiden Händen in die Schüssel und knetete energisch den Teig.

»Nie!«, sagte sie. »Nie hätte ich geglaubt, dass Thorsten zu so etwas fähig wäre.«

Sie schaute zu Lina, die am Küchentisch saß und unmotiviert Plätzchenformen hin und her schob.

Unter anderen Umständen hätte sie ihre Mutter darauf hingewiesen, wie absurd es war, mitten im Hochsommer Kekse zu backen, die eigentlich in die Vorweihnachtszeit gehörten. Aber gerade jetzt erschien ihr ohnehin alles sinnlos. Warum sollte ihre Mutter da nicht Plätzchen backen, wenn es ihr half, den Schock zu überwinden?

»Dein Vater, ja«, erklärte Susanne Moll. »Der hat so ein Temperament. Der wirft schon mal einen Stein. Und wenn er an dem Abend nicht mit seinen Freunden in Tönning gewesen wäre …«

Sie stellte die Rührschüssel zur Seite, nahm eine Zweihundert-Gramm-Tafel Schokolade aus dem Kühlschrank und legte sie in eine Auflaufform aus Metall. Dann griff sie nach dem Fleischklopfer und schlug mit voller Wucht zu. Die Tafel zersprang. Schokoladenstücke flogen durch den Raum.

»Aber Thorsten!«, klagte sie. »Thorsten war ein Vorbild.«

Sie legte den Fleischklopfer beiseite und öffnete den Backofen. Eine weiße Dampfwolke quoll hervor. Susanne Moll zog das Blech heraus und stellte es zum Abkühlen auf die Spüle. Ein weiteres Ei wurde in eine Schüssel geschlagen und verrührt, und Susanne Moll verstrich die Flüssigkeit auf den ofenwarmen Plätzchen. Es waren Muscheln und Seesterne, Leuchttürme und Strandkörbe, Seepferdchen und Fische. Auch in der »Pension Moll« wurde das Nordsee-Motiv konsequent eingehalten.

»Gewaltfreier Protest«, setzte die Pensionswirtin ihren Monolog fort. »Das war doch sein Credo! Nicht überrollen, überzeugen. Das Wort, das die stärkste Waffe ist!«

Sie warf den Pinsel in die Spüle und kippte die zerstoßene Schokolade in die Schüssel mit dem Teig. Verbissen knetete sie weiter. »Und dann so eine überflüssige Aktion! Was bringt es denn, die Buddenberg aus dem Weg zu räumen? Als ob damit auch nur ein einziger Nerz gerettet wäre!«

Sie stopfte den Teig mit den Schokoladenstücken in eine kastenförmige Kuchenform und schob sie in den heißen Ofen. Dann nahm sie eines der Plätzchen vom Blech, pustete und steckte es sich in den Mund.

»M-hm.« Die Pensionswirtin schloss die Augen. »Die sind gut.«

Lina stapelte die Keksförmchen zu einem wackeligen Turm, den sie sanft mit dem Finger anstupste. Er schwankte, fiel aber nicht um.

»Er hat uns angelogen«, sagte sie bitter.

Susanne Moll nahm sich ein weiteres Plätzchen.

»Und es war alles umsonst!«, klagte sie kauend. »Unsere ganzen schönen Aktionen. Verpufft. Weil der Ruf von ›Free Nature‹ ruiniert ist. Kein Mensch wird sich jetzt noch an einer Unterschriftenaktion beteiligen. Und Ruppert und die Schwester von der Buddenberg machen weiter, als wäre nichts geschehen.«

Susanne Moll löste einen Keks in Leuchtturmgestalt vom Backpapier und biss das Leuchtfeuer ab.

»Er war mein Idol.« Lina tippte gegen ihren Turm. Er stürzte ein, und die Ausstechformen polterten auf den Tisch. »Stell dir das vor. Ich wollte so werden wie er.«

Sie bückte sich und hob ein Förmchen wieder auf, das auf den Boden gefallen war.

Susanne Moll verspeiste ein Plätzchen, das die Umrisse eines Strandkorbs hatte. Dann griff sie nach einem Seestern.

Lina sah ihre Mutter genervt an.

»Mama! Hör auf! Das hilft doch nicht.«

Die Pensionswirtin schaute auf den Stern, der nur noch drei Arme hatte. Ihr Blick wanderte nach unten, über ihren üppigen Busen zu ihrer Schürze, die über ihrem dicken Bauch spannte. Sie legte den Kopf schief und schmatzte nachdenklich. Dann schob sie sich den restlichen Stern in den Mund.

»Doch«, sagte sie. »Essen hilft immer.«

52

Gert Stöver starrte auf das zähe Brötchen, das vor ihm auf dem Teller lag. Mittlerweile war er sich sicher, dass Gesine das mit Absicht tat. Sie wollte ihn bestrafen. Dafür, dass er nicht so war, wie sie ihn haben wollte.

Er konnte noch immer nicht fassen, dass sie von Anfang an alles gewusst hatte. Dass sie sich an seiner Angst, die Polizei könnte ihn verdächtigen, geweidet hatte, statt ihm und den Beamten einfach zu sagen, dass sie ihn in der Mordnacht beobachtet hatte.

Aber vielleicht hatte er es ja auch nicht besser verdient. Gesine war eine gute Frau. Anständig, zuverlässig und treu. Er war es, der sie betrogen hatte. Er hatte sich auf Britta Buddenberg eingelassen und Gesine damit gleich doppelt verraten. Statt gegen die Kürschnerin zu kämpfen, hatte er gehofft, dass sie ihm seine heimlichen Träume erfüllte.

War es da nicht gerecht, dass Gesine ihn hatte zappeln lassen? Sie hätte ja noch viel weiter gehen können. Stöver schauderte, wenn er daran dachte. Was wäre passiert, wenn Gesine ihn nicht entlastet hätte, als er in Verdacht geraten war?

Nein. Er hatte keinen Grund, seiner Frau böse zu sein. Höchstens wegen der Brötchen, die sie vertrocknen ließ, anstatt sie einzufrieren und frisch aufgebacken auf den Tisch zu bringen. Doch darüber würde er sich nicht mehr lange beklagen müssen. Es war kaum anzunehmen, dass Gesine bei ihm bleiben würde, nach allem, was geschehen war.

Wozu auch? Die Boutique gehörte ihr, und der Erfolg, den sie damit hatten, war ebenfalls ihr zu verdanken. Abgesehen von der Kult-Ecke mit den originalen Friesennerzen, die immer noch reißenden Absatz fanden. Die war seine Idee gewesen. Aber darüber hinaus war er geblieben, was er immer schon gewesen war: ein leidenschaftlicher Segler, der sich mit allem umgab, was zu seinem Hobby gehörte. Ein guter Geschäftsmann war er nicht geworden. Genauso wenig wie ein erfolgreicher Sportler.

Was würde nun aus ihm werden? Was sollte er mit seinem Leben anfangen? Hatte er überhaupt noch eines?

Er hörte das energische Klappern von Absätzen auf der Treppe, und im nächsten Moment stand Gesine vor ihm. Sie trug ein figurbetontes dunkelblaues Kostüm und hochhackige Pumps. Die hellblonden Haare hatte sie streng nach hinten gekämmt. Auf ihrer Nase saß eine eckige Brille mit schwarzem Rahmen.

Die gewissenhafte, erfolgreiche Geschäftsfrau, in die er sich einmal verliebt hatte. Und die ihn jetzt mit einem Fußtritt aus ihrem Leben befördern würde.

Sie schaute ihn von oben herab an.

»Warum isst du dein Brötchen nicht?«, fragte sie. »Schmeckt es dir nicht?«

Gert Stöver schluckte. Er wollte sich beschweren, aber dann fiel ihm ein, dass es vielleicht nicht sehr klug war, Gesine noch weiter gegen sich aufzubringen.

»Doch«, presste er hervor.

Gesine verschränkte die Arme vor der Brust. »Dann iss es.«

Stöver hob eilig das Brötchen zum Mund. Er nahm einen zu großen Bissen und kaute angestrengt. Der trockene Teig saugte seinen Speichel auf und verwandelte sich in einen gummiartigen Klumpen. Stöver spürte, wie er in seiner Speiseröhre stecken blieb. Er griff nach seiner Kaffeetasse und spülte nach. Mühsam schluckte er die pappige Masse herunter.

»Geht das vielleicht auch ein bisschen schneller?«, erkundigte sich Gesine. »Ich habe heute noch etwas vor.«

Stöver schaute in das verkniffene Gesicht seiner Frau. Schnell biss er ein weiteres Stück von seinem Brötchen ab. Sofort schien sich seine gesamte Speiseröhre mit trockenem Teig zu füllen. Er wollte sich einen neuen Kaffee eingießen, aber die Kanne war leer. Und zur Spüle zu gehen und sich ein Glas Wasser einzuschenken, traute er sich unter der gestrengen Miene seiner Frau nicht.

Stöver begann zu schwitzen. Er kaute verbissen und würgte das widerspenstige Mahl herunter.

»Na endlich«, kommentierte seine Frau, als er es schließlich geschafft hatte.

Stöver fühlte sich, als hätte er soeben eine Bergbesteigung hinter sich gebracht. Der Schweiß rann ihm von der Stirn. Und zu allem Überfluss hatte es zwischen seinen Beinen auch noch heftig zu pochen begonnen.

Was stimmte bloß nicht mit ihm, dass er eine solche Demütigung auch noch erotisch fand?

Gesines Mundwinkel zuckten.

»Ich habe etwas für dich«, sagte sie und deutete nach oben. »Im Schlafzimmer.«

Stöver nickte. Er erhob sich von seinem Stuhl. Gesine wandte den Blick nicht ab, und Stöver war sich nur allzu bewusst, dass sich seine Erregung deutlich unter der Hose abzeichnete. Beschämt schlich er die Treppe in den ersten Stock hinauf.

Vermutlich hatte Gesine bereits seine Koffer gepackt, damit er so schnell wie möglich aus ihrem Haus verschwand. Und sie hatte ja recht. Es war das Beste, was er tun konnte.

Er öffnete die Schlafzimmertür und blieb verblüfft stehen.

Auf dem Bett ausgebreitet lag ein Friesennerz, daneben eine ebenfalls leuchtend gelbe Regenhose. Und am Fußende standen hohe Gummistiefel in derselben Farbe.

Stöver befühlte das Material. Die Kleidungsstücke waren nicht nur von außen, sondern auch auf der Innenseite mit dickem gelbem Gummi überzogen. Stövers Mund wurde noch trockener, als er es ohnehin schon war.

Er hörte Schritte auf der Treppe und drehte sich zu Gesine um.

Seine Frau sah ihn lächelnd an.

»Gefällt es dir?«, fragte sie.

Stöver spürte ein schmerzliches Ziehen in der Brust, und plötzlich hatte er Tränen in den Augen. Er konnte nichts sagen. Nur nicken.

Gesine trat zu ihm und zog ihn in ihre Arme.

★★★

Der fahrbare Kleiderständer kippte zur Seite und krachte auf den Bürgersteig. Die schwarzen Nerze, die unter einer großen Plastikhaube steckten, rutschten von den Bügeln.

Dorothea Nissen schoss aus der Ladentür der »Venus«. Ihre schwarzen Haare standen zu Berge, als hätte sie einen Fön benutzt, der die Luft nicht ausströmte, sondern ansaugte.

»Herrgott noch mal, passen Sie doch auf!«, fuhr sie die beiden kräftig gebauten Mannsbilder an, denen der Ständer entglitten war. »Das sind kostbare Pelzmäntel.«

Die Arbeiter, die identische Blaumänner trugen, richteten mit gleichmütigen Mienen den Kleiderständer wieder auf. Sie schoben die Mäntel auf die Bügel, hängten sie zurück an die chromglänzende Stange und stülpten die Plastikhaube darüber. Dann bugsierten sie den Ständer in den Umzugswagen, der vor der »Venus« stand.

»Kein Grund zur Aufregung«, sagte der eine.

»Ist ja nix passiert«, ergänzte der andere.

Dorothea Nissen sah aus, als wollte sie die beiden mit Blicken erdolchen. Aber dann ließ sie nur resigniert die Schultern hängen. An diese beiden schlichten Gemüter war jede Belehrung verschwendet.

Sie schaute zu, wie die Männer die Wagentüren verschlossen.

»Haben wir alles?«, erkundigte sie sich.

Der eine der beiden nickte. Der andere setzte sich wortlos ans Steuer.

Dorothea Nissen atmete tief durch.

»Also. Fahren wir.«

Sie warf einen Blick durch die Schaufensterscheibe ins Innere des leer geräumten Ladens und winkte. Gleich darauf trat Vanessa Schultheis aus der Tür, ungewohnt zurückhaltend bekleidet mit Bluejeans, einem schlichten dunkelblauen Top und weißen Stoffturnschuhen.

Nils Hansen, der auf dem Parkplatz vor dem »Hotel St. Peter« stand und zu den beiden Frauen hinübersah, fand allerdings, dass sie in diesem Outfit noch attraktiver aussah als in ihren üblichen, auf sexy getrimmten Sachen.

Die Fotografin und das Model nahmen sich kurz in den Arm. Dann stieg Dorothea Nissen in den Möbelwagen, der mit einem letzten Hupen davonfuhr.

Vanessa blickte dem Umzugsauto nach, bis es aus ihrem Blickfeld verschwunden war. Schließlich wandte sie sich ab und entdeckte Nils Hansen, der unschlüssig seine Dienstmütze in den Händen knetete. Für einen Moment sah es so aus, als wollte sie sich einfach umdrehen und zurück in den Laden gehen, aber dann überquerte sie doch die Straße.

»Hey, Nils«, sagte sie zurückhaltend.

»Hey, Vanessa.« Nils Hansen schluckte und deutete mit dem Kinn zur »Venus«. »Ihr geht weg?«

Vanessa machte eine Handbewegung, die nicht nur die Einkaufsstraße, sondern ganz St. Peter-Ording umfasste.

»Hier ist einfach nicht der richtige Ort«, erklärte sie. »Nicht für eine Pelzboutique. Und nicht für mich.« Sie lächelte. »Wir ziehen nach Berlin. Dorthin, wo das Leben pulsiert.«

Hansen kämpfte gegen das unsichtbare Band, das ihm die Kehle zuschnürte.

»Ich … ich könnte mitkommen«, schlug er vor. »Ich meine … ich könnte versuchen, mich versetzen zu lassen.«

Vanessa hob die Augenbrauen.

»Berlin ist nichts für dich.«

Hansen spürte, wie sich sein Puls beschleunigte.

»Du meinst, weil ich bloß ein blöder Bauerntrampel bin, der sich in der Großstadt nicht zurechtfindet?«

Vanessa strich ihm über die Wange. Ein Schauer rieselte durch Hansens Körper.

»Nein«, sagte sie. »Aber du gehörst hier hin. Das weite Land. Die Schafe. Und das Meer. Das ist deine Heimat.«

Hansen hatte das Gefühl, als würde es ihn innerlich zerreißen. Er wollte Vanessa nicht verlieren. Aber zugleich wusste er, dass sie recht hatte.

»Das mit uns war schön«, sagte das Model. »Aber es hätte keine Zukunft. Dafür sind wir viel zu verschieden.«

Nils Hansen nickte mechanisch. Sein Kopf fühlte sich bleischwer an und leer.

»Ich wünsche dir alles Gute.« Vanessa hauchte ihm ein Küsschen rechts und links auf die Wange und wandte sich ab. Hansen sah ihr mit brennenden Augen hinterher.

»Vanessa!«

Das Model drehte sich zu ihm um und legte den Kopf schief.

Nils Hansen setzte seine Dienstmütze auf und rückte sie zurecht. Dass es für Vanessa und ihn keine Perspektive gab, damit musste er leben. Aber er war Polizist. Und er wollte diesen Fall nicht abschließen, solange es noch offene Fragen gab.

»Die Fotos von Britta Buddenberg und Thorsten Klinke in den Salzwiesen – die hast doch du gemacht, oder?«

Vanessa, die seine Verwandlung vom verschmähten Liebhaber zum diensteifrigen Beamten erleichtert beobachtet hatte, nickte.

Nils Hansen kniff die Augen zusammen.

»Warum hast du niemandem etwas davon gesagt? Bist du nie auf die Idee gekommen, dass deine Chefin Klinke mit den Bildern erpresst haben könnte? Und dass er sie deshalb getötet hat?«

Vanessa schüttelte den Kopf.

»Nein. Wieso hätte ich das denken sollen? Klinke hat die Bilder doch genauso gewollt wie Britta.«

Hansen kratzte sich verwirrt am Kopf.

»Er hat davon gewusst?«

Vanessa lachte.

»Nils! Ich bitte dich. Du kennst doch die Salzwiesen beim Leuchtturm Westerheversand. Glaubst du wirklich, man könnte dort jemanden heimlich fotografieren?«

Hansens Blick wanderte unwillkürlich nach Norden, auch wenn der Turm nicht einmal vom Deich aus zu sehen gewesen wäre.

»Nee. Wahrscheinlich nicht.«

»Sie haben mich darum gebeten, weil sie meinten, es würde

ihnen den besonderen Kick geben. Deswegen habe ich auch nichts von den Fotos gesagt. Ich meine: Britta hat gern verrückte Sachen ausprobiert, aber dass sie sich ausgerechnet mit Klinke eingelassen hat, das war doch für sie noch viel peinlicher als für ihn. Ich dachte, sie hätte nicht gewollt, dass irgendjemand davon erfährt.«

»Aber dann hast du herausgefunden, dass deine Chefin Klinke mit den Bildern erpresst hat.«

Vanessa blinzelte.

»Sie hat die Speicherkarte mit den Fotos und ihrem Erpresserbrief bei mir im Bad versteckt. Wahrscheinlich, damit Dorothea die Sachen nicht findet. Als ich die Karte entdeckt habe, habe ich alles ausgedruckt, um es der Polizei zu geben. Aber dann stand plötzlich Klinke in meiner Wohnung. Ich konnte die Seiten gerade noch in einer Schublade verschwinden lassen.« Sie hob die Schultern, weil die Erinnerung sie frösteln ließ. »Er hat mich überwältigt und gefesselt und in seinen Wagen verfrachtet. Dann ist er zurück, um nach den Fotos zu suchen. Und dabei musst du ihm in die Quere gekommen sein.« Sie lächelte schief. »Den Rest der Geschichte kennst du ja.«

Nils Hansen nickte. Die nervenzerreißende Stunde in Rupperts Scheune war in seinen Kopf eingebrannt. Und er wünschte sich nichts sehnlicher, als sie so schnell wie möglich zu vergessen.

53

Marlies Hansen hatte den großen Tisch im Garten gedeckt. Nach dem heftigen Gewitter am Vortag war der Himmel heute wieder strahlend blau, als wolle er die Erinnerung an das Unwetter Lügen strafen. Nicht ein einziges Wölkchen war zu sehen, und der Wind war so schwach, dass er sich anfühlte wie ein sanftes Streicheln auf der Haut.

Katharina Berg lehnte sich entspannt auf ihrem Stuhl zurück und betrachtete Nils Hansen, der einen schwarzen Mink auf dem

Arm hatte. Er hielt den putzigen kleinen Gesellen wie ein Baby und streichelte ihm die pelzige Schnauze.

»Verwöhnen Sie ihn nicht zu sehr«, empfahl Katharina. »Umso schwerer fällt es Ihnen, ihn zurückzubringen.«

Hansen legte schützend seine Hand über den Mink.

»Den gebe ich nicht her«, erklärte er. »Der bleibt bei mir.« Er sah Katharina bedeutungsvoll an. »Der hat mir das Leben gerettet.«

Katharina lachte. Dann bemerkte sie, dass der junge Polizeimeister es ernst meinte. Warum auch nicht? Hätte der Mink Thorsten Klinke nicht abgelenkt, hätte der Tierschützer vermutlich nicht danebengeschossen. Und Polizeimeister Nils Hansen säße jetzt nicht hier mit ihr am Tisch.

Sein Vater kam über den Hof, das Gesicht ebenso rot wie die Haare.

»Ich bin fertig«, verkündete er und winkte Nils und Katharina, ihm zu folgen. Nils Hansen sprang auf, und der Mink kuschelte sich unter Hansens Achsel. Katharina nahm ihren dick bandagierten Fuß vom Stuhl und humpelte mit ihren Krücken hinter den beiden her.

Hartmut Hansen führte sie zur Schmalseite des Hauses. Dort befand sich ein Drahtverschlag, der eine Grundfläche von vielleicht fünfzehn Quadratmetern hatte.

»Das war früher der Hundezwinger«, erläuterte der Bauer. »Als wir noch Schafe hatten.«

Katharina sah ihn einen Moment lang verwirrt an. Dann begriff sie, dass die Hunde zum Hüten der Schafe notwendig gewesen waren. Ein Umstand, der offenbar so selbstverständlich war, dass Hartmut Hansen es nicht für nötig hielt, ihn zu erwähnen.

Der Biobauer hatte den Boden des ehemaligen Hundezwingers mit Ästen und Stroh ausgelegt und eine Art Wall im hinteren Teil errichtet.

»Ich baue auch noch ein Wasserbecken«, erläuterte er. »Minks schwimmen gern.«

Nils Hansen setzte seinen Schützling in den Käfig und verschloss sorgfältig die Tür. Der Mink sauste unter die Äste und begann lautstark im Sand zu graben.

»Ist das nicht ein bisschen einsam für ihn?«, erkundigte sich Katharina. »So ganz ohne Artgenossen?«

Hartmut Hansen schmunzelte.

»Minks sind Einzelgänger. Wenn sie zu eng mit anderen zusammen sind, werden sie verrückt.«

Was vermutlich nicht nur für amerikanische Nerze galt.

Im Haus wurde ein Fenster aufgestoßen, und Marlies Hansen streckte ihren Kopf heraus.

»Das Essen ist fertig«, rief sie. »Ich hoffe, ihr habt Hunger. Es gibt eine Überraschung.«

Nils Hansen stöhnte. Von den kulinarischen Überraschungen seiner Mutter hatte er die Nase gestrichen voll.

Die Kriminalhauptkommissarin dagegen strahlte.

»Wunderbar!«, rief sie. »Ich bin schon sehr gespannt.«

★★★

Peer Ruppert saß auf einer Bank auf dem Deich im Naturschutzgebiet Tümlauer Bucht und sah zu, wie die Feuerwehr und die Beamten der Polizeistation St. Peter-Ording und der umliegenden Ortschaften Nerze jagten.

Sie hatten Fangnetze und Köder dabei, aber es war ein mühsames Geschäft. Kaum hatten sie einen Nerz erwischt, ergriffen seine Artgenossen die Flucht, und die ganze Suche ging von vorne los. Die Männer wirkten nicht so, als hätten sie sonderlich viel Spaß an der Sache.

Aus dem Augenwinkel bemerkte Peer eine Radfahrerin, die langsam auf ihn zukam. Eine junge Frau mit langen blonden Haaren, die im Fahrtwind hinter ihr herflatterten wie eine Fahne. Eine Frau wie …

Peer schüttelte den Kopf und presste die Fäuste auf die Augen. Er musste sich Lina endlich aus dem Hirn schlagen. Das mit ihm und ihr, das ging eben nicht. Es war noch nie gegangen. Und nach allem, was er getan hatte, war sowieso jede Hoffnung dahin.

Neben ihm quietschten Bremsen, und er blickte wieder auf. Die Fahrerin sah nicht nur aus wie Lina. Es war Lina. Sie stellte ihr Rad ab und setzte sich neben ihn auf die Bank.

»Hey, Peer.«

»Hey, Lina.«

Sie deutete auf die Feuerwehrleute und Polizisten, die den entflohenen Nerzen hinterherjagten.

»Blöd für deinen Vater«, bemerkte sie.

Peer zuckte mit den Schultern. »Ja. Und völlig für die Katz. Mein Vater schmeißt die Nerzzucht hin.«

»Ach so?«

»Hm.« Peer starrte auf die Pflastersteine zu seinen Füßen. »Er hat den ganzen Ärger satt. Ich meine … am Ende wäre er wegen der Geschichte fast ermordet worden.«

Lina presste die Lippen zusammen.

»Ich kann das noch immer nicht glauben … Dass Thorsten …« Sie fuhr sich mit beiden Händen durch die Haare. »Ich hab ihn so bewundert. Und dabei war er kein Stück besser als die anderen.«

Peer warf ihr einen schnellen Blick zu. »Du kannst den Leuten eben nicht hinter die Stirn gucken.«

Lina nickte nachdenklich. Auf der Salzwiese unter ihnen stolperte ein Polizist und fiel der Länge nach in eine Pfütze. Wasser spritzte auf, und ein paar Seevögel, die in der Nähe nach Nahrung gesucht hatten, flogen mit empörtem Geschrei auf.

Lina kicherte, wurde aber schnell wieder ernst.

»Und was will er jetzt machen? Dein Vater, meine ich?«

Peer gab ein verächtliches Geräusch von sich.

»Ein Mahnmal. Eine Ausstellung für Touristen. Wie es auf einer Nerzfarm tatsächlich aussieht. Natürlich ohne die Nerze. Die werden verkauft.« Peer schnalzte mit der Zunge. »Als ob die Leute Geld dafür ausgeben würden, sich diesen Dreck und das Elend anzusehen. Und Nerze aus Pappmaschee.«

Lina richtete sich ein wenig auf.

»Ich finde die Idee schön«, erklärte sie. »Sag ihm, ich drücke ihm die Daumen. Wer weiß«, in ihre Augen trat ein Leuchten, »vielleicht kann man das ja sogar noch ausbauen. Nicht nur eine Ausstellung über Nerze, sondern ein ganzes Naturzentrum.«

Peer warf Lina einen hoffnungsvollen Blick zu. Vielleicht war die Lage doch nicht so aussichtslos, wie er geglaubt hatte. Jetzt, da sich alles geändert hatte.

Er machte eine vage Geste zur Wiese hinunter.

»Das war übrigens ich«, sagte er.

»Was?«

»Die Nerze«, erklärte Peer. »Ich habe sie freigelassen.«

»Du?« Lina runzelte die Augenbrauen. »Aber warum denn, um Gottes willen?«

Peer schluckte.

»Wegen dir«, sagte er leise. »Ich dachte, wenn du siehst, dass ich wirklich dagegen bin … vielleicht gibst du mir dann noch eine Chance.«

Lina schnaubte.

»Du bist so ein Idiot, Peer.« Sie legte den Kopf schief und sah ihn von unten herauf an. Ganz langsam erschien ein feines Lächeln in ihren Mundwinkeln. »Aber ein sehr netter Idiot.«

***

»So, Kinder.« Marlies Hansen klatschte in die Hände. »Setzt euch.«

Nils Hansen nahm gehorsam neben seinem Vater Platz, der scheinbar desinteressiert in einer Zeitschrift blätterte. Hansen rutschte unruhig auf seinem Stuhl herum. Er schnappte sich eine Serviette und zerknüllte sie mit den Händen.

Katharina Berg setzte sich dem jungen Polizeimeister gegenüber. Sie wollte unbedingt sein Gesicht sehen, wenn seine Mutter ihre Überraschung präsentierte.

Auf dem Tisch standen Stapel mit großen und kleinen Tellern, ein Sortiment von Bier-, Wein- und Wassergläsern und ein Haufen Flaschen.

Marlies Hansen ging ins Haus und brachte nacheinander eine riesige Schüssel mit einem bunten Salat, ein ebenso großes Gefäß mit Kartoffelsalat, eine gigantische Platte mit verschiedenen Räucherfischsorten und eine Schale mit roter Grütze. Mit jedem Gang wurde das Grinsen auf ihrem Gesicht breiter.

Nils Hansen zerrupfte unterdessen seine Serviette. Dutzende kleiner Schnipsel segelten auf das Gras.

Als der Tisch sich schließlich unter den aufgetischten Speisen zu biegen begann, blieb Marlies Hansen neben ihrem Sohn stehen und nickte zufrieden.

»Ich glaube, wir haben alles«, murmelte sie. »Fehlt nur noch …
die Überraschung.«

Nils Hansen schluckte nervös und ließ seinen Blick misstrauisch
über die Schüsseln wandern.

Von der Straße her war ein Motorengeräusch zu hören. Auf der
anderen Seite des Hauses hielt ein Wagen. Autotüren klappten.
Dann kamen zwei Personen um das Gebäude herum in den Garten.

Der Mann trug einen hellen Sommeranzug und ein breites
Lächeln unter dem Dreitagebart, die Frau ein schlichtes blaues
Kleid und einen wagenradgroßen Strohhut.

Marlies Hansen strahlte. »Ah! Da sind sie ja!«

Katharina Berg sprang auf. Dass sie dabei ihren verstauchten
Fuß ungebührlich belastete, bemerkte sie gar nicht.

»Mama! Paps! Was macht ihr denn hier?«

Konstantin Berg schloss seine Tochter in die Arme.

»Hallo, meine Große«, sagte er. »Frau Hansen war so freundlich,
uns einzuladen. Sie meinte, es wäre nett, wenn wir den Abschluss
eures Falls gemeinsam feierten.«

Nils Hansen starrte seine Mutter an.

»*Das* ist die Überraschung?«

Marlies Hansen stemmte die Hände in die Hüften.

»Ja. Natürlich. Was dachtest du denn? Dass ich dir einen gebra-
tenen Nerz serviere? Oder womöglich etwas Unanständiges?«

Katharina Berg prustete. Sie wollte es wirklich nicht. Schließlich war es nicht nett, sich über ihren jungen Kollegen lustig zu
machen. Aber dann konnte sie doch nicht an sich halten und brach
in schallendes Gelächter aus.

Danksagung

Schreiben ist – für mich – der tollste Job der Welt, aber auch ein Beruf, der ein gewisses Maß an Einsamkeit erfordert. Umso schöner ist es, nach getaner Arbeit eine Welt voller lieber Menschen hinter der Tür zu finden.

Ich danke meiner Frau – für Inspiration und ehrliche Kritik, für die Liebe, die mich trägt, und dafür, dass wir unser Leben so wunderbar gestalten.

Ich danke meinen Freunden für die vielen guten Gespräche, die mich beflügeln und mich zugleich im »echten« Leben verankern.

Ich danke außerdem KHK Stefan Jung vom LKA Kiel, der mir geholfen hat, die Polizeiarbeit in diesem Buch so realitätsnah zu gestalten, wie es in einem Roman eben möglich ist (für die Fehler, die es sicher immer noch gibt, bin ich selbstverständlich allein verantwortlich), meinem fabelhaften Lektor, durch den dieses Buch noch einmal ein Stück besser geworden ist, und den vielen netten Menschen im Emons Verlag, die sich wieder so engagiert um mein Buch kümmern.

Kiel, im Januar 2016
Bengt Thomas Jörnsson

Bengt Thomas Jörnsson
FRIESEN PORNO
Broschur, 240 Seiten
ISBN 978-3-95451-607-0

»Mit viel Atmosphäre und Humor beschreibt der promovierte Psychologe Jörnsson die Verhältnisse im Ort, mischt das Ganze mit zahlreichen Sexszenen, die aber nie ins Geschmacklose abgleiten, und erreicht eine gelungene Balance zwischen Erotik und Kriminalhandlung. Ein erfreuliches Beispiel dafür, dass ein ›Erotischer Heimatroman‹ tatsächlich gelingen kann.«   ekz

www.emons-verlag.de